中国现代文学馆青年批评家丛书

中国现代文学馆 编

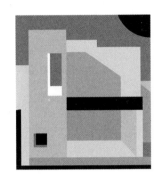

历史意识与小说解释学

李德南 / 著

北京大学出版社
PEKING UNIVERSITY PRESS

图书在版编目（CIP）数据

历史意识与小说解释学 / 李德南著. —北京：北京大学出版社，2023.7
（中国现代文学馆青年批评家丛书）
ISBN 978-7-301-34001-1

Ⅰ.①历… Ⅱ.①李… Ⅲ.①小说研究—中国—当代 Ⅳ.① I207.42

中国国家版本馆 CIP 数据核字（2023）第 089211 号

书　　　名	历史意识与小说解释学 LISHI YISHI YU XIAOSHUO JIESHIXUE
著作责任者	李德南　著
责 任 编 辑	黄维政　黄敏劼
特 约 编 辑	郭　瑾
标 准 书 号	ISBN 978-7-301-34001-1
出 版 发 行	北京大学出版社
地　　　址	北京市海淀区成府路 205 号　100871
网　　　址	http://www.pup.cn　新浪微博：@ 北京大学出版社 @ 阅读培文
电 子 信 箱	pkupw@qq.com
电　　　话	邮购部 010-62752015　发行部 010-62750672 编辑部 010-62750112
印 刷 者	三河市国新印装有限公司
经 销 者	新华书店
	660 毫米 ×960 毫米　16 开本　16.75 印张　201 千字 2023 年 7 月第 1 版　2023 年 7 月第 1 次印刷
定　　　价	52.00 元

未经许可，不得以任何方式复制或抄袭本书之部分或全部内容。
版权所有，侵权必究
举报电话：010-62752024　电子信箱：fd@pup.pku.edu.cn
图书如有印装质量问题，请与出版部联系，电话：010-62756370

丛书总序

在中国当代文学史上，1985年已被反复提及，被普遍认为是文学的变革之年。也是在这一年，由巴金先生倡议的中国现代文学馆，在众多有识之士的响应下终于成立了。她的主要任务是收集、整理、保管、研究中国现当代文学书籍和期刊，以及中国现当代作家的著作、手稿、译本、书信、日记、录音、录像、照片、文物等文学档案资料，为文化的薪传和文学史的建构与研究提供服务。这个事件意味着，在文学界和学术界，在全球化背景下寻求文学变革与继承中国新文学的优良传统，是同时进行的。事隔多年，当我们在21世纪20年代的今天回望过去，我们已经可以比较清楚地看到，1985年以来的中国当代文学，包括中国现当代文学研究，已经取得了举世瞩目的成就。

建馆30多年以来，在文学界和学术界的共同帮助下，经过一代代文学馆人的共同努力，中国现代文学馆的事业不断发展壮大，现已成为集文学展览馆、文学图书馆、文学档案馆以及文学理论研究、文学交流功能于一身的综合性文学博物馆，并正朝着建成具有国际影响的中国现当代文学资料中心、展览中心、交流中心和研究中心的目标迈进。为了加快中国现代文学馆学术中心建设的步伐，中国作家协会党组决定从2011年起在中国现代文学馆设立客座研究员制度,并希望把客座研究员制度与对青年批评家的培养结合起来。众所周知,青年批评家的成长问题不仅是批评界内部的问题,还是一个对于整个青年作家队伍乃至整个文学的未来都具有方向性的问题。客观地讲,因为专业的特性,青年批评家的成长往往比青年作家的成长更为艰难。要成为一名优秀的批评家,不仅需要天赋,还需要学养的积累,还需要对文学史和中外文学的发展态势保持清醒的认识。青年批评家成长的滞后,曾经引起文学界乃至全社会的普遍担忧甚至焦虑。因此,以往各届客座研究员的招聘,主要面向"70后""80后"批评家,以后还要面向更年轻的批评家。我们真诚地希望通过中国现代文学馆这个学术平台,为青年批评家的成长创造有益条件。

经过自主申报、专家推荐和中国现代文学馆学术委员会的严格评审,中国现代文学馆已经招聘了8期共78名青年批评家作为客座研究员。他们中的很多人,业已成长为批评家队伍中的骨干力量。9年多来的实践表明,客座研究员制度行之有效,令人满意。中国作家协会党组书记钱小芊在第四届客座研究员离馆会议讲话中,充分肯定了设立客座研究员制度的重要意义,同时对他们未来的学术研究提出了希望。首先是要认真学习马克思主义文艺思想,特别是要认真学习习近平总书记在文艺工作座谈会上的重要讲话,切实加强文学批评的有效性。其次是要真切关注文学现场。作为批评家,埋头写作是必然的要求,但也非常需要去到作家中间、同道人中间,感受真实、生动、热闹的"文学生活",获得有温度、有呼吸的感受与认识。因此,客座研究员要积极关注当下中国的现实和文学的现场,与作家们一起面对这个时代,相互砥砺,共同成长。

作为青年批评家的代表，他们的"集体亮相"，改变了中国当代文学批评的格局和结构，带动了一批不同代际优秀青年批评家的成长，标志着青年批评家群体的崛起，也预示着"90后"批评家将有一个健康的发展空间。为了充分展示客座研究员这一青年批评家群体的成就与风采，中国作家协会和中国现代文学馆决定推出"中国现代文学馆青年批评家丛书"，为每一位客座研究员推出一本代表其风格与水平的评论集。我们希望这套书既能成为中国当代文学批评的重要收获，又能成为青年批评家们个人成长道路的见证。丛书第1辑8本、第2辑12本、第3辑11本、第4辑7本，已分别在2013年6月、2014年7月、2016年11月、2019年5—12月由北京大学出版社推出，在学术界引起较大反响。现在第5辑6本也将付梓，相信文学界、学术界对这些著作会有积极的评价。

是为序。

2020年5月23日
中国现代文学馆

目 录

绪 论　从去历史化、非历史化到（重新）历史化
　　　　——新世纪小说叙事的实践与想象 / 001
　　　一　去历史化与非历史化 / 002
　　　二　连接过去与当下的历史意识 / 007
　　　三　历史化与重新历史化 / 010

第一章　爱与神的共同体
　　　　——迟子建的人文理想与写作实践 / 019
　　　一　自我的生成与原始风景的发现 / 020
　　　二　万物有灵与万物有情 / 031
　　　三　爱与神的共同体的构建 / 038
　　　四　地方与世界 / 048

第二章　他们都是造物主的光荣
　　　　——邓一光的深圳系列小说 / 056
　　　一　新城市文学的空间意识 / 057
　　　二　城市书写的精神路线 / 064
　　　三　城市生活的复杂与幽微 / 069

第三章　转折时期的心迹与心学
　　　　——叶弥小说的叙事母题与美学风格 / 075
　　　一　从断裂与破碎开始 / 076
　　　二　作为美学风格的"风流图卷" / 082
　　　三　心迹与心学 / 092

第四章　自我心仪的乌托邦
——徐则臣的新浪漫主义写作

一　灵魂人物及其行动　103

二　浪漫的文学地理空间　121

三　浪漫的变奏与合奏　136

四　世界的多重性与写作者的视界　150

第五章　内宇宙的星辰与律令
——蔡东的现代古典主义写作

一　从信与疑开始　166

二　现代古典主义的写作风格　170

三　建构心中的应然世界　178

四　通往生命哲学的途中　186

第六章　现代性的省思
——王威廉小说的叙事母题与叙事美学　195

一　技术的追问与言说　196

二　空间的诗学意蕴　201

三　作为思想历险方式的小说　204

四　形式与技艺的探寻　208

第七章　世界的互联和南方的再造
——《潮汐图》与全球化时代的地方书写　216

一　作为接触地带的岭南与南方的再造　218

二　方言书写、跨语际实践与审美创造　223

三　作为方法、视角与问题的博物学　229

四　在重建认识和重构视域中创新　238

附录　类型文学的位置、边界与意义
——理解新世纪小说的一个角度　244

后记　257

绪论
从去历史化、非历史化到（重新）历史化
——新世纪小说叙事的实践与想象

近年来，有关新世纪文学的讨论早已成为热门话题。这种情况的出现，既是因为进入新世纪以来，文学环境和具体的文学实践确实有许多新变，也多少与陈平原所说的"世纪情绪"有关，也就是"每代人都喜欢夸大自己所处时代的历史意义，尤其是世纪之交的一代"[1]。这些讨论，既是对文学的反思与总结，又带有展望的成分；既是一种实践，又是一种想象。不管是从何种层面而言，这些看似纷繁复杂、无法形成定见的讨论，都是有意义的。从晚清以来，受西方现代性的启发、刺激与挑战，中国人一直就是在行动与理念、实践与想象的互相影响和互相带动中"创造"历史的。已然进入另一个"新世纪"有20余年的我们，也无法完全脱离这一逻辑。在这里，我无意于系统地谈论新世纪文学的成败得失，而是对新世纪小说叙事实践中普遍存在的"去历史化"与"非历史化"倾向谈谈我的看法。

---

[1] 陈平原：《走出"五四"》，载《学者的人间情怀：跨世纪的文化选择》，生活·读书·新知三联书店，2007，第34页。

一　去历史化与非历史化

不管是在英语还是汉语的语境中,"去历史化""非历史化"都不是一个全新的概念。这两个词的流行,多少与詹明信的"历史化"这一概念有关。在《政治无意识》一书中,詹明信提出了"永远历史化"这一理论,认为总有一种政治无意识在起作用,碎片化的、寓言化的语言总会建构成历史。他尤其重视历史客观化与主体化的相互作用。若是从汉语的语境出发,则可以看到"历史化"一词有多种定义,并非对詹明信的说法的直接挪用。例如陈晓明倾向于认为,"历史化"是指文学从历史发展的总体观念来理解和把握社会现实生活,探索和揭示社会发展的本质与方向,从而在时间的整体结构中来建立文学世界[1]。以小说的形式来书写历史事件,陈述作者自己以及他人的历史意识,着力于在文学与历史之间形成互动,也堪称中国当代小说的主流叙事。从1949年新中国成立直到"文革"结束这段时间的中国小说,往往和哲学、政治、历史等话语类型一样,被赋予重构、再现中国近现代历史的重任,又以书写革命历史与党史为重中之重。《红旗谱》《红日》《红岩》等红色经典,便是对现代中国革命在"大革命""解放战争"等历史阶段的勾勒与"再现"。

针对这样一种"历史化"或"过度历史化"的状况,陈晓明在一篇文章中感叹道:"中国的小说叙事植根于历史进程,人是在历史大事

---

[1] 参见陈晓明:《现代性的尽头:非历史化与当代文学变异》,载陈晓明主编《现代性与中国当代文学转型》,云南人民出版社,2003,第225页。

件中。中国20世纪历史事件太丰富，也太强大了，所以人物总是要落入历史事件。这些叙事都是在一个大的编年史中展开，个人情爱、性格、命运和家族史等等，都是被历史决定了其方向和结果。"[1] 沿此路径，陈晓明注意到，新世纪文学还有一个重要的面向，那就是"去历史化"——作家们"意识到汉语小说在历史叙事积累了太多的成熟的编年史的习惯经验，有意识地疏离开这种历史大事件建构起来的20世纪的现代性逻辑，试图化解历史化的压力，寻求对它的逃脱、转折的艺术表现机制，由此来打开汉语小说新的艺术面向"[2]。在陈晓明的观察中，"去历史化"主要以"多重文本"的方式实现。"多重文本"不只是打碎编年体所依赖的现实主义风格，还给单一个体的经验以新的表现机制，把叙事的注意力重新建立在个体经验的独异性上。他对这样一种写作方式持肯定的态度。

陈晓明的这些观察与论断是很犀利的。在新世纪小说当中，回避20世纪的中国革命史、社会史，回避宏大叙事，将目光聚拢于个人、身体、欲望组成的生命史，是"去历史化"写作的典型形式。"去历史化"又常常和"非历史化"自然而然地联系在一起。当然，它们的区别也是明显的："去历史化"最大的特点，在于具有明显的解构意图，解构又总是针对具体的原则、方法和制度而展开的。"去历史化"的写作，往往突出"解构"这一动作，明确反对某种历史观，是用一种叙事逻辑替代另一种叙事逻辑。"非历史化"的写作，则不一定有明显的解构意图，而是忽略历史的延续性，让时间停留在孤立的现在。

---

[1] 陈晓明：《新世纪文学："去历史化"的汉语小说策略》，《文艺争鸣》2010年第19期。
[2] 同上。

这种"去历史化""非历史化"的思路,有一个较为清晰的形成过程。中国当代小说"积累了太多的成熟的编年史的习惯经验",而要深入追寻的话,会发现这样一种叙事的习惯与经验,主要是由一种马克思主义的历史观所提供的。刘再复和林岗曾指出,早在20世纪30年代的中国,"马克思主义作为一种意识形态在思想文化方面的主导地位已开始确立,它对中国社会现实和中国历史的重新解释和重新建构已形成压倒性优势。马克思主义意识形态对小说叙事的影响,正是在这种思想文化背景下展开的。马克思主义是一个庞大的思想体系,这个体系本身包含着'全盘性'和'普遍性'特点,它不仅可以解释宇宙、历史、社会人生中的诸多问题,而且又对现实的政治制度、经济制度作出了独特的分析。同时,它也提供了作家一种现成的说明社会人生的思想模式,从而直接影响了小说叙事"[1]。他们还指出,把时间过程和价值判断结合起来是马克思主义时间观、历史观的重要特征。马克思主义在描述人类历史的规律时,认为它存在着"原始共产主义社会—奴隶制社会—封建制社会—资本主义社会—社会主义社会—共产主义社会"这样一条发展逻辑。这一逻辑,不仅是时间逻辑,还是价值逻辑:历史是按照线性规律发展的,过去的被断定为落后的,未来则是进步的。从过去到现在,再到未来,这里面存在着进化关系。在中国当代文学的前30年,很多历史题材小说在重构历史时,深受这一历史观和价值观的影响。当这种历史观和价值观成为政治意识形态时,更在叙事作品的编码过程中赢得了"优先权",叙事的编码过程必须体现这两者,

---

[1] 刘再复、林岗:《中国现代小说的政治式写作——从〈春蚕〉到〈太阳照在桑干河上〉》,载唐小兵编《再解读:大众文艺与意识形态》增订版,北京大学出版社,2007,第36页。

否则就不具备合法性。在那时候,很多作家,哪怕是号称走现实主义写作路线的作家对社会与人生、历史与国家命运的解释,都是带有先验的、预设的成分。他们难以依据自己的经验、具体感受来表现切近的生活世界,而是根据政治学、社会学、经济学等给定的种种理念来解释他们的存在世界,乃至于解释人类的活动。"个人情爱、性格、命运和家族史等等"之所以"都被历史决定了其方向和结果",是因为在那一时期,很多东西都被预先设定了,作家们又只能在预设的历史观与价值观的规约下去观察历史,言说历史,想象历史。

进入新时期以后,随着思想解放或"新启蒙"时代的来临,人们可资借鉴的思想资源变得多样化了,言说历史的方式变得丰富起来。市场经济时代的到来,更是在物质基础和精神等层面改变了作家的存在方式。在一个市场化、以消费作为旨归的社会中,大部分的小说家都有可能从国家、民族、集体这些大词中解放出来,个人意识也开始苏醒,并且获得肯定。在"回到个人本身"的众多呼声中,"去历史化"和"非历史化"的尝试,获得了新的表述空间。

"去历史化"和"非历史化"的话语实践,最初集中地出现在格非、余华、苏童、叶兆言、陈染、韩东、朱文等"50后""60后""70后"作家的创作中。历史在他们的作品里并没有缺席;相反,他们对历史有浓厚的兴趣。只是在他们通常的理解中,历史是一种情调,是一个怀旧的对象;历史又是无序的,是难以触摸、难以把握的庞然大物;历史充满偶然与荒谬,只有历史地表之上的欲望、自我、肉身才是清晰的,才是能够把握的。格非的短篇小说《迷舟》就是典型的例子。这篇小说的故事时间被设定在1928年,里面涉及北伐战争等历史事件,小说的主人公萧是孙传芳部下的一个旅长。仅就这些要素而言,我们很容易把它看成是一篇战争历史题材的小说。可是随着阅读的深入,我们很快就会发现,这篇小说真正关心的主题是欲望。萧旅长离开家乡、卷入战火已有多年,在战争的间隙中,常常成为萧回忆故乡往事的扭结的,是村里的媒婆马三大婶,一个风流热情、充满活力的女人。在格非写于 20 世纪 80 年代后期的不少作品中,记忆往往是非常不可靠的,而在《迷舟》里,与欲望有关的记忆过了很长时间还依旧栩栩如生:"尽管这位昔日的媒婆已经失去了往常的秀丽姿容,但她的诡秘的眼风依然使萧回想起了她年轻时的模样……萧清晰地记得马三大婶俯身吹灭桌上摇摇欲灭的油灯时垂向桌面的软软乎乎被青衫包着的乳房,以及黎明中的晨光渐渐渗入小屋的情景。"[1]"欲望的叙述"如此详尽、细致,和革命史有关的一切却充满断裂、空缺。比如作为旅长的萧,他去榆关到底是为了做什么,是从事革命或反革命的活动,还是寻找老情人,始终没有得到明确的解释。而这样一种书写方式,在新时期尤其是新世纪以来,已成为不少小说的"叙事成规"。除了格非的《迷舟》,还有苏童的《1934 年的逃亡》《妻妾成群》,叶兆言的《状元境》《追月楼》《半边营》《十字铺》等"夜泊秦淮"系列,马原的《虚构》《冈底斯的诱惑》等,也有明显的"去历史化"色彩。

---

[1] 格非:《迷舟》,载《戒指花》,春风文艺出版社,2007,第 20—21 页。

二 连接过去与当下的历史意识

回避 20 世纪的中国社会史，形成"去历史化"的叙事，在许多"60后""70后"作家那里是一种自觉的追求，许多"80后"的写作则是典型的"非历史化写作"。谈及 20 世纪的政治事件，"文革""反右""上山下乡"，等等，显然都是无法忽略、无法绕过的。"60后""70后"作家虽然刻意采取一种"去历史化"的态度，但是他们的人生，或多或少和这些事件有所关联。在这种刻意的回避中，"60后""70后"作家毕竟还是出示了他们的历史观，尽管这种种的历史观大有商榷的余地。"去历史化"的解构意图虽然强烈，却往往保留了历史的痕迹；而对于许多"80后"作家来说，他们的写作完全是"非历史化"的。他们普遍地将眼光投向当下，投向他们所生活的此时此地。最能引起他们关注的，就是自己的校园生活，自己的青春岁月。连他们的祖父祖母甚至是父母一代的生活，都无法唤起他们的兴趣。在这个意义上，也有人把"80后"看作是"断裂的一代"。

我曾经一度很欣赏"60后""70后""80后"这三代作家"去历史化""非历史化"的写作策略。对于"60后""70后"这些有宏大历史记忆的作家来说，历史这块石头过于沉重，压在小说身上久矣，确实只有采取"去历史化"的方式，松动一下结实而僵化的叙事话语机制，小说才能喘一口气，重获生机与活力。甚至可以设想，如果不是经过"去历史化"的话语实践，那么新时期小说也包括新世纪小说，或者还会和新中国成立后直到"文革"前的小说一样，基本上是同质化的。也只有通过这样一种方式，我们才能让小说创作摆脱过分理念化的困境，让个体经验得以在文字中复活。

"80后"一代没有太多的历史记忆,却也从小就开始接受意识形态的教化。在严格的考试体制下,大多数的"80后"可以将它看作是一种知识体系来接受,背得滚瓜烂熟,在骨子里却往往对之采取轻视的态度。等到步入社会后,才发现意识形态依然在公共领域甚至是私人领域中发挥着它的作用。正如齐泽克所说的,即使你不相信意识形态,它还是在起作用,而且意识形态正是在人们不相信它的情况下,它才起作用。齐泽克称之为意识形态的幻象,是幻象构建了现实,每个人都能通过那个虚构之物得到自己的利益,这是意识形态的本来面目[1]。"80后"这一代人的历史观与价值观,被置于虚空当中,宿命般地陷入虚无主义的困境。这一代人又大多是在"60后""70后"作家的影响下开始写作的,天然地认同那种"去历史化""非历史化"的写作策略。和前辈作家一样,他们也拒绝做时代的传声筒,并且把这种拒绝视为自己具有主体性的标记之一。

在很长一段时间里,我都不觉得这种选择有什么问题。我甚至觉得,只有采取这样一种方式,"80后"的写作才是在场的,才是有根的,若非如此,就无法回到当下,就无法真正面向那个变动不居的生活世界本身。可是在最近几年,我渐渐意识到,仅仅立足于此时此地也是有问题的。对于一个作家来说,历史感过于稀薄,甚至压根就没有,并不是什么好事情。现在许多当红的"80后作家"都是从校园文学或青春文学起步的,有些已近而立之年的写手虽然早已结束了校园生活,在

---

[1] 参见[斯洛文尼亚]斯拉沃热·齐泽克:《意识形态的崇高客体》,季广茂译,中央编译出版社,2014,第30页。

社会上闯荡多年，甚至已成为公司的老板，却仍旧在写和校园生活有关的题材。进入新世纪以后，当代中国从政治社会朝向消费社会的转型越来越明显，在这样一个以市场份额论英雄的年代，只要他们仍能在市场中获利，那么他们就仍旧有写下去的理由，仍旧有写下去的动力。除了校园青春文学这一块水草肥美的宝地，玄幻、穿越、后宫等类型小说的兴起，也使得他们可以继续在写作的跑道上滑行。即便没有丝毫的历史意识，他们也不会遇到太多技术上的难度，并因此滑倒，伤及筋骨。可是有待追问的是，如果整个"80后"群体都是采取这样一种写作策略，那么这一代人的存在，是否会过于轻飘了？等到这一代人垂垂老矣时，再回过头来看这种"前无古人、后无来者"的写作，我们是否会觉得这也是一种生命中的不能承受之轻？

另外，刻意地让时间停留在现在，把全副精力用来照顾当下，用来书写、展现当下的日常生活，当然是一种很郑重的写作态度，借此，我们内在于这个时代中，和这个时代水乳交融。可问题是，一旦我们缺乏必要的历史意识，我们的此时此地也就断裂了，成为话语之乡里的一块飞地。仅仅是随波逐流地内在于这个时代是不够的，我们必须要站远一些，获得一个合适的视距，去深刻、辩证地看待我们的时代，而不只是沉溺其中。只有当我们认识到历史的延续性，形成合理的历史意识，我们才有可能本真地领悟并把握住现实，切中时代问题的核心，借助小说的形式与现实、时代照面。

无须隐瞒的是，我的看法的变化，多少与阿甘本关于何谓同时代的思考有关。在他看来，"同时代性也就是一种与自己时代的奇异联系，同时代性既附着于时代，同时又与时代保持距离。更确切地说，同时代是通过脱节或时代错误而附着于时代的那种联系。与时代过分契合的人，在各方面都紧系于时代的人，并非同时代人——这恰恰是因为他们（由于与时代的关系过分紧密而）无法看见时代；他们不能把自己的凝视紧紧保持在时代之上"[1]。若说新世纪以来小说家们普遍存在什么问题，和这个时代过分合拍肯定是其中一个方面，以至于大家只想谈论眼前的事物，尤其是可见的事物；而一旦说到历史，说到理想，说到承担，就立马带上一种虚无主义、怀疑主义的情绪。问题的根源，就在于我们过分地内在于这个时代，没有原则地认同当下的生活，缺乏必要的距离、宽广的视野和有原则高度的反思能力。事实上，我们距离这个时代真正的精神内核，恐怕已经是越来越远了。

　　培育一种历史意识，重获一种历史的眼光，对许多人来说都是当务之急。这并不意味着，新世纪的小说创作，都得写历史题材，或重走中国当代文学前30年那种"历史化"或"过度历史化"的道路，而是意味着，我们对现实的关注，对人心的解释，对人生的追问，必须有一种延续性和审视性的眼光。换言之，有一种历史意识。

三　历史化与重新历史化

　　艾略特曾主张，任何人想要在25岁以上还要继续作诗，那么历史意识差不多是必不可少的，诗人必须获得或发展对于过去的意识，也

---

[1] ［意］吉奥乔·阿甘本：《何为同时代》，王立秋译，《上海文化》2010年第4期。

必须在他的毕生事业中继续发展这个意识。历史意识意味着,"不但要理解过去的过去性,而且还要理解过去的现存性,历史的意识不但使人写作时有他自己那一代的背景,而且还要感到从荷马以来欧洲整个的文学及其本国整个的文学有一个同时的存在,组成一个同时的局面。这个历史的意识是对于永久的意识,也是对于暂时的意识,也是对于永久和暂时结合起来的意识"[1]。在艾略特那里,历史意识更多是就"文学史"或文学传统而言。实际上,历史意识的内涵要远远超出这一范围。它还意味着,我们不仅仅要关心自己在当今时代的一得一失,也要试图理解我们父辈、祖辈的所来之路;不仅仅要关心今天的现实,也要关注已然过去但并未完全消逝的历史;不仅仅要关心自己在一个以娱乐化、一体化、消费主义为基本特征的时代里的小离合、小悲欢,也要对前人所经受的历史创伤有同情的理解;不仅仅是着迷于"欲望的叙述",也要学会在政治史、经济史、革命史等"大历史"的视野中理解自身、照亮自身;不仅仅是要宣泄自己对当代生活的怨恨,也要学会有原则高度地批判。

正是从这样的语境出发,我觉得我们应该重新重视马克思的学说,包括马克思的历史观。

受广义的社会主义现实主义小说的影响,还有把马克思主义当作教条来理解的倾向的影响,新时期以来的作家对马克思主义并不热衷;20世纪80年代"萨特热"和90年代以来"海德格尔热"的流行,又使得不少小说家倾向于认可萨特式和海德格尔式的存在主义现象学的历

---

[1] [英]托·斯·艾略特:《传统与个人才能》,载《传统与个人才能:艾略特文集·论文》,卞之琳、李赋宁等译,上海译文出版社,2012,第2—3页。

史观。这种弃马克思而重萨特、海德格尔的选择,并非毫无意义,相反,它有社会语境作为支撑。经历过"反右""文革"等政治事件的那几代人,往往不难体会人生中荒诞的一面,还有被抛的痛感和孤独感。这和存在主义的基本精神是一致的。此外,它更有存在论上的依据,也部分地校正了人们对人之存在结构的认识。不管是海德格尔还是萨特,都倾向于认定个体存在具有"优先权",也就是每个人所关心的首先都是自身的存在,而不是具有普遍性的存在方式。每个人总是以自身的存在作为出发点,然后构造起具有个人色彩的"世界"——有别于客观的物理世界。总是先有我,然后才有属于我的世界;个人和世界的照面,总是以"我"为圆心。人的存在是多种多样的,与之相关的世界也是色彩斑斓的,如李泽厚所说:"每个人都各自拥有一个属于自己的世界,这个世界既是本体存在,又是个人心理;既是客观关系,又是主观宇宙。每个人都生活在一个特定的、有限的时空环境和关系里,都拥有一个特定的心理状态和情境。'世界'对活着的人便是这样一个交相辉映'一室千灯'式的存在。"[1]以上述认识为基础,李泽厚还指出:"艺术的意义就在于它直接诉诸这个既普遍又有很大差异的心灵,而不只是具有普遍性的科学认识和伦理原则。艺术帮助人培育自我,如同每个人都将有只属于为自己设计但大家又能共同欣赏的服装一样。"[2]

海德格尔和萨特等人的学说的最大特色,就在于对个人及其感觉偏差的认知与肯定,里面更有一种"当下即是"的味道。他们对人之存在结构的理解与把握,有值得我们重视的一面。新时期以来,个人经

---

[1] 李泽厚:《关于"美育代宗教"的杂谈答问(2008)》,载刘再复《李泽厚美学概论》,生活·读书·新知三联书店,2009,第210页。

[2] 同上。

验在小说叙事里的复活，也与类似的认识作为支撑有关。可是，仅仅从此一维度来把握人之存在特性，也是有局限的——它很可能会无限地放大个人经验的重要性，无限地放大个人的主体性与合法性。这在新时期以来的小说创作中，更不幸成为一种现实。90年代以来尤其是新世纪以来的小说，往往如陈晓明所言，"越来越倾向于表象化，大量描写现实的作品依据个人的直接经验，热衷于表现偶发的感觉，堆砌感性直观的场景，人们完全忘却历史，回避任何精神重负"[1]。它的局限，又与海德格尔的"存在历史观"的局限同出一辙。如蒂里希所指出的，海德格尔"把人从一切真实的历史中抽象出来，让人自己独立，把人置于人的孤立状态之中，从这全部的故事之中他创造出一个抽象概念，即历史性概念，或者说，'具有历史的能力'的概念。这一概念使人成为人。但是这一观念恰好否定了与历史的一切具体联系"[2]。

作为存在主义基本方法的现象学，很可能会不知不觉地排除掉所有的社会、历史、政治的因素，把个人意识绝对化，使之成为本体论的存在。相比之下，马克思的历史观仍有其值得我们重视的一面，因为"马克思并不从孤独的个人处立言，而从个人与个人之间的现实的社会关系之与'存在本身'历史地建立关联上立言，这种与存在本身的历史关联，用马克思的话说就是'正在产生的社会'"[3]。海德格尔后来在《关于人道主义的书信》中也谈道："无家可归状态变成一种世界命运。因此就有必要从存在历史上来思这种天命。马克思在某种根本的而且重

---

[1] 陈晓明：《无根的苦难：超越非历史化的困境》，《文学评论》2001年第5期。

[2] [美]蒂里希：《蒂里希选集》上册，何光沪选编，上海三联书店，1999，第111页。

[3] 吴晓明、王德峰：《马克思的哲学革命及其当代意义——存在论新境域的开启》，人民出版社，2005，第236页。

要的意义上从黑格尔出发当做人的异化来认识的东西，与其根源一起又复归为现代人的无家可归状态了。这种无家可归状态尤其是从存在之天命而来在形而上学之形态中引起的，通过形而上学得到巩固，同时又被形而上学作为无家可归状态掩盖起来。因为马克思在经验异化之际深入到历史的一个本质性维度中，所以马克思主义的历史观就比其他历史学优越。但由于无论胡塞尔还是萨特尔——至少就我目前看来——都没有认识到在存在中的历史性因素的本质性，故无论是现象学还是实存主义，都没有达到有可能与马克思主义进行创造性对话的那个维度。"[1]这一带有自我反思性质的论断是切中要害的，值得重视。当然，大可不必时时、处处认可马克思的历史观，照搬其结论，可是他从社会、历史的大视野中理解人之存在的思路仍然值得我们参照。

就此而言，我认为，近年来兴起的"底层文学""打工文学"的创作实践与理论倡导值得思考。李云雷在《新世纪文学中的"底层文学"论纲》一文中指出，"底层文学"是社会主义文学传统失败的产物，同时也是其复苏的迹象。"底层文学"的兴起，与90年代中国社会发生的巨大变化密切相关，也与这一变化催生的"新左派"与自由主义、"纯文学"论争等思想界、文学界的辩论有关。这一写作思潮的兴起，因其与最初的社会主义文学追求有颇多相似之处，也让我们得以重新审视社会主义文学的传统，总结其经验教训。他特别指出，马克思文艺理论中国化的过程，为"底层文学"如何容纳、吸收新时期以来的各种思潮提供了方法论的基础[2]。而其中最为关键的问题，就在于如何认识马

---

[1]　［德］海德格尔：《关于人道主义的书信》，载《路标》，孙周兴译，商务印书馆，2014，第403—404页。

[2]　参见李云雷：《新世纪文学中的"底层文学"论纲》，《文艺争鸣》2010年第6期。

克思哲学与当代世界的关系问题。以吴晓明、王德峰等为代表的不少哲学研究者对此已多有论述,深刻地揭示了马克思哲学的当代性,文学研究者可资借鉴。

至于创作的层面,我认为"打工文学"的代表作家王十月及其《国家订单》《寻根团》值得我们注意。《国家订单》《寻根团》等作品证明了一点:王十月试图在一种大历史的视野中理解人的具体存在。海德格尔曾经把人的存在结构标示为"此在在世界中与他人共在",认为个人存在具有优先性与独特性。王十月也认同这一点,因此"他的小说和散文,无不饱含着他对自身经验的确证"[1]。与此同时,他也试图从大历史的视野中理解人之存在,在海德格尔的解释模式上增加了"大历史"这一维度。他于2011年发表的《寻根团》,虽然主要写城市和乡村在今日的变化,但是它对城市、乡村的观察中有大历史的视野,让时间和空间交织,有效地展现了城市和乡村的多重纠葛,还有知识分子启蒙话语在当下的困境。王十月笔下的人物,既有鲜明的个性,又有普遍的意义。在阅读《寻根团》时,我甚至觉得,王十月是按照"典型环境中的典型人物"这一社会主义现实主义的"经典原则"来叙述故事与完成人物形象的塑造的。小说中人物形象的塑造与搭配,显然经过精心思考与设计:王六一是记者、作家;马有贵是一个原本体格健壮、如今却被职业病舔干了生气的民工;王六一记忆中的夏子君是仁义的地方知识分子;王六一的堂哥是受了现代自由思想烛照的"意见领袖"。他笔下的老板也各式各样:有在地方官场竞争中失势"一气之下办了停薪留职闯广东"的;有蔑视文化、把"作协"误为"做鞋"的;有尊重文化

---

[1] 谢有顺:《现实主义者王十月——主持人语》,《当代文坛》2009年第3期。

与文化人但对商业规则也未能免俗的……这些都是典型环境中的典型人物。通过对典型人物的塑造和典型环境的提取,《寻根团》有力地展现了王十月对当代中国的社会关系的精到观察,有效地把握住了这个时代最主要的真实。

特别需要强调的是,我在这里提出要重新重视马克思的历史观,并不是把这看作是新世纪小说写作"历史化"或"重新历史化"的唯一路径。相反,我十分希望能在此一路径外看到不一样的历史观和操作方法。事实上,进入新世纪以来,"60后""70后"中具有先知先觉的作家在经过了一个"去历史化"的阶段以后,也开始了"重新历史化"的写作之旅。仍旧可以以格非为例,自2004年以来,格非先后出版了《人面桃花》《山河入梦》《春尽江南》三部连续性长篇小说,着力于探讨个人与社会、历史与现实等问题。在这三部小说中,格非以人类的乌托邦情结作为圆心,试图重新理解历史和现实的整体性,出示了一种属于他个人的理解历史的方式。尤其是《春尽江南》,着力于在宏阔的历史背景中观察、展现当下的生活,揭示了这个时代的内在结构,描画了它的所来之路,也印证了历史意识对理解当今时代的重要性。

除了格非这样的"60后"作家,以及独特的王十月,葛亮等"70后"作家也在试图走"历史化"或"重新历史化"的道路。在葛亮的小说创作中,《朱雀》《北鸢》是他书写近代历史的"南北书"。《朱雀》有意观照历史,有史诗的架构,却不刻意铺陈,众多重大的历史事件仅是一笔带过。葛亮的心思,似乎在于观照一座城市,观照一座城市的历史——它的器物、风情以及历史中的人。在他的笔下,历史本身的起承转合,与人物命运的幽微转折构成互动。《北鸢》则是一部以独特的时间节点为中心的作品;对时间节点的选取,别有幽怀,体现了葛亮的文学自觉和文化自觉。葛亮的小说创作，除了有鲜明的时间意识，也有敏锐的空间意识与地域自觉。《朱雀》意在叙写南京及置身其中的人物的常与变，城市和个人互相影响，互相成全。小说集《七声》则主要是关于南京和香港两地的人物的故事，小说集《浣熊》《问米》则以香港为中心，书写人物的日常或传奇，《北鸢》则以天津等北方城市为中心，书写大时代里各种人物的喜怒哀乐。葛亮的叙事版图在不断地扩大。

如果说对于"60后""70后"作家而言，如何"重新历史化"是一个重大问题的话，那么对于为数众多的"80后"作家来说，他们所要完成的任务则是"历史化"。这一代人中，也有不少已经有这种意识。他们试图回到历史的深处，从而更好地理解当下的现实。

不同于"80后"里的一些"老前辈"对青春、校园、时尚题材的念兹在兹，郑小驴似乎对历史、家族、地域等问题更感兴趣。《1921年的童谣》《一九四五年的长河》《梅子黄时雨》等作品，上承苏童、叶兆言等人的新历史主义小说，涉及20世纪的诸多重大历史事件，将中国的"大历史"与地方的"小历史"对接起来；历史与想象借此融为一体，成为一种美学上的存在。

如果说，在"80后"的成长中有什么值得注意的历史事件，那么，计划生育肯定是其中比较重要的。1982年以后，计划生育成为中国的一项基本国策，并以宪法的形式加以固定。作为独生子女的一代，"80后"的存在感与这一政策是密切相关的。不管他们的父母是严格地执行了这一政策，还是违背了这一政策，他们都是历史的产物。这就不难明白，为什么郑小驴的《西洲曲》《鬼节》，还有陈崇正的《香蕉林密室》，都会尝试面对这一"主要的真实"。在他们的书写中，当代中国的"大历史"和地方性的"小历史"被缝合在一起，"大历史"获得了不一样的"起源"。

至此，我简单地勾勒了新世纪小说从去历史化、非历史化到（重新）历史化的路线图。除了这样的总体勾勒，接下来的章节则会将一些深具历史意识的作家及其作品为个案进行阐释。他们是：迟子建、邓一光、叶弥、徐则臣、蔡东、王威廉和林棹。他们在写作中都注重对历史经验予以发掘和书写，有鲜明的历史意识，但切入的角度、美学风格和思想立场又颇为不同。为了充分体现这种质感，在具体的章节设计上，我不刻意追求形式上的整饬，而是希望以问题为中心，或是聚焦他们的整体创作，或是关注某一方面的创作，甚至是重点谈论某一部作品。

第一章 爱与神的共同体
——迟子建的人文理想与写作实践

在中国当代作家中,迟子建是一个殊异的存在。她在长篇、中篇和短篇小说领域都有写作实践,都写出了具有影响力甚至是具有经典性的作品。对于这三者的区别,迟子建曾有一个比喻性的说法:"如果说短篇是溪流,长篇是海洋,那么中篇就应该是江河了。每种体裁都有自己的气象,比如短篇,它精致、质朴、清澈,更接近天籁;长篇雄浑、浩渺、苍劲,给人一种水天相接的壮美感;中篇呢,它凝重、开阔、浑厚,更多地带有人间烟火的气息。"[1] 心中同时拥有溪流、江河和海洋的作家,能这般随物赋形的作家,通常得有天然的艺术创造力,还有过人的思想体量。迟子建也正是如此。她和莫言、刘震云、格非、方方、王安忆、张承志、张炜、阎连科一样,都创造了各自的、不可复制的文学世界。更为殊异的是,在30多年的创作中,她的写作一直没有与此起彼伏的文学思潮、文学流派发生直接关联,没有参与发动文学思潮或成立文学流派,也没有成为文学思潮、文学流派的代表人物。在普遍以文学现象、文学思潮、文学流派为纲的文学史中,她成

---

[1] 迟子建:《江河水》,载《锁在深处的蜜》,浙江文艺出版社,2016,第49页。

为一个难以归类的作家,她的作品也成为当代文学历史化与经典化的一个难题[1]。如程德培所言,多年来"'咬定青山'的执着所书写的个人文学史,既是迟子建对整体文学史的参与也是一种挑战"[2]。在这里,我无意于为迟子建进入整体文学史探求相应的路径,而是意在对迟子建的写作进行历史的、整体的梳理,也试图通过厘清其写作中的一些关键问题而更好地理解其文学世界。

一 自我的生成与原始风景的发现

1985年,《北方文学》第1期、第3期先后发表了迟子建的短篇小说《那丢失的……》与《沉睡的大固其固》,这是迟子建个人写作史的一个重要开端。其中,《那丢失的……》是迟子建的处女作,主要是写一个名叫杜若的女孩,在毕业要离开学校的时刻重又回到她曾生活多年的宿舍,回忆起过往和舍友们生活的种种。女孩们那种亲密无间的友谊,各自的梦想,即将踏入社会时所迎来的现实与心理的种种变化,在杜若的回忆中逐一显现。这篇小说情节性并不强,更像是一首后青

---

[1] 在大约十年前,何平就颇为敏锐地对"迟子建如何进入文学史?"这一问题做过探讨,提出不少有价值的见解。具体论述可参见何平《重提作为"风俗史"的小说———对迟子建小说的抽样分析》,《当代作家评论》2009年第4期。

[2] 程德培:《魂系彼岸的此岸叙事——论迟子建的小说》,载程德培等《批评史中的作家》,上海文艺出版社,2014,第234页。

春期的诗——是回忆之诗,但也朝向未来开放。它带着许多作家的早期写作都有的那种炽热和纯真,尤其是对友谊的书写颇为动人,然而从文学性的角度来看,它的问题也是明显的。多年后,在《我们的源头》一文中,迟子建曾对这篇作品的创作过程有所回顾并有如下的自我认知:"现在看来,那只是一篇极一般的表达善良愿望的带有浓郁抒情格调的作品,但它对于我走上创作道路却因为具有纪念性而占有特殊的位置。"[1] 也许是考虑到这篇作品的意义更多是私人层面的,多年后,在出版对迟子建来说非常有代表性的四卷本《迟子建短篇小说编年》时,《那丢失的……》并没有收入其中,《沉睡的大固其固》则成为书中发表时间最早的作品。

  对于理解迟子建的文学世界而言,更具个人文学史意义乃至整体文学史意义的开端,应该是1986年,迟子建的第一部中篇小说《北极村童话》在《人民文学》第2期发表。这篇小说主要从一个七八岁大的女孩的视角展开叙述,从"我"坐船被送到北极村的姥姥家开始写起。对于这段寄居生活,"我"原本很是委屈,但很快就发现这一片新天地有很多迷人的所在:在姥姥家的大木刻楞房子中,"我"和姥姥睡一个被窝,对姥姥所讲的"净是鬼和神"的故事既害怕又着迷。这一新天地里还有可以捉蚂蚱、蝈蝈的菜园,有忠诚的、被叫作"傻子"的狗,有和"我"年纪相仿的玩伴,有迷人的月光和极光,有带有神秘色彩的苏联老奶奶……在北极村,"我"度过了许多欢乐的时光,也逐渐开始知道很多并不美好的、令人感到难过的事情:猴姥年轻时曾被逼与日本军官睡觉,多次寻死不成,原本极爱干净的她从此变得邋里邋遢;大

---

[1] 迟子建:《我们的源头》,载《锁在深处的蜜》,第8—9页。

舅已客死他乡，姥爷因不想让姥姥知道而苦苦守住秘密，内心的伤悲也无从说出；苏联老奶奶的丈夫在政治运动中因胆小而带着儿子出逃，扔下她一人独自生活，让她在寂静中走向生命的终结……这一短篇小说名为"北极村童话"，其中所描述的世界，却并非如童话那般美好。

迟子建开始动笔写作《北极村童话》是在1984年，其时她刚刚二十出头。和许多作家的早期作品一样，《北极村童话》同样具有显而易见的经验切身性，甚至小说的主人公就和迟子建一样小名都叫"迎灯"——多年后，有的喜欢迟子建作品的读者则自称是"灯迷"[1]。《北极村童话》也带有写作的早期风格的特征：一种情感宣泄式的写作，并无太多文体方面的考虑，也没有很自觉的技艺层面的追求。"只是信马由缰地追忆难以忘怀的童年生活，只觉得很多的人和事都往笔端冒，于是写了外婆就想起了湿漉漉的夏日晚霞，写了马蜂窝又想起了苏联老奶奶，写了舅舅又想起了大黄狗，写了大雪又想起了江水，不知不觉地，这篇小说有了长度。"[2] 这种并非十分自觉的写作，却为迟子建的写作开启了一个新的世界。在《北极村童话》发表近30年后，韩春燕在一篇文章中写道："迟子建当年以一篇《北极村童话》登上文坛，这篇小说在迟子建后来三十年的创作生涯中，成为一种神秘的召唤文本，使迟子建几乎所有的小说都体现出一种在不同路径上回归它的努力。"[3] 这是一个很值得注意的论断。如果以解释学作为方法，以迟子建的整体创作

---

[1] 这段生活经历，迟子建也曾在散文中多次提及，尤其是在《雪天音乐》一文中有较为完整的记录，可以与《北极村童话》进行对读。参见迟子建《雪天音乐》，载《原来姹紫嫣红开遍》，浙江文艺出版社，2016，第20—27页。

[2] 迟子建：《北极村童话》自序，人民文学出版社，2014，第1页。

[3] 韩春燕：《神性与魔性：迟子建〈群山之巅〉的魅性世界》，《当代作家评论》2015年第6期。

作为视野来对《北极村童话》进行一种部分与整体的、解释学循环式的考察，会发现这一中篇处女作确实意义非凡。北方极地的风景与风俗，边界多族群的人生与人心，草蛇灰线般的历史脉络，小说、童话、传奇等多种艺术因素的融汇，充满爱与温情的叙事伦理，富有灵性、神性的动物与植物……迟子建的写作母题、典型风格、文学元素与文学能力，日后为论者所反复论及的种种，似乎都萌芽于这一作品。而迟子建往后的写作，要么是对其写作母题进行扩展与深化，要么是让其创作风格变得更为清晰，要么是这些基本元素得到进一步的发挥，要么是文学能力得到进一步的张扬，由此而形成一篇又一篇的作品，这一篇又一篇的作品又共同构成一个日益丰厚的文学世界。在这个过程中，变化并不是没有，例外也并不是没有，然而，这种种的变化与例外，也只有放置在这个大脉络所构成的参照系中才能更好地理解；这种种的变化和例外，似乎又是迟子建的人生经历、写作之路与运思方式的合乎逻辑的展开。

借由《北极村童话》这种本真的写作，迟子建也得以发现了她的自我，并经由对自我的凝视而逐渐认识自我得以形成的那个世界。"我对人生最初的认识，完全是从自然界的一些变化而感悟来的。比如我从早衰的植物身上看到了生命的脆弱，同时我也从另一个侧面看到了生命的从容。因为许多衰亡了的植物，在转年的春天又会焕发出勃勃生机，看上去比前一年似乎更加有朝气。"[1] 而在与更多的人，与更多的动物和植物，与更多的可见和不可见的事物的遇合中，其自我也在成长，日益变得丰厚。

---

[1] 迟子建：《寒冷的高纬度——我的梦开始的地方》，载《锁在深处的蜜》，第64页。

在《北极村童话》之后，迟子建又发表了《没有夏天了》《奇寒》《遥渡相思》《旧土地》《没有月亮的抱月湾》《在低洼处》《北国一片苍茫》等中短篇小说。1990年在《人民文学》发表的中篇小说《原始风景》，则是迟子建个人写作史上又一具有重要意义的节点。就题材而言，《原始风景》和《北极村童话》有相通之处，但不同于《北极村童话》的是，这种写作已不再是近乎本能式的写作，而是蕴含了更为自觉的写作意识，运用了更多彼时流行的表达技巧，也埋藏着更为复杂的内心冲突。

《原始风景》分为上、下两部，小说的叙述者是一个写作者，上部主要是"我"追忆童年时的生活和见闻，下部则是写"我"开始读小学、在一个小镇的所见所闻。这部小说有一个创作谈式的引言，里头首先谈到的是这样一种言说的困境："当我想为那块土地写点什么的时候，我才明白胜任这项事情多么困难。许多的往事和生活像鱼骨一样鲠在喉咙里，使我分外难受——我不知道自己应该把它吐掉好还是吞下去好。当我放下笔来，我走在异乡的街头，在黄昏时刻，看着混沌的夕阳下喧闹的市场和如潮的人流，我心底有一种说不出的失落感。我背离遥远的故土，来到五光十色的大都市，我寻求的究竟是什么？真正的阳光和空气离我的生活越来越远，它们远远地隐居幕后，在不知不觉中已经成为我身后的背景，而我则被这背景给推到前台。我站在舞台上，我的面前是庞大的观众，他们等待我表演生存的悲剧或者喜剧。可我那一时刻献给观众的唯有无言的沉默和无边的苍凉。"[1] 小说的叙述者和作者并不能等同，这是叙事学理论一再强调的文学常识，然而，

---

[1] 迟子建：《原始风景》，载《北极村童话》，第255页。

《原始风景》里"我"的这种言说困境，和迟子建的实际经历也多少有些关系。在完成《北极村童话》后，迟子建开始离开她所生于斯、长于斯的土地，先后到西北大学作家班、鲁迅文学院作家班参加学习。到西安、北京的这些学习经历，既是空间体验的拓展，又是知识、文学观念与思想观念的映照，这导致迟子建在写作时会经历很多有意无意的变化，甚至是让其自我陷入冲突的状态。对于这些变化，早在1992年，戴洪龄曾在一篇题为《〈北极村童话〉与〈原始风景〉》的文章中进行了出色的论述："从纯情歌唱的《北极村童话》到感伤咏叹的《原始风景》，不仅作家的情感世界变得更深入更深沉，同时在创作手法、艺术构思、叙述风格、语言表现力上，也都有所创新……迟子建的创作已经接受了国内外文学多元化思潮的影响，她不知不觉地把一种现代的叙述方式引进了她的小说，她的创作开始出现了多样化的尝试，《原始风景》是她尝试得比较成功的一篇。"[1] 戴洪龄的这篇文章虽然只谈到迟子建的两篇小说，篇幅也并不长，但是其中所蕴含的洞见是明显的。在迟子建的批评史中，这是极其重要的文章，至今仍有强大的生命力。我想接着戴洪龄谈及的话题指出的是，这段学习经历，除了文学观念和叙事方式的影响，实际上也导致作家在写作时内在精神的变化：开始有更自觉的，甚至是过强的读者意识和对话意识。

通过刚才那段引文可以发现，此时迟子建已经开始自觉地把"五光十色的大都市"中的读者作为她写作时需要对话的对象，自觉地意识到自己需要向这一部分读者描述她的故乡，需要向他们讲述故乡的人与事，也需要通过这种描述来让读者理解作为写作者的自己。然而，这种

---

[1] 戴洪龄：《〈北极村童话〉与〈原始风景〉》，《文艺评论》1992年第1期。

调整并不容易，描述更是困难重重。在那个时刻，写作者的自我和世界都不是稳固的，所以"我"才会觉得"真正的阳光和空气离我的生活越来越远，它们远远地隐居幕后，在不知不觉中已经成为我身后的背景，而我则被这背景给推到前台。我站在舞台上，我的面前是庞大的观众，他们等待我表演生存的悲剧或者喜剧。"在关于《那丢失的……》《北极村童话》等作品的创作谈中，我们都可以看到，迟子建在写作它们时会有一种言说的欢乐，一种自然流露的愉悦；然而在这里，"我"所拥有的只是巨石压心般的沉重。这个"我"未必是迟子建的作家自我，上述感受也未必是她写作《原始风景》时的真实感受，然而，在那样的一个时期，恰好安排了这样的一个讲述者，也多少能看出迟子建在写作时对这种冲突是蛮有感触的。

如戴洪龄所分析的，从《北极村童话》到《原始风景》，这里头有新观念的融入，有新的写作手法的尝试，有许多方面的"进步"，然而，其中也有许多新问题。不同类型的生活体验的冲突，还有读者意识和对话意识的增强，使得迟子建在描述故乡时和之前有了非常大的变化，那就是原始风景的发现。柄谷行人在谈论日本现代文学的起源时，认为风景的发现有一个认识论前提，"风景不是由对所谓外界具有关心的人，而是通过背对外界的'内在的人'发现的"[1]。而在迟子建的写作中，原始风景的发现亦有它的认识论前提——五光十色的大都市所代表的现代文明开始对作家的创作构成冲击。《原始风景》是一个在冲击下写就的文本。经由大都市所代表的现代文明的强光照射，"风景"的原始

---

[1] [日]柄谷行人：《日本现代文学的起源》，赵京华译，生活·读书·新知三联书店，2003，第52页。

性才得以突显出来。"原始风景"和"风景"的区别在于，风景是中性的、客观的描述，原始风景则蕴含着价值判断。事实也正是如此。细读文本可以发现，在描述同样的童年记忆或风景时，比之于《北极村童话》，《原始风景》的态度和描述方式有了明显的变化。我们能感受到一种非常不自然的、不和谐的因素，甚至能感受非常明显的冲突。比如小说中曾这样写到一个寡妇的哭声："她的哭声像歌声一样婉转悠扬，那里面夹杂着一句半句的哭诉，像配乐诗朗诵一样，我常常听得笑出声来。"[1] 小说中还曾这样写到"我"对野菜的回忆："如今我回忆起野菜就像刚刚听完一场交响乐，心中的情绪仍然停留在某一乐章的旋律之中。野菜以无与伦比的妖冶的美态永久地令我销魂。它身上散发着的气息是一顶年岁已久的情人的草帽的沉香，它的姿容是春天在太阳底下最强烈的一次绚烂的曝光，它的眼睛是春天最美丽的泪水。它的落落寡欢，独立不羁，处于山野的野性风味像夏日的窗口一样永远地为我所眷恋。"[2] 北方大地上的一个寡妇的哭声像配乐诗朗诵一样，"我"回忆起野菜就像刚刚听完一场交响乐，这样的描述是高度陌生化的，但也是怪异的。尤其是关于野菜的描述，感觉不像是在写野菜，而是在描述隐喻意义上的野玫瑰，或是在描述卡门似的野性女郎。这种种描述，都诉诸都市文明中的事物，在描述的过程中，都市文明是占主导地位的；"我"是在自觉和不自觉地借用都市文明的思维方式、话语系统来观察、描述、评判原始风景。《原始风景》中所写的一切虽然和《北极村童话》中的一切并无根本性的差异，但是立场和角度已大不相同。在《北极

---

[1] 迟子建：《原始风景》，载《北极村童话》，第296页。
[2] 同上书，第296—297页。

村童话》中,"我"是在用一种带着爱的、充满依恋的眼光去看,去听,去认识,是用一种确信的口吻去描述;在《原始风景》中,"我"的态度却是更为复杂的,里头也有爱和依恋,却有了更多的批判的意识和眼光,仿佛那是一个田园牧歌式的世界,却又是一个需要启蒙、被现代文明意识照亮的世界。这里头,包含着矛盾重重的情感;描述者的情绪、态度和立场,也充满巨大的不确定。因此,小说开头的那段引言其实是无比真实的。小说的引言、正文,甚至包括小说的题目,都说明写作者的自我处在一种冲突的状态。

这种言说的困难,在这之后很长一段时间里对迟子建的写作产生了重要的影响。她开始着力进行多方面的尝试和探索。她继续尝试更好地描述和理解"原始风景",比如《向着白夜旅行》。小说从"我"收到"两封关怀来信"写起,其中一封先是介绍了土拉故的天气、环境与风景,然后"笔锋一转漫不经心却又是精心炮制地"汇报了"我"的前夫马孔多带着新欢到土拉故短住,然后一起前往新疆喀什的消息。另一封则是读者来信,"我"本来"盼望着从中看到赞许的话使自己改变心情",却想不到那只是一个恶作剧:匿名者从洛阳寄来了十三张纸,前十二张都是空白的,第十三张纸上则是"六个歪歪扭扭的字带着一个古怪的惊叹号"——"祝你经期愉快!"在连书本也无法让我镇静的情形下,马孔多竟然出现了,于是"我"决定和他一起到漠河北极村看白夜。这一趟"向着白夜的旅行",其奇崛之处,除了白夜这一神奇的自然景观,还在于与"我"同行的是马孔多的灵魂。看过白夜后回到哈尔滨收到"又两封关怀来信"时我才知道,马孔多已经去世了。这同样是一个具有探索性的文本。此外,迟子建还尝试描述与原始风景对立的那些风景,也就是都市文明的风景。在 90 年代,迟子建进一步离开了她所熟悉的题材领域，写作了一部名为《晨钟响彻黄昏》的都市知识分子题材的小说，试图揭示都市生活的种种问题，以及知识分子的困境，在批判中求索存在的意义。或许是因为这并不是她所熟悉的领域，对于这一类的书写在当时也大多还处于探索时期，《晨钟响彻黄昏》是一个比《原始风景》更具有冲突气息的文本。

对于一个作家来说，异质生活、异质文明、异质观念的冲击可能是良性的，也可能是恶性的。当它构成作家创作的参照系，与作家自我进行平等对话的他者时，这种影响是良性的。而当它的冲击过大，大到足以覆盖或吞噬作家的自我时，这种影响就是恶性的。它会构成一个认识装置和言说装置，仿佛作家的思和言必须完全遵从装置的种种设定才是合法、合理与合情的。虽然有着这样那样的风险，对于一个作家来说，领受这种种的冲击又是必需的。不经过这个阶段，一个作家的写作很难走向阔大；不经过知识、观念与思想的碰撞，还有文体、题材等的探索，一个作家的文学能力也难以得到发展。在这个过程中，作家所能做到的，或许就是对认识装置和言说装置保持警惕，发现被植入装置后也尽快拆除它或打破它。经历一些失败的时刻也许是无可避免的，这并不要紧，要紧的是从失败中自觉，努力锻造一个更为强大的自我。

作为一个作家，迟子建也经历了并且经受住了这样的冲击。对于如何处理自我和他人、题材和风格等关系，迟子建后来逐渐有了自己的心得，找到了自己的方法。在2009年法兰克福国际书展上，迟子建曾以"作家的那扇窗"为题做了一个演讲。她在演讲中谈道："作家的洞察力和想象力，决定了他们会把什么样的风景拉入笔下，他们总要描摹最熟悉的风景，书写最熟悉的人和事。可是一成不变的风景，哪怕它再绚丽，也会让人产生审美疲劳，所以，适当地看看不同的风景，对作家来讲是重要的。"[1] 看看陌生的风景，可以让作家获得一双重新审视风景的慧眼；迟子建又强调，"一个作家既要有开放的心态，又要适时地'封闭'自己。也就是说，风景看得太多、太满，感受了太多的喧哗，也不利于创作。而且，真正的风景，最终是留在心底的风景。而能留在我们心底的风景，注定是我们收回目光、低下头来的一瞬，从心海里渐渐浮现的风景"[2]。如何把握开放和封闭的"度"——程度与角度，的确是一个作家文学能力和文学定力的重要体现。回到迟子建的小说创作会发现，她对这些问题的克服，比她讲述这一风景的辩证法要早不少。起码在 2000 年前后写作《伪满洲国》，尤其是 2005 年写作《额尔古纳河右岸》的时候，迟子建已经完全从这种冲击中走出，获得了更大的文学能力和更强的文学定力。她已经能无比自如从容地处理自我与他者、故乡与他乡、民族与世界、地方与全球、借鉴与创造等问题，能够坚定而自信地去建造属于她的文学世界。在那样的时刻，世界在她眼中可以很大，也可以很小——"当我童年在故乡北极村生活的时候，因为不知道'山外有山、天外有天'，我认定世界就北极村这么大。当我成年以后到过了许多地方，见到了更多的人和更绚丽的风景之后，我回过头来一想，世界其实还是那么大，它只是一个小小的北极村。"[3]

---

[1] 迟子建：《作家的那扇窗》，载《锁在深处的蜜》，第 30 页。

[2] 同上书，第 31 页。

[3] 迟子建：《寒冷的高纬度——我的梦开始的地方》，载《锁在深处的蜜》，第 70 页。

二 万物有灵与万物有情

在谈及迟子建的文学世界时,很多中国研究者和批评家都会注意到其中万物有灵的特点,感觉到一种神秘气息。那是一个充满比喻、象征和意义的世界。

万物有灵的确是迟子建的文学世界的一大特点,在写创作谈,也包括接受马东主持的《文化访谈录》采访时,迟子建本人反复提及这一点。万物有灵可指涉多方面的意蕴,比如认为自然现象或存在物中存在神灵,带有神秘属性,有时也指一切物体都具有生命、感觉与思维能力。这是一种带有原始气息的思维方式,也是一种诗性智慧,如弗雷泽所说的:"在原始人看来,整个世界都是有生命的,花草树木也不例外。它们跟人们一样都有灵魂,从而也像对人一样地对待它们。"[1]在萨满文化影响较为深远的东北,万物有灵的观念一直颇为盛行,在大兴安岭出生和长大的迟子建对此也从小就耳濡目染,深受影响:"我的故乡因为遥远而人迹罕至。它容纳了太多的神话和传说,所以在我记忆中的房屋、牛栏、猪舍、菜园、坟茔、山川河流、日月星辰等等,无一不沾染了它们的色彩和气韵。我笔下的人物显然也无法逃脱它们的笼罩。我所理解的活生生的人不是庸常所指的按现实规律生活的人,而是被神灵之光包围的人。"[2]

---

[1] [英] J. G. 弗雷泽:《金枝——巫术与宗教之研究》,汪培基、徐育新、张泽石译,商务印书馆,2012,第189页。

[2] 迟子建:《谁饮天河之水》,载《原来姹紫嫣红开遍》,第135页。

有待进一步指出的是，万物有灵的观念既影响了迟子建，也影响了其他的东北作家，甚至可以说，万物有灵是不少东北作家在写作时普遍共享的观念[1]。对于迟子建的写作而言，更为根本的特点在于，她认同万物有灵论，又把万物有灵论导向了万物有情论。

有灵的世界本身包含着多重的可能，比如灵有善恶之分，正如人性有善恶之分一样。而在迟子建的文学世界中，万物更多是带着善意，甚至是爱意。

在《北极村童话》中，迟子建曾写到一条极有灵性的狗，它是迎灯在北极村极其重要的玩伴。在迎灯乘船要离开北极村时，它也跳进了江里。最终，"它带着沉重的锁链，带着仅仅因为咬了一个人而被终生束缚的怨恨，更带着它没有消泯的天质和对一个幼小孩子的忠诚，回到了黑龙江的怀抱"[2]。2002年前后，迟子建则开始从一条狗的视角去写世态人心，并由此完成了一部长篇小说，也就是《越过云层的晴朗》。"佛家认为万事万物皆有灵性。我相信这一点，所以用一条狗来做'叙述者'。"[3] 相比于人的视角，《狗》的视角是陌生化的，就此去看人世，会发现人类更为残忍无情，反而是狗更有悲悯之心，也更重情义。《一匹马两个人》在叙述视角的设置上颇为巧妙，它采用的是一个第三人称的叙述视角，却同时呈现人和马的心灵世界，让读者得以同时知晓人和马

---

[1] 闫秋红的学术专著《现代东北文学与萨满教文化》对此有较为细致的梳理，在当代作家刘庆的长篇小说《唇典》中也能看到类似的观念演绎。同样是写萨满的世界，刘庆的《唇典》和迟子建的《额尔古纳河右岸》所描述的都是万物有灵的世界，但不同于《唇典》的是，迟子建在《额尔古纳河右岸》中将万物有灵引向了万物有情。具体论述或事例可参见闫秋红《现代东北文学与萨满教文化》，暨南大学出版社，2012；刘庆《唇典》，作家出版社，2017。

[2] 迟子建：《北极村童话》，载《北极村童话》，第48页。

[3] 迟子建：《越过云层的晴朗》，人民文学出版社，2014，第330页。

内心的喜怒哀乐。就说马的吧,"在马的心目中,云彩是有生命的,它们应该有居住之所。大地上离云最近的,就是山了,云彩住在里面方便的了"[1]。这匹马有诗意的心灵,很善良。它虽然不能用语言和人交流,却能听懂人的话,也能付诸行动表达它的所思所想,有灵且有情。

万物有灵与万物有情的观念,在《额尔古纳河右岸》中有更为细致、更为全面的书写与展现。小说中的鄂温克族人也信奉万物有灵,认为动物、植物,山川、河流,甚至动物、植物的一部分,都是有灵的。相通的灵性,使得人与动物、植物和事物之间具有紧密的关联。比如人、神、兽之间可以互相转换。叙述者"我"曾讲过一个关于黑熊的传说,那是"我"父亲告诉"我"的,"他说熊的前世是人,只因犯了罪,上天才让它变成兽,用四条腿走路。不过有的时候,它仍能做出人的样子,直着身子走路"[2]。小说里还讲述了这样一个故事:拉吉达的祖父在一个月圆之夜,发现人们的睡姿是千姿百态的——有的像老虎一样卧着,有的像蛇一样盘着,还有的像蹲仓的熊一样蹲立着。这意味着,他们在月圆的日子显了形;通过他们的睡姿可以看出他们前世是什么,有的是熊托生的,有的是虎,是蛇,是兔子,等等。

这个万物有灵的世界,同时是一个守恒的世界。小说中曾写到,"我"姐姐列娜有一年生病,是尼都萨满来给她跳神才把她救回来,与此同时,一只灰色的驯鹿仔代替她死去,去了黑暗的世界。这种人与其他事物之间恒常的相通,也使得人和其他生物之间更多地体现为平等的关系。人和驯鹿之间的关系就是如此。对于鄂温克人来说,驯鹿

---

[1] 迟子建:《一匹马两个人》,载《花瓣饭》,人民文学出版社,2012,第184页。
[2] 迟子建:《额尔古纳河右岸》,人民文学出版社,2014,第91页。

是极其重要的,他们对驯鹿有特殊的爱。小说中写道:

> 它们吃东西很爱惜,它们从草地走过,是一边行走一边轻轻啃着青草的,所以那草地总是毫发未损的样子,该绿还是绿的。它们吃桦树和柳树的叶子,也是啃几口就离开,那树依然枝叶茂盛。它们渴了夏季喝河水,冬季则吃雪。只要你在它们的颈下拴上铃铛,它们走到哪里你都不用担心,狼会被那响声吓走,而你会从风儿送来的鹿铃声中,知道它们在哪里。
>
> 驯鹿一定是神赐予我们的,没有它们,就没有我们。虽然它曾经带走了我的亲人,但我还是那么爱它。看不到它们的眼睛,就像白天看不到太阳,夜晚看不到星星一样,会让人在心底发出叹息的。[1]

这一段描写,既表达了鄂温克族人对驯鹿的爱,也说明了在"我"的眼中,驯鹿有其独特的灵性。就像人类爱驯鹿一样,驯鹿爱植物,对植物带有感情,所以吃东西的时候非常怜惜。人和驯鹿同属于一个充满灵性的自然,一个充满爱的、有情的自然。

除了驯鹿、马与狗这样的动物,迟子建笔下的植物也具有灵性,有其独特的性格。小说中有这样的关于剥白桦树的细节:"因为剥的都是树干,所以脱去了树皮的白桦树在被剥的那一年是光着身子的,次年,它的颜色变得灰黑,仿佛是穿上了一条深色裤子。然而又过了一两年,被剥的地方就会生出新鲜的嫩皮,它又给自己穿上耀眼的白袍

---

[1] 迟子建:《额尔古纳河右岸》,第19页。

子了。所以我觉得白桦树是个好裁缝,它能自己给自己做衣裳穿。"[1] 在这里,白桦树是高度拟人化的,也富有灵性,仿佛懂得像人类一样安排自己的生活,像人类一样懂得穿着打扮。

在迟子建的文学世界中,山川也同样有性格,有情感:

> 如果把我们生活着的额尔古纳河右岸比喻为一个顶天立地的巨人的话,那么那些大大小小的河流就是巨人身上纵横交织的血管,而它的骨骼,就是由众多的山峦构成的。那些山属于大兴安岭山脉。
>
> 我这一生见过多少座山,已经记不得了。在我眼中,额尔古纳河右岸的每一座山,都是闪烁在大地上的一颗星星。这些星星在春夏季节是绿色的,秋天是金黄色的,而到了冬天则是银白色的。我爱它们。它们跟人一样,也有自己的性格和体态。有的山矮小而圆润,像是一个个倒扣着的瓦盆;有的山挺拔而清秀地连绵在一起,看上去就像驯鹿伸出的美丽犄角。山上的树,在我眼中就是一团连着一团的血肉。[2]

即便是琴、镜子、船这样通常被现代人视为无生命的物,在迟子建的文学世界中也有其灵性。琴是有灵性的,能够与人相应和,与人息息相关,"人有什么样的心情,它也会是什么样的心情"[3]。《额尔古纳河右岸》写到在"我"最初和镜子相遇时,"镜子里反射着暖融融的阳

---

[1] 迟子建:《额尔古纳河右岸》,第 40 页。
[2] 同上书,第 199 页。
[3] 同上书,第 237 页。

光、洁白的云朵和绿色的山峦,那小圆镜子,似要被春光撑破的样子,那么的饱满,又那么的湿润和明亮"[1]。在和人一起经历许多事情后,镜子就像眼睛一样,变得更具灵性,更通人情——"这面镜子看过我们的山、树木、白云、河流和一张张女人的脸,它是我们生活中的一只眼睛,我怎么能眼睁睁地看着达吉亚娜戳瞎它呢!"[2] 船也是有灵的,似乎也有它的性格:"那条河流很狭窄,水也不深,林克就像揪出一个偷懒的孩子似的,把掩藏在河边草丛中的桦皮船拽出来,推到河水上。"[3] 诸如此类的例子,在《额尔古纳河右岸》,也包括在迟子建的其他小说中还有很多很多。

在迟子建的文学世界中,也并非所有的动物都是良善的,正如不是所有的人都是善良的一样,也有无情的人和无情的动物。在《额尔古纳河右岸》里,狼就是一种可怕而可恶的动物,达西当年正是因为和狼搏斗而失去一条腿,许多年后则因为再次和狼搏斗而失去生命。而一个"我"并不怎么喜欢的人物,在"我"看来,"是跟着驯鹿群的一条母狼"[4]。这些可怕、可恶的动物也有灵,却未必有情。不过,这样的动物毕竟是少数,大多数的动物、植物都是有灵而有情。

在迟子建的小说中,万物有灵之所以可以导向万物有情,在于这些动物、植物具有一种爱的能力,也在于各种无生命之物被赋予了一种爱愿,迟子建也有能力让这种爱愿变得可信而动人——在经过现代主义和后现代主义的洗礼后,这样的文学能力是稀缺而宝贵的。

---

[1] 迟子建:《额尔古纳河右岸》,第 38 页。
[2] 同上书,第 38 页。
[3] 同上书,第 42 页。
[4] 同上书,第 14 页。

从万物有灵到万物有情，还是一个意义生成的过程，是一个不断为生活世界赋魅的过程。这样的时刻是如此之多，由此，小说中的世界亦是一个有情的世界。一草一木、一事一物，也包括世界瞬间的变化，都关乎情感。就以一块红色的布为例吧，你看："它确实像一片晚霞，而且是雨后的晚霞，那么的活泼和新鲜，我们都以为是神灵显现了！如果不是娜杰什卡埋怨娜拉的声音传来，没人认为那是一块布。"[1] 红布是有情的，晚霞也是有情的，而朝霞何尝不是如此："蓝眼睛的吉兰特一出世，额格都亚耶吐血不止，三天后就上天了。据说他离世的那天，朝霞把东方映得红彤彤的，想必他把吐出的鲜血也带了去。"[2] 还得再说说驯鹿。驯鹿当然是有灵而有情的，就连驯鹿的颜色也让"我"产生情感的共鸣："过去的驯鹿主要是灰色和褐色，现在却有多种颜色——灰褐色、灰黑色、白色和花色等。而我最喜欢白色的，白色的驯鹿在我眼中就是飘拂在大地上的云朵。"[3] 小说中曾写到驯鹿在遇到瘟疫后，尼都萨满并没有能够通过自身的神力来终止瘟疫的蔓延，很多驯鹿在瘟疫中死去。林克则带着其中体质比较好的驯鹿躲过一劫，"大家把林克当成了英雄。他看上去更加瘦削，但他的眼睛很亮很亮，仿佛那些死去的驯鹿的目光都凝聚在他的眼睛中了"[4]。在这里，爱与死的关系如此紧密，人和驯鹿的关系如此紧密。

这样的表述方式，在迟子建的小说中随处可见，尤其是在《额尔古纳河右岸》中。这是迟子建最擅长的语言，当它被用来描述北方大地上

---

[1] 迟子建：《额尔古纳河右岸》，第 82 页。
[2] 同上书，第 17 页。
[3] 同上书，第 18 页。
[4] 同上书，第 54 页。

的事物时，它又是最为本真且最为贴切的语言。这样的语言，能给读者带来感觉的愉悦，仿佛人的感官也相互贯通了。它又是富有意义的语言，喻示人与其所生存的自然，乃至于整个世界，是唇齿相依、血肉相连般的关系，而非格格不入或可以截然两分的关系。这样的语言，也是通灵的语言，是有情的语言。这样的语言最终建立了一个和谐而美好的世界，一个可以诗意地栖居的世界。

三　爱与神的共同体的构建

迟子建的长篇小说《额尔古纳河右岸》《伪满洲国》《群山之巅》《白雪乌鸦》，中篇小说《北极村童话》《世界上所有的夜晚》《鸭如花》《布基兰小站的腊八夜》《踏着月光的行板》，还有短篇小说《北国一片苍茫》《盲人报摊》《亲亲土豆》《清水洗尘》，等等，都是优秀的有经典气质的作品。对于理解迟子建的文学世界，它们都是不可或缺的。如果要从她的这些作品，甚至是所有的作品中选出最能体现其人文理想与写作理念的一部，我会选择《额尔古纳河右岸》。

《额尔古纳河右岸》主要写一个正在日渐走向衰亡的鄂温克族支系的百年历史，以文字的方式重建了这一驯鹿部落的生活形态。驯鹿鄂温克人通常以家庭为单位，或是以血缘关系为主组成乌力楞，过着游牧的生活。他们集体打猎，平均分配猎物和生活必需品，并以萨满信仰、各种风俗仪式为中心建立其精神世界和意义世界。《额尔古纳河右岸》对这种生活方式进行了相当细致的书写，以充满诗性的语言构建并呈现了一个爱与神的共同体。

这里所说的共同体，主要取自社会学家滕尼斯的概念和定义。在滕尼斯看来，共同体和社会是一对对立的概念，用以指称两种不同的社会关系和人类结合的生活形态。两者的本质区别在于，共同体包含着"真实的与有机的生命"，社会则是"想象的与机械的构造"。共同体中的生活是亲密的，共同体成员之间痛痒相关，契合度非常高。社会的特点则是切断一切的自然纽带，以绝对独立的人类个体为基本单元，社会中的生活则具有公共性，以契约和利益为基础。就起源来看，共同体的形成要比社会要早，"共同体是古老的；相反，无论作为事物还是名称，社会却是新的"[1]。共同体和社会分别对应于古代和近现代的总体文化形态，古希腊—罗马的城邦、中世纪的日耳曼封建王国、早期近代的自由城镇，都可以视为共同体的历史原型，而近现代以来的商业社会和国家，则是社会的历史原型。社会从共同体中产生并逐渐凌驾于后者之上，但在具体的历史进程中，共同体和社会并非绝对的彼此替代关系，"一方面，共同体的时代的整个发展是逐渐向着社会过渡；而另一方面，共同体的力量尽管在日益减弱，但它还保留在社会的时代里，而且它依然是社群生活的实在品质"[2]。现代社会和现代民族国家中依然保留着共同体的组织方式，尤其是在一些较为边远的、现代性的介入相对有限的地区，社会生活仍旧是以共同体的形式加以组织。

《额尔古纳河右岸》中的鄂温克族人，在很长一段时间里正是以共

---

[1] [德]斐迪南·滕尼斯：《共同体与社会》，张巍卓译，商务印书馆，2019，第70—71页。
[2] 同上书，第463页。

同体的形式存在着。正如秋浦等人在《鄂温克人的原始社会形态》一书中所指出的，一直到 20 世纪 60 年代，中国境内的鄂温克族人依然保持着原始的社会结构和平等互助的道德原则。在滕尼斯看来，一切共同体有三个不同的要素，即血缘、地缘与精神，由此而形成亲属、邻里与友谊这三种关系，形成血缘共同体、地域共同体和精神共同体三种共同体的形式。其中，精神共同体建立在共同的事业或天职的基础上，因而也就建立在共同的信仰的基础上[1]。共同体有着多种多样的类型，有家族、氏族、宗族、部族这样的血缘共同体，也有乡村社团这样的地缘共同体或地域共同体，还有行会、协会这样的精神共同体，或是以民族为单元的民族共同体。它们各自有着不同的活动形式和组织结构；这些共同体形态，又都植根于家庭。家庭内在的母性气质和父性气质是塑造共同体关系的原初要素，这些要素以不同的比例和组合方式塑造了不同的共同体形态。《额尔古纳河右岸》中也涉及多种共同体组织形式，并且这些形式是交错地存在的，既有额尔古纳河右岸这样的地域共同体，有乌力楞这样的血缘共同体，又包含着鄂温克族、鄂伦春族为中心的民族共同体和萨满信仰为中心的精神共同体。

有机性是共同体的重要特征之一，"只有当任何现实的东西（Alles Wirkliche）能被人想象成联系着整个现实，并且它的性质与运动被整个现实决定时，它才是有机的（organisch）事物"[2]。对于《额尔古纳河右岸》中的共同体世界来说，万物有灵的萨满信仰，以及与此相关的一系列习俗、习惯，起到非常重要的作用，是这个共同体的有机性的直接根

---

[1] 参见 [德] 斐迪南·滕尼斯：《共同体与社会》，第 376—377 页。
[2] 同上书，第 71 页。

源。万物有灵这一感知世界、理解世界的方式，则是萨满信仰的基础。

在《额尔古纳河右岸》中，这个共同体世界除了是万物有灵的世界，也是一个为爱所充盈的世界；共同体成员之间具有鲜明的互助意识和团体精神。这和鄂温克人实际的社会生活状况不无关系。在莫兰看来，"共同体的根源深深植于生命世界……远古社会中，共同体伦理在语言和意识中涌现出来，通过共同的祖先神话自我加强和证明，而对共同体神灵的崇拜将其成员兄弟般地联合起来。它的各种互助的守则，包括对规定和禁忌的服从，深深地刻在人们的精神中"[1]。在鄂温克族人的生活世界里，长期以来也存在着莫兰所说的一系列的行为规范和伦理规范，鄂温克族人称之为"敖教尔"，指的是古老的传统或祖先传下来的习惯。"敖教尔"代表着全体成员的利益，因而大家都必须严格遵守。鄂温克人的"敖教尔"要求个人的行动一定要注意到集体的利益。比如在进行狩猎时，就有考虑他人的一些习惯——猎人在打到猎物之后，务必把地上的血迹与污物清理干净，否则将被别人视为不道德的行为。原因在于，不把血迹和污物清理干净，别的野兽在嗅到后会远远避开，这样其他人就会很难猎获野兽。又比如在分配猎物时，对于同一乌力楞中的老者、寡妇、孤儿，都要分给他们一些兽肉或皮毛，这是每个乌力楞成员应尽的责任和义务。甚至，打中野兽的人必须把猎物中最好的部分分给别人，自己不仅只拿很少的一部分，而且还是很差的那部分。这种习惯也是每个鄂温克人所必须遵守的。以诸如此类的习惯为基础，鄂温克族人相应地形成了他们的道德规范，认为帮助别人、关心别人、把好处与方便让给别人是高尚的道德品质。若是反其道而行之，则被

---

[1] [法] 埃德加·莫兰：《伦理》，于硕译，学林出版社，2017，第217页。

视为是可耻的。甚至在进行交换时，他们也没有多少私人意识。这在鄂温克族人有关商人的概念中有所反映。他们称商人为"安达"，其原意是"义兄弟们""朋友们"；原因在于，在原始社会的状态下，交换和互相赠送之间并无区别，所以把交换的对方看作是朋友[1]。

从打猎、分配猎物的习惯等可以看出，鄂温克人的生活习惯与行事方式，也包括他们的道德规范，都带有明显的共同体的性质。在社会中，利己主义是相当普遍的，"仿佛每个人都在为所有人的利益服务，每个人都把彼此看作与自己等同的人，但实际上每个人想的都是自己，而且每个人同所有其他的人对立，他只关心自己的重要性和自己将获得的利益。当某人向另一个人提供令后者适意的东西时，他至少会期待乃至于要求收到一个等值的东西；因此，他会权衡自己给予的服务、恭维以及礼物等等，看看它们是否能满足了自己希望的效果"[2]。共同体中的生活却与此不同，"在共同体中，对物的共同关系是次要的问题，与其说物是用来被交换的，不如说它用来被人共同地占有、共同地享受"[3]。

鄂温克族人的这些行为方式更是一种爱的体现——对共同体成员的爱，也包括对共同体本身的爱。在《额尔古纳河右岸》中，这种共同体的爱与责任，最为集中地体现在尼都萨满和妮浩萨满身上。在乌丙安看来，萨满"把所有类似宗教职能的特点都融于己身，既是天神的代言人，又是精灵的替身；既代表人们许下心愿，又为人们排忧解难。他们中的大多数就是人们中的一员，并不完全脱离生产。他们在萨满世

---

[1] 参见秋浦等：《鄂温克人的原始社会形态》，中华书局，1962，第68—69页。
[2] [德] 斐迪南·滕尼斯：《共同体与社会》，第151页。
[3] 同上书，第152页。

界中是人又是神,是他们在放任癫狂的情绪下,用萨满巫术支配着这个世界的方方面面"[1]。这种"是人又是神"的特质,在《额尔古纳河右岸》中的尼都萨满和妮浩萨满身上都有鲜明的体现。作为人,他们渴求爱情,渴望生儿育女,而作为能沟通人、神与灵的萨满,他们对共同体、部落也担负着重要的责任。比如在共同体的成员生病时,他们必须尽力救人。尼都萨满和妮浩萨满都是这么做的。妮浩萨满尤其如此。虽然知道每次救活一个人她都可能会失去一个孩子,但是她依然选择救人。这既是在承担自己作为萨满对族群的神圣责任,更是因为妮浩心中有一种浩大的爱。

其他成员对于共同体也是如此。在《额尔古纳河右岸》中,虽然也有像马粪包这样自私的、自我的个体,但是毕竟是少数,而且马粪包后来也被感化了,大多数人在大多数时候都很有公心。譬如妮浩的丈夫鲁尼在面临个人之爱与共同体之爱的冲突时,内心是非常痛苦的:"鲁尼满怀怜爱地把妮浩抱在怀中,用手轻轻抚摩她的头发,是那么的温存和忧伤。我明白,他既希望我们的氏族有一个新萨满,又不愿看到自己所爱的人被神灵左右时所遭受的那种肉体上的痛苦。"[2] 而鲁尼和妮浩一样,常常会为了共同体之爱而牺牲个人之爱。

鄂温克人信仰萨满教,信仰万物有灵。这些信仰,也为共同体秩序的形成起到了重要的作用。神在这个共同体世界中具有很高的地位。萨满教主张多神论而非一神论,众多的神和灵都参与设定世界秩序,也为正义、伦理立法,由此而形成神圣秩序。在这个万物有灵的世界中,人

---

[1] 乌丙安:《萨满信仰研究》,长春出版社,2014,第6页。
[2] 迟子建:《额尔古纳河右岸》,第139页。

只是自然共同体中的一员，诸神，还有众多的灵，与人一同存在于自然秩序当中。神之外的万物之间则相对平等，通常是互爱的关系。万物有灵的信仰，也包括带有神性的萨满，都使得迟子建笔下的共同体世界具有神性色彩。由此，小说中所描绘的鄂温克族人组成的部落，是一个爱与神的共同体，额尔古纳河右岸则是天、地、神、人共属一体的世界。

这个爱与神的共同体的形成，有其现实根源，也经由迟子建的诗性语言和诗性智慧而得到强化、深化与美化。比如说，在迟子建的笔下，萨满都是充满爱的，是善良的，《额尔古纳河右岸》中的萨满是如此，《布基兰小站的腊八夜》中的萨满也同样如此。在历史世界和现实世界中，情况却并非完全如此。就世界范围来看，有的人会认为萨满巫师是令人心惊胆战的，萨满如果要伤害或者杀死某个人，可以通过制作邪恶的雪人的方式来捕获对方的灵魂。萨满可能会作恶，可以是邪恶的[1]。东北萨满也分为白萨满、黑萨满，俗称"白勃额"与"黑勃额"，"白勃额是代表善神灵为人们祝福求吉的助力，黑勃额是代表恶神灵、依靠恶灵给人们带来灾害的异己者"[2]。就小说而言，同样是写东北萨满信仰，刘庆的长篇小说《唇典》中的萨满就与迟子建笔下的萨满非常不一样，《唇典》的主人公满斗是一个命定的萨满，却逃避成为萨满，用一生来拒绝成为萨满的命运。

妮浩和尼都这两个萨满的形象，寄寓着迟子建的爱愿——"我写萨满时内心洋溢着一股激情，我觉得，萨满就是理想主义和浪漫主义的化身，这也契合我骨子里的东西。所以我写那两个萨满的时候，能够把自

---

[1] 参见［英］彼得·戴维森：《北方的观念：地形、历史和文学想象》，陈薇薇译，生活·读书·新知三联书店，2019，第9、16页。

[2] 乌丙安：《萨满信仰研究》，第209页。

己融进去。萨满通过歌舞与灵魂沟通，那种喜悦和悲苦是生活在大自然中的我所能够体会到的。"[1] 尽管如此，迟子建也并没有回避或无视这个共同体所存在的问题，也承认那是一个并非尽善尽美的世界。外在自然环境的变化，包括现代性的入侵，使得他们的生存变得非常困难。疾病、瘟疫等各种天灾人祸，一直对他们的生存构成挑战：林克是被雷电击中而死亡；达西曾为保护驯鹿而赤手空拳地和饿狼搏斗，却被狼咬断了一条腿而成为瘸子，后来在和狼的另一场搏斗中死去……迟子建还注意到共同体的风俗与习惯并非尽善尽美。《额尔古纳河右岸》中写道，尼都萨满和林克曾经同时爱上了达玛拉，达玛拉对他们也都喜欢，后来嫁给了林克。林克去世后，达玛拉和尼都萨满虽然彼此相爱，却不能在一起，只能在孤独中老去。因为按照氏族的规矩，若是哥哥死后，弟弟可以娶嫂子做妻子；若是弟弟死了，哥哥却不能娶弟媳为妻。小说中多次借"我"之口对这"陈旧的规矩"提出疑问和反思。在"我"即将出嫁的时候，达玛拉取了一团火给"我"。"那个瞬间我抱着她哭了。我突然觉得她是那么的可怜，那么的孤单！我们抵制她和尼都萨满的情感，也许是罪过的。因为虽然我们维护的是氏族的规矩，可我们实际做的，不正是熄灭她心中火焰的勾当吗？！我们让她的心彻底凉了，所以即使她还守着火，过的却是冰冷的日子。"[2] 这样的书写显然是带着情感倾向的。

在《额尔古纳河右岸》中，也包括在迟子建的其他作品中，她时常肯定爱的意义，同时又有一种爱的隐忧。比如极端的爱带来的不是幸福

---

[1] 迟子建、周景雷：《文学的第三地》，《当代作家评论》2006年第4期。
[2] 迟子建：《额尔古纳河右岸》，第100页。

而是痛苦，甚至会酿造爱的悲剧。拉吉米对马伊堪的爱就是如此。马伊堪是拉吉米的养女，如精灵一般漂亮，拉吉米对她非常宠爱，甚至因为过于爱马伊堪而无法接受她嫁人，一再阻止她恋爱。最后马伊堪不堪重负，生下私生子后跳崖自杀，留下私生子陪伴拉吉米。拉吉米并非心里没有爱，只是他并不懂得爱的要义，不懂得爱并非占有，不懂得占有欲过强的爱其实是一种自私的爱，甚至是一种异化了的爱。这种爱具有一种危险的力量。爱可能是医治心灵、让人类摆脱可怜而可悲的处境的良药，也可能是心灵和精神的毒药，会害人也会害己。当人能恰切地运用爱，其人性的光辉就可能显现，甚至是趋于神性；当人错误地运用爱，其恶魔性的一面就可能会显形，占据人的心灵，扭曲人的灵魂。

迟子建还注意到，爱的力量并不是无限的，爱有它自身的困境。爱而不得就是其一。依芙琳虽然知道她的儿子金得并不喜欢杰芙琳娜，却执意要让他娶杰芙琳娜为妻，理由在于，依芙琳看了太多爱的悲剧：伊万喜欢娜杰什卡，娜杰什卡却还是带着孩子离开了他；金得原本喜欢妮浩，妮浩却嫁给了鲁尼。正是这种越是爱却越是得不到的困境，使得依芙琳做了错误的选择。

《额尔古纳河右岸》中的共同体世界，并不是一个尽善尽美的世界，却又是最为接近迟子建的理想世界的世界；《额尔古纳河右岸》的写作，可以说是迟子建个人的人文理想和写作实践的最为极致的一次表达。在这部作品获得茅盾文学奖后，迟子建曾在一次采访中谈道："写作《额尔古纳河右岸》的时候，那种状态是一种难以言传的美好，进入了一种特别松弛又特别迷人的境界，所以我是不忍心把它写完。写完以后有一种特别地失落的感觉，觉得我跟这样一群人告别了。而这样一群人，我塑造的这样一群人，可能是我最想相处的人，我是不忍告别的。那样的一种环境，也是我不想背离的环境。"[1] 作为一个有个人的文学理想与生活理想，希望"为文学"和"为人生"能够通而为一的作家，构建一个有爱的、充满神性的共同体是她的生活愿望，也是文学愿望。迟子建也证明了她有此能力，她的作品就是最好的证明。可是，迟子建并没有将此愿望过于理想化，并没有因此造成对文学世界与生活世界的简化。在《额尔古纳河右岸》中，迟子建以诗性语言和诗性智慧建构了一个爱与神的共同体，在这个共同体世界中，人和自然处于一种亲密的状态。而这个爱与神的共同体，又处在日渐衰落甚至是解体的过程中。整部小说的写作，既是一个"想象的共同体"得以构建的过程，又是迟子建为之而唱的一曲悠长的挽歌。对于小说中的鄂温克族人来说，下山是根本的转变，意味着生活性质和组织方式的根本变化，也就是从共同体转向社会。在这个过程中，不只是组织形式和生成方式的转变，也是宗教精神逐渐消亡的过程，是个体精神中神性、灵性逐渐丧失的过程，也是复合的文化走向衰亡的过程。

---

[1] 此为迟子建在接受中央电视台《人物》栏目的访谈时的发言，2011年播出。

四　地方与世界

《额尔古纳河右岸》所写的虽然是大兴安岭地区鄂温克族一个部落的历史，具有鲜明的地方色彩，但是迟子建在创作这部作品时，眼光并不局限于地方，而是具有一种世界历史视野的意识，蕴含着对人类文明进程的思索。

在《额尔古纳河右岸》完稿后，迟子建曾写了一篇题为《从山峦到海洋》的文章，讲述了《额尔古纳河右岸》的创作缘起和写作过程。她在里面写道，一部作品的诞生，就像一棵树的诞生一样，需要机缘和条件；《额尔古纳河右岸》的特别之处在于，它是先有了泥土，然后才有种子。迟子建所说的"泥土"，指的是她出生、长大的那片土地的历史与当下所给她的记忆和经验；"种子"则与朋友寄来的关于鄂温克族画家柳芭的经历的报道、鄂温克族人下乡定居事件，以及迟子建到澳大利亚和爱尔兰等地访问的见闻等有关。在前往澳洲土著人聚集的达尔文市短住时，迟子建遇见了很多"四肢枯细、肚子微腆、肤色黝黑的土著人"，"他们聚集在一起，坐在草地上饮酒歌唱。那低沉的歌声就像盘旋着的海鸥一样，在喧嚣的海涛声中若隐若现。当地人说，澳洲政府对土著人实行了多项优惠政策，他们有特殊的生活补贴，但他们进城以后，把那些钱都挥霍到酒馆和赌场中了，他们仍然时常回到山林的部落中，过着割舍不下的老日子。我在达尔文的街头，看见的土著人不是坐在骄阳下的公交车站的长椅前打盹儿，就是席地而坐在商业区的街道上，在画布上描画他们部落的图腾以换取微薄的收入。更有甚者，他们有的倚靠在店铺的门窗前，向往来的游人伸出乞讨的手"[1]。这些澳洲土著人的遭遇，和鄂温克人下山后的经历有很多相通之处。尤其是他们的精神世界都有一种自然性，他们都曾生活在共同体当中，却又都经受了从共同体到社会的转折。自然是他们的共同体的存在根基，离开所生活的自然，意味着精神根基的丧失；对于很多人来说，尤其是对于那些已经在共同体中完成其深层心理建构的个体来说，要接受新的情感结构、意义结构和生活方式是非常困难的。即使他们在物质生活上得到更好的安置，有房子可住，有家可归，内心却仍旧可能处于无地彷徨的状态。

除了经受文明转折的人们，那些由现代文明培育起来的、从小就谙熟现代社会生活规则的人，也未尝不会陷入这种无地彷徨、紧张焦虑的状态。一方面，"现代的人都是断根的人。'断根'（Entwurzelung）借用自德国思想家马克斯·韦伯的术语，形容人在文化意义上被连根拔起，永久地失去了和曾经养育自己的那片土地的联系。社会学家用'双重脱嵌'（double disembedding）来描述现代人的这种处境——一方面永久地离开了自己过去的故乡，另一方面却无法融入现在生活的地方。以往人们觉得这是对进城务工人员生活的典型描述，但现在我发现，几乎每个人都在经历这种'双重脱嵌'。更进一步说，现代人都是游牧民族——就像游牧民族逐水草而居一样，现代人跟着工作和生存机会不断迁徙，居无定所，永失故土"[2]。另一方面，在现代社会中，人类个体虽然获得了比以前要远为广阔的选择自由，但同时也得承担更

---

[1] 迟子建：《跋：从山峦到海洋》，载《额尔古纳河右岸》，第295页。
[2] 郁喆隽：《未来焦虑与历史意识》，《书城》2020年第2期。

大的责任。个人可以为自己而活，也时常得承受由此而来的种种孤单，"社会的理论构想出一个由人组成的圈子，就像共同体一样，人们以和平的方式一起生活和居住，但是在此，他们实质上并非结合在一起，而是彼此分离。在共同体里，尽管存在着种种分离的因素，但人们保持着结合，社会则与之相反，虽然其中存在着种种结合的因素，人们却保持着分离。因而在社会里，不会产生源于一个先天的、必然存在的统一体的行动。因此，只要行动通过个体产生，那么个体也就不会在自身之中表达统一体的意志和精神，同样，在这里也不会出现那种为了联合体的利益恰如为了自己的利益般的行动。在这个地方，每个人都只是为了自己，并且每个人都处于同所有人对立的紧张状态"[1]。同样是在《从山峦到海洋》一文中，迟子建还提到她访问爱尔兰时的一个见闻，写到这种紧张焦虑的状态："我住在都柏林一条繁华的酒吧街上，每至深夜，酒吧营业到高潮的时候，砌着青石方砖的街道上，就有众多的人从酒吧中络绎而出，他们无所顾忌地叫喊、歌唱、拥吻，直至凌晨。我几乎每个夜晚都会被扰醒……他们大约都是被现代文明的滚滚车轮碾碎了心灵、为此而困惑和痛苦着的人！只有丧失了丰饶内心生活的人，才会呈现出这样一种生活状态。"[2]

由此可见，现代文明本身所造成的疏离感，世界范围内普遍存在的"无地彷徨""在而不属于"的状态，"这股弥漫全球的文明的冷漠"和"人世间最深重的凄风苦雨"[3]，正是《额尔古纳河右岸》得以成其所是的"种子"。这并不是一部只有地域关怀的作品，不只是提供一种地

---

[1] [德] 斐迪南·滕尼斯：《共同体与社会》，第129页。
[2] 迟子建：《跋：从山峦到海洋》，载《额尔古纳河右岸》，第297页。
[3] 同上书，第298页。

方知识，也是在思考，一个现代性与后现代性在全球逐渐扩张的时代，一些跟不上这种发展步伐的共同体、部族与个体何去何从的问题，里头更蕴含着对现代文明的深层反思。

不管是从中国范围还是从全球范围来看，共同体式的生活正在消逝，社会却在逐渐形成并日益走向繁荣。这是文明进程的总路线。对此，迟子建有着清醒的认识。她承认这是历史行进的必然趋势，有其合理的一面，可是她也注意到这一历史进程所付出的代价。她认为自己的写作具有"向后看"的特征，也有志于为日渐消逝的种种留下见证式的书写。《额尔古纳河右岸》《布基兰小站的腊八夜》都关注那些已经有稳固的情感结构和心理基础，难以进行自我调整，进而实现从共同体到社会的转型的个体和族群。另外，人和自然之间的非亲和化与对象化，是由共同体式的生存到社会式的生存的一个后果，是一个全球性的进程。迟子建在构思这样一部作品时，已经蕴含着这样一种对总体的文化转折与文化危机的思考；而这样的思考和描绘，并没有随着《额尔古纳河右岸》的完成而结束，而是在《群山之巅》《候鸟的勇敢》等作品中得到了延续和扩展。

在《额尔古纳河右岸》中，迟子建曾这样运用过候鸟的意象："两年以后，那些定居在激流乡的各个部落的人，果然因为驯鹿的原因，又像回归的候鸟一样，一批接着一批地回到山上。看来旧生活还是春天。"[1] 多年后，她又写了一部题为《候鸟的勇敢》的中篇小说。在里面，迟子建写了另一种意义上的"候鸟人"。他们根据时令的变化如候鸟一般迁移，却失去了对自然的爱与敬畏，由此而遭到自然的报复。他们

---

[1] 迟子建：《额尔古纳河右岸》，第 246 页。

所信奉的，是机械论的自然法则和功利主义，竭尽全力地追求物质财富和享乐，追求特权。他们虽然名为"候鸟人"，却算不上是自然之子，而是自然的敌人。从写作技艺的层面来看，《候鸟的勇敢》的完成度和艺术水准与《额尔古纳河右岸》存在不少距离，但这两部作品在思想层面上仍可以互为参照，并且一脉相承。

《额尔古纳河右岸》描绘了一种正在走向消亡的、共同体式的生活方式，描述了鄂温克族人逐渐去自然化的过程，也借由这种书写照亮了现代社会的缺失，为理解当下的生活提供了反思的视角，为现代人重构其伦理品性和生活方式提供了精神参照。《额尔古纳河右岸》中的鄂温克族人一度生活在一个万物有灵的世界之中。万物之所以有灵，固然和自身的物性有关，更在于物与物、物与自然的相互契合，相互应和。《额尔古纳河右岸》中写道，考虑到山上的环境恶劣，医疗条件不好，政府曾动员族人下山到激流乡定居。他们担心驯鹿不能适应，汉族干部觉得驯鹿是动物，不会像人那么娇气，鲁尼却觉得，驯鹿在山中采食的东西有上百种，只让它们吃草和树枝就会没有灵性，甚至会死亡。哈谢也觉得："我们的驯鹿，它们夏天走路时踩着露珠，吃东西时身边有花朵和蝴蝶伴着，喝水时能看着水里的游鱼；冬天呢，它们扒开积雪吃苔藓的时候，还能看到埋藏在雪下的红豆，听到小鸟的叫声，猪怎么能跟它相比呢！"[1] 人其实也同样如此。小说中还写道，在做健康普查时，"我"对以听诊器为象征的现代医学抱怀疑的态度："我是不相信那个冰凉的、圆圆的铁家伙能听出我的病。在我看来，风能听出我的病，流水能听出我的病，月光也能听出我的病。病是埋藏在我胸口中

---

[1] 迟子建：《额尔古纳河右岸》，第240页。

的秘密之花。我这一辈子，从来没有进卫生院看过一次病。我郁闷了，就去风中站上一刻，它会吹散我心底的愁云；我心烦了，就到河畔去听听流水的声音，它们会立刻给我带来安宁的心境。我这一生能健康地活到九十岁，证明我没有选错医生，我的医生就是清风流水，日月星辰。"[1] 这样的认知方式，有过于诗化、过于浪漫的成分，可是一旦如《候鸟的勇敢》中所描述的那样，对自然完全失去敬畏，视自然为可供肆意利用的对象，误以为人类是万物的主人，人类也会陷入一种可怕而可悲的境地。正如莫兰所强调的，人类"不能以化约或割裂的方式去对待人与自然的关系。人类是一种地球与生物圈的实体。既是自然的又是超自然的人类，产生于生机勃勃的、物质的大自然，又因为文化、思想及意识而与之隔离，人应该在大自然中返本归源，充实精神"[2]。

作为一个作家，迟子建有其鲜明而独特的人文理念，致力于以诗性文字建立属于她的爱与神的共同体。她的写作又不是架空式的，而是深深地扎根于她所生于斯、长于斯的东北大地，具有鲜明的在地性。

迟子建在写作中一直注视着东北大地的历史流变与现实发展，先后写作了《伪满洲国》《白雪乌鸦》等历史题材小说。东北在中国近现代史上是一个复杂的所在，"东北是传统'关外'应许之地，却也是中国现代性的黑暗之心，迟子建笔下的世界是地域文明的创造，也是创伤。19世纪末，成千上万的移民来此垦殖，同时引来日本与俄国势力竞相角逐。东北文化根底不深，却经历了无比剧烈的动荡。而在此之外的是大山大水，是草原，是冰雪，仿佛只有庞大的自然律动才能解决

---

[1] 迟子建：《额尔古纳河右岸》，第241页。
[2] [法]埃德加·莫兰：《伦理》，第238页。

或包容一切"[1]。具体到迟子建的出生地和成长地漠河北极村,包括她后来定居的哈尔滨也同样如此。漠河位于大兴安岭北部,与内蒙古额尔古纳市接壤,也与俄罗斯隔江相望。这里是汉、满、蒙、鄂温克、鄂伦春、赫哲、锡伯、朝鲜等民族的聚居地,又与俄国人在文化、经济上有诸多往来,在政治上也有复杂的互动。哈尔滨地处中国东北地区、东北亚中心地带,是中国东北北部政治、经济、文化中心,也深受俄国文化影响。

迟子建的写作,极其重视这种地域历史的复杂性。她的都市题材的中篇小说《晚安玫瑰》《起舞》《黄鸡白酒》,共同构成"哈尔滨三部曲"。其中《晚安玫瑰》所写的正是20世纪初流亡到哈尔滨的犹太人的经历。他们的遭遇引起了迟子建的情感震荡,因此她在小说中塑造了吉莲娜这个人物。吉莲娜也可以与《北极村童话》中的苏联老奶奶等人构成一个人物谱系。在长达70万字的长篇小说《伪满洲国》中,迟子建更是把伪满洲国从1932年成立到1945年灭亡这一段无法忘却的复杂历史作为书写对象,而且如王彬彬所言:"这十三四年间,在被日本人牢牢控制着的伪满洲国里人民的生活状况,远比任何一种简单化的想象都要复杂得多,混沌得多。那是一种难以言说的生活状态。而迟子建以七十万字的言说,表现了伪满洲国人民生活的难以言说性。我以为,这是这部长篇小说最独特的价值所在。"[2]《白雪乌鸦》则以20世纪初东北遭遇鼠疫这一历史事件为切入点,演绎不同国族、不同阶层、不同身份的人在危机时刻的恐惧或不惧、无义或大义、无情或有情,还有

---

[1] 王德威:《我们与鹤的距离——评迟子建〈候鸟的勇敢〉》,《当代文坛》2020年第1期。
[2] 王彬彬:《论迟子建长篇小说〈伪满洲国〉》,《当代文坛》2019年第3期。

他们所经历的各种无从化约、无从概括的复杂处境。对诸如此类的历史题材的处理，也足以证明迟子建的写作突破了女性写作通常的界限与局限。在地方与世界、历史与当下的多重视野的交织中，迟子建通过她的文学书写构建了一个独特的北方世界。它有着曲折的、多重的、多皱褶的历史，也有着多样的、充满无限可能的现实；它携带着苍凉的气息，充满喧哗和骚动，却又充满爱，流露温情，富有灵性与神性；它述说存在的危机，也呵护天地万物的生机。

迟子建试图以她的人文理念来克服社会的现代性危机，通过构建一个基于人们经验的共同情感、带有伦理意向的文学世界来应对现代世界的种种问题。她有能力从地方出发，走向中国，抵达世界，再由此返观中国和地方，也有能力由特殊抵达普遍，实现两者的融合。在30多年的创作中，她的写作技法日益精湛，写作风格逐渐清晰，叙事版图逐步扩大，叙事伦理更见睿智。她有得天独厚的写作根据地，也有能力创造一个属于自己的文学世界。她所生活的世界造就了她，她也以她的文字回报了她所生活的世界。她是命定的作家，上帝厚爱她。

第二章 他们都是造物主的光荣
——邓一光的深圳系列小说

在不少场合,比如在《当我们谈论深圳文学的时候,我们在谈论什么?》《消失给你看,或死给你看》等文章里,邓一光都谈到他对城市文学或深圳文学的看法。他有自己的观念与立场,但也不回避疑难,乐于保持开放心态,成为提问者而不是给出终极答案的人。他曾这样谈到深圳作家的身份和心理认同的问题:"和内地的书写者不同,深圳的书写者至少要多做一件事,回答自己与生活着的这座城市之间的关系,以及自己在这座城市里究竟能写什么和怎么写这样一些令人苦恼的问题。内地的写作者不需要回答这些问题,他们与生活着的城市有着与生俱来的关系,地域性关系先在地就确定了,没有纠结或没法有纠结,但深圳的写作者有。你问十个深圳的写作者,就会吃惊地发现,他们当中多数人说不清楚,或自以为清楚,但在自己及自己的写作与这座城市之间到底有什么关系、是否能够建立关系、在何处建立关系这些问题上,思路混乱;他们更多的是在生存原则和移民符号的命名下,而非写作的意义上,把自己与这座城市联系起来了。"[1] 与此相关,邓一

---

[1] 邓一光:《当我们谈论深圳文学的时候,我们在谈论什么?》,《山花》2014年第2期。

光还谈到了深圳作为一座城市在文学上的独特意义,以及深圳文学的界定难度等问题。它们至今仍有待进一步追问与阐释。

邓一光更是城市文学的自觉实践者,从 2001 年至今,已先后出版《深圳在北纬 22°27′ ～ 22°52′》《你可以让百合生长》《深圳蓝》《坐着坐着天就黑了》《在龙华跳舞的两个原则》等多部以深圳这个城市为叙事空间的小说集。它们丰富了人们对深圳的认知,对于建构新城市文学亦有重要的方法论意义。

一 新城市文学的空间意识

这里所说的新城市文学包含着两个面向:新的城市文学,对应于旧的、已有的城市文学;新城市的文学,侧重点在于新城市,重视文学和城市的互动与建构。它们正如一个硬币的两面,有所不同,却又难以截然划分,是互相映照、互相成全的关系。邓一光小说所具有的方法论意义也包括上述两个方面。

今日中国的城市文学无疑处在孟繁华所说的"建构时期":城市文学已成为中国文学变革的方向,但是真正伟大的作品尚未诞生,仍在酝酿与期待之中。对于城市书写的参与者来说,我以为首先应该注意的,是书写老城市和新城市的方法并不一样。对于北京、南京、西安这样的老城市,时间是比空间更为值得注意的因素,或者说,其空间是高度时间化的。北京、南京等老城市的魅力通常来自时间的积淀。围绕这些城市而写就的作品也往往是从时间或历史的角度入手，形成独特的叙事美学。举个例子，王德威在为葛亮的长篇小说《朱雀》写序时，便首先是对南京的历史作一番追溯，在历史的视野发掘并确认《朱雀》的魅力："在古老的南京和青春的南京之间，在历史忧伤和传奇想象之间，葛亮寻寻觅觅，写下属于他这一世代的南京叙事。"[1] 邱华栋亦谈到这个问题。在回顾个人在北京生活的 20 余年经历时，他谈到北京在现代城市改造中所发生的变化，看到了"老北京正在迅速消失，而一座叫作国际化大都市的北京正在崛起"。然而，他并不认为老北京就此失魂落魄，"老灵魂"存在，"主要是存在于这座城市的气韵中。这是一座都城，有几千年的历史，纵使那些建筑都颓败了，消失了，但一种无形的东西仍旧存在着。比如那些门墩，比如一些四合院，比如几千棵百年以上的古树，比如从天坛到钟鼓楼的中轴线上的旧皇宫及祈天赐福之地，比如颐和园的皇家园林和圆明园的残石败碑。我无法描述出这种东西，这种可以称之为北京的气质与性格的东西。但它是存在的，那就是它的积淀与风格，它的胸怀，它的沉稳与庄严，它的保守和自大，它的开阔与颓败中的新生"[2]。金宇澄在其备受关注的《繁花》中，也正是从类似的一衣一饭等细部入手，来重构"老上海"的多重面孔。

　　大概是因为以往的城市发展大多经过漫长的时间积累，从时间入手书写城市往往具有方法论上的普适性。张定浩在一篇尝试对"城市小说"进行重新定义的文章中，所给出的第一条定义便是认为"城市小说是那些我们在阅读时不觉其为城市小说但随着时间流逝慢慢转化为城

---

[1] 王德威：《序言：归去未见朱雀航——葛亮的〈朱雀〉》，载葛亮《朱雀》，作家出版社，2010，第Ⅱ页。

[2] 邱华栋：《人的城》，《美文》2017 年第 5 期。

市记忆的小说"。他从接受美学的角度入手，认为城市小说所提供的阅读经验和城市居民的生活经验是一致的，"唯有游客和异乡人，才迫不及待地通过醒目的商业地标和强烈的文化冲突感知城市的存在，对那些长久定居于此的人来说，城市在一些不足为人道的细枝末节里"[1]。然而，我也注意到，这些原则对于深圳这样的新城市来说，几乎是失效的。作为在改革开放中迅速崛起的新城市，深圳缺乏深厚的历史底蕴。它是一座快速成型的城市，给人的感觉，正如一部按了快进键的电影。它所经历的时间过于短暂，几乎是无历史感的，也是无时间的。它只有今生，而没有前世。因其历史感的缺失，空间的效应则更为突出。深圳作为一座城市的魅力，不是源自时间而是源自空间，尤其是具有童话色彩、理想色彩的公共空间。

同样是跟深圳这座城市的形成方式有关，邓一光、吴君、王十月等作家在书写深圳这座城市时都会突出其空间因素。尤其是邓一光，他干脆将写深圳的第一部短篇小说集命名为《深圳在北纬22°27′～22°52′》，收入书中的9篇小说，有7篇的题目跟深圳的公共空间有直接关联。第二部中短篇小说集《你可以让百合生长》也同样如此，收入其中的13篇小说，有9篇均以非常直接的方式标明了小说的叙事空间。

对于许多并无深圳生活经验，不熟悉深圳的读者而言，这种处理方式会显得极不自然，但是它符合深圳的实际状况，也是对许多深圳人存在处境的直接揭示。深圳是一座移民城市，土著居民只有3万人左右，此外的1000多万人大多来自内地或广东别的地方，成年后才移居至此。他们之所以来到深圳，首先是被这座城市的公共空间吸引。他们

---

[1] 张定浩：《关于"城市小说"的札记》，《上海文化》2014年第11期。

当中的绝大多数人无力在深圳购买住房,尤其是众多打工者,通常住在狭窄的宿舍或杂乱的出租屋里。这些私人空间又不足以承载他们的"深圳梦",因此,他们的所思所想与行动往往是在公共空间中展开的。

《我在红树林想到的事情》这篇小说所描绘所讲述的,正是叙述者"我"因买不起房子而让"深圳梦"逐渐脱离华丽的过程。它的开篇即写道:"樊鸿宾带我去深南大道看房子。房子美轮美奂,价格昂贵,我买不起。我们离开那里,去滨海大道看另一处房子。那处房子也不错,像一片珊瑚虫的坟茔,倚山傍海,气宇轩昂,让人有敬畏感,价格也不菲。"[1] 在意识到无法在这个城市拥有住房之后,"我"选择了去红树林,在这一公共空间中思索个人与深圳的关系。如果邓一光在这篇小说中仅仅是讲述这样一个故事,未免会显得过于观念化,可是他巧妙地在小说里引入了另一个故事:一个青年人的母亲为他在这座城市买了一所房子,但他并不高兴,因为母亲获得房子的方式让他觉得羞耻。围绕着房子的有与无,得与失,邓一光让"我"与他展开了一次虚拟的对话,也借此为小说营构了独特的意蕴与张力,增强了可读性与文学性。

大卫·哈维曾在《巴黎城记》等著作中把社会政治、经济变革、个人命运、城市地貌与建筑风格等融为一个有内在结构的思想体系,借此揭示城市空间的多重意蕴,而在《离市民中心二百米》当中,邓一光则如哈维一样,重视探讨城市空间与社会公正的问题。正如哈维一再强调的,空间并不只有物理属性,还带有政治属性与经济属性,因此我们可以从空间入手讨论政治问题以及经济问题。小说中所写到的深

---

[1] 邓一光:《我在红树林想到的事情》,载《深圳在北纬22°27′～22°52′》,海天出版社,2012,第2页。

圳市民中心位于深圳市中心区中轴线上,是深圳的标志性建筑,被称为深圳的"市民大客厅"。它实际上是深圳市政府的所在地。将市政府改称市民中心,则意在体现以下理念:第一,有效政府的理念——要求政府与其他非政府组织、市民一起形成复合的结构,政府与市民共享信息与文明。第二,开放政府的理念——市民中心的大型开放式平台使其开放功能得以突显,市民中心以开放理念促进信息分享,其软硬件建设都体现政府的开放意识。第三,服务政府的理念——"服务政府"的本质是"有限政府""法治政府"和"民主政府",这些理念亦通过完善的服务系统得以落实。在写作这篇小说时,邓一光显然非常熟悉"市民中心"的种种空间意蕴并通过小说的形式进行互文式书写。小说的主角是一对恋人,"他"与"她"都来自农村,通过奋斗都拥有了户口,也拥有了属于自己的房子。住在"离市民中心二百米"的地方,令"她"觉得骄傲、自豪,也增加了"她"对深圳的参与感与认同感:

> 她喜欢宽敞、亮堂、洁净和有条不紊的地方。怎么说呢,孕育她的地方是窄小、阴暗和混乱无章的,学习、成长和工作的地方同样如此。人们总说,一个人最终只需要三尺没身之地,但那是灵魂出窍之后的事。难道她只能在三寸子宫、五尺教室和七尺工作间里度过她的全部生命?
>
> 她应该走进更宽阔的地方。她迷恋成为宽阔之地主人的那种自由感觉。[1]

---

[1] 邓一光:《离市民中心二百米》,载《深圳在北纬22°27′~22°52′》,第62页。

于"她"而言，以市民中心为代表的深圳，是一个可以实现个人价值的"希望的空间"。不过，如果这篇小说仅仅停留于此，那么它只会成为城市生活的一曲颂歌，是对"城市让生活更美好"这一城市发展主义的意识形态的阐释。这篇小说更为开阔之处在于，它通过"她"的视角发现了一个问题：并非这个城市的每个人都能享受官方所许诺的市民权利。小说中写到一个来自农村的清洁工，他从来没有进过市民中心，也从来不曾想过走进市民中心。他的出身与社会身份，使得他在物理学的意义上距离市民中心非常近，在存在学的意义上却离它很远。他甚至觉得，自己虽然在深圳工作，但是并不属于深圳，"我只知道，我不是深圳人，从来不是，一直都不是"[1]。深圳于他，只是谋生之地，而非流着奶与蜜的应许之地，并不是一个"希望的空间"。他也不曾体会过那种"成为宽阔之地主人的那种自由感觉"。"在而不属于"，是他独特的存在状态。

在《离市民中心二百米》中，清洁工只是一个次要的、无名的角色。在另一个场合，在《万象城不知道钱的命运》里面，清洁工人则成为小说的主角。他的名字叫德林。小说中所写到的万象城，被称为深圳最大、华南最好、中国最具示范效应的大型室内购物中心，是消费者的天堂。和市民中心一样，万象城是深圳"最值得炫耀的地方之一，这里有琳琅满目的商品，有你能够想到的、满足你所有物质欲望的美丽商品，以及令人舒适的交易过程。如果你有足够的钱，它们还属于你，你可以随意选择你的所需所欲"[2]。但正如《离市民中心二百米》里的那

---

[1] 邓一光：《离市民中心二百米》，载《深圳在北纬 22°27′～22°52′》，第 68 页。

[2] 邓一光：《万象城不知道钱的命运》，载《深圳在北纬 22°27′～22°52′》，第 127 页。

位阶级兄弟，德林也无法享受眼前的一切，并不是"这个世界的主人"。他在这里付出劳动，每个月所得的不过是不到两千元的薪水，还有一个可以暂时用作私人空间的杂物间。在杂物间里，他可以拥有片刻的轻松，可以喝一杯热茶，幻想美妙的尘梦，可以与同样来自"外省"的周明明用肉身互相慰藉。杂物间承载着他的喜怒哀乐："杂物间是他的，是他的庇护所，他想在杂物间怎么坐就怎么坐，想坐到什么时候就坐到什么时候。有几次，他把自己关在杂物间里，不开灯，在黑暗里默默流泪，流够了把泪擦干，擤一把鼻涕，出去继续工作。"[1] 正是在这个物质过剩的购物天堂里，德林在物质与精神上的贫乏显露无遗。和《离市民中心二百米》里的那位清洁工一样，德林其实也"在而不属于"这里。德林不同于《离市民中心二百米》那位阶级兄弟的地方，在于他仍有继续前行的信心，仍认为这座城市于他是一个"希望的空间"。

《台风停在关外》也值得注意。它主要写三个人物：一个正在被警察追捕的逃亡者，在小说中承担着叙述者的功能；一对恋人，岳小白与杨桃。事件发生于深圳关外的某处草坪，"我"已逃亡了三天三夜，此时非常疲倦；岳小白则穿着整洁的衣服来与杨桃约会，希望能与她去七天酒店或到他居住的地方，但杨桃不同意。随着两人争吵的加深以及台风的逐渐到来，岳小白内心的风暴也逐渐显形——在与杨桃见面前，他刚刚目睹了同事如何遭遇意外而失去一条胳膊，在血与泪中变得既绝望又恐惧。他希望能通过性爱来释放难以承受的压力，却没有一个属于他的私人空间。小说的叙述者说，"我无法把私密与公共空间

---

[1] 邓一光：《万象城不知道钱的命运》，载《深圳在北纬22°27′～22°52′》，第122页。

的区别弄清楚"[1]，这既是他个人的存在处境，也是深圳这座城市里许多人的存在处境。

极其鲜明的空间意识，从政治的、经济的、人文的角度来阐释城市空间的方法，是邓一光深圳系列小说的重要特征，也是我们可以称之为新城市文学的重要特征。他所写的，实际上是公共空间中的私人生活，这种"错位感"对应的恰好是存在的真实。

二 城市书写的精神路线

还值得注意的是，邓一光这些作品内在的精神路线也与以往的城市小说有所不同。

从 20 世纪 90 年代以来，不少中国作家在书写城市时，往往将城市视为罪恶之城与欲望之城，书写的过程也正是人一步一步地被奴役的过程，用当下的流行语来说，是一个"被虐"的过程。不少作家还共享着如下的集体无意识：人物"被虐"的程度越彻底，则写作显得越有力度和深度；人不过是物质与欲望的奴役，或如萨特所言，从根本上看，是一堆无用的激情。

但这两点，邓一光都不认同。他相信人有生命意志与自由意志，有人之为人的尊严与价值。相应地，他也看到了城市生活的凶险，却

---

[1] 邓一光：《台风停在关外》，载《你可以让百合生长》，海天出版社，2014，第 212 页。

不认为写作的目的是享受人物"被虐"所带来的快感或借此证明个人的才能,而是为了求证一个问题:在现实面前,在城市之中,人的生命意志与自由意志到底会不会被击垮?

会的。比如《轨道八号线》当中的韦立马,一个打工者,"他有一双炯炯有神的小眼睛,目光中总是充满了欲望的光芒,喜欢说'向生活挑战'之类励志的话"[1]。韦立马年轻,也有野心和抱负,想在这个城市里展示自己的力量,想"让自己成为大家伙",成为"大人物"。小说里的核心事件,是韦立马打算带着一帮工友去坐轨道八号线,想从龙华出发进入深圳的中心——这一事件既是具体的,又有象征的意味。正是在这次出行中,韦立马体会到了前所未有的参与危机和认同危机:"很奇怪,有些东西它们和我无关,它们没有一样是我的……"[2]他开始隐隐意识到个人在城市中的卑微,"明天早上我们必须走进车间,去成为他妈的流水线上的一道程序"[3]。更为痛苦的是,他知道没有人知道他们来过这里,他们不过是美丽城市里的一粒微尘。韦立马不甘心,他希望行动,想爬到会展中心的顶部,想站在高处,借此证明自己的存在价值。然而他失败了,最后如无理性的困兽般伤害了自己的工友。

韦立马有强劲的生命意志与自由意志,这却意外地使得他成了杀人犯,起码是犯了故意伤害罪。小说最后揭开的谜底这样的:他们出行的目的——想去看八号线——是虚妄的,因为八号线还只是理念之物,而非实存之物。

韦立马失败了——他的生命意志与自由意志是盲目的。诸如此类

---

[1] 邓一光:《轨道八号线》,载《你可以让百合生长》,第298页。
[2] 同上书,第313页。
[3] 同上书,第319页。

的失败者形象,在邓一光的小说中还大量存在。他们要么已然失败,要么正走在通往失败的途中。邓一光令人敬佩之处在于,他发现了另外的存在路线:如果得到正确的指引,人的生命意志与自由意志也可以将他们引向成功,引向辉煌。这是他艰难求证的结果。

中篇小说《你可以让百合生长》可资一证。

> 现在有一道题,请回答。
>
> 一个14岁的女生,她有一个因为不断复吸因此老在去戒毒所的路上的父亲,一个总是鼓励自己日复一日说大话却缺乏基本生存技能因此不断丢掉工作的母亲,还有一个每天提出一百个天才问题却找不到卫生间因此总是拉在裤子上的智障哥哥,她该怎么办?[1]

这个女生是小说的主角。上述问题是她给世人提出的问题,也是邓一光给她也给自己提出的问题。她在困境甚至是绝境当中,然而她还有梦想。她想成为一个歌手,但事实上她不具备这样的可能。这种不可能,并非仅仅是因为她的家庭背景不好,也是因为她缺乏天赋。或然与必然的失败已经在等着她,但她不服气、不甘心,想要尝试,想要挑战。在音乐老师左渐将和班主任黄莺等人的鼓励下,她也真的尝试、挑战了,最后却还是没有实现愿望。不同于韦立马的是,在追寻的过程中,她实现了个人的蜕变,她意外地发现那位"智障哥哥"在歌唱上的潜能,也发现了自己的才能在于作曲。尝试与挑战的过程,于是成了一个度己也度人的过程。

---

[1] 邓一光:《你可以让百合生长》,载《你可以让百合生长》,第5页。

读这篇小说的时候,我觉得她是一个英雄。左渐将也是一个英雄——他的形象让我想起晚期的贝多芬,在生命最后的时刻,依然能迸发异彩。他度人也度己。他们不是革命历史小说谱系里那种高大全的崇高形象,而是现代生活意义上的英雄。之所以是英雄,不是因为他们都获得了成功,而是因为他们在生活面前、在苦难面前始终有着挺拔的生命意志与自由意志,能凭着意志不断上升、不断发光。借用邓一光小说中的话来说,他们是一些"哭过也笑过,仍在努力生活"的人。他们都是造物主的光荣。

这是一种久违了的人物形象。从某种意义上说,这类人物形象不符合当代小说的精神路线。在巴尔扎克的手杖上刻着这样一句箴言:"我可以粉碎一切障碍。"而到了21世纪,作家们更乐于相信卡夫卡所说的才是真实:"一切障碍都在粉碎我。"因此,整个世界都在挤对人,试图粉碎人,这成了普遍性的精神路线。这种写法自然有其意义,我们不妨引用李敬泽的说法来佐证。在一篇文章中,他曾这样谈论罗伟章的一篇小说:"《变脸》涉及到身份、尊严、责任、道德,这些都是普遍、长久的文学主题,在这些问题上的选择和战斗构成了人类永无结局的伟大故事。但《变脸》依然是令人震惊的,它使我们意识到,在广大的人群中,有些人,他们的选择余地是那么小,任何壮丽或悲壮的故事在他们身上似乎都显得奢侈,显得不真实。罗伟章雄辩地展现了人的这种逼仄处境:生活无可抵抗地挤压过来,变不变?只有变……看出并且展现这种逼仄,是罗伟章的力量所在。"[1]

---

[1] 李敬泽:《在困苦中求证人之可能——以罗伟章为例》,载《为文学申辩》,作家出版社,2009,第99页。

同样地，竭力写人物不断"受虐"的作品，也有力地描绘了 20 世纪以来人类外在的和内在的状况。这是它们的价值所在。可是这种写法的局限也是明显的。也是在关于罗伟章的文章中，李敬泽接着提问："一切其他的路径真的已被封死吗？小说的任务仅仅是展现生活对人的支配吗？小说家的志向难道不是想象和求证人的选择和战斗吗？即使在最艰难、最逼仄之处，小说家难道不能打开某个空间，让人的生活不至于无奈的叹息，让人的精神不致枯竭？"李敬泽反对"把人界定为某种必然性的囚徒"，"反映现实时，作家常常告诉我们，他对现实中的问题没有办法。其实，并没有人要求他像政治家、经济学家和社会学家那样提出什么切实可行的办法，但他的'反映'也决不应该仅仅是论证生活就是如此、人只能如此"[1]。也就是说，作家应该着力于在某种必然性之外求证另外的可能。

渺小的、无力的、无望的、阴郁的感觉，同样属于邓一光小说中的人物，但他正好如李敬泽所说的，觉得"不甘心"，因而试图不断求证并论证，当一个人在困厄中，他的生命意志与自由意志，他的反抗精神可能是有意义的。因此，在感伤与焦虑之外，邓一光让人看到了希望与力量；在众人喑哑的时刻，他笔下的人物坚持发声。

也许是因为背离这种精神路线太久了，在刚刚开始读邓一光的这些小说时，我同样感觉到某种"不自然"，觉得它们的作者太过时落后了，竟然还这么写，简直是来自 19 世纪。但我逐渐怀疑自己，是不是已经在复杂的生活中砥砺了自己的内心，变得过于世故了。我相信他同样看到了障碍的存在，看到了伴随障碍而来的种种危险，但是他还

---

[1] 李敬泽：《在困苦中求证人之可能——以罗伟章为例》，载《为文学申辩》，第 99 页。

是坚持认为，自由意志不可丧失，不管处境如何，我们还是要尝试粉碎一切障碍，哪怕这种尝试的结果是让自己粉身碎骨。

"敏感的心都很脆弱"，不太能接受这样的逻辑。这是文坛硬汉的逻辑。

三　城市生活的复杂与幽微

在如何看待城市的问题上，邓一光不是取本质主义的立场，毋宁说，他是一位经验主义者。他并不认为城市就是天堂，也不认为城市就是地狱；他并不认为城市生活必然就是善的或是恶的。他更愿意从人与城市的关系入手，其实是从个人与某座具体的城市的关系入手，写两者的遇合。在他的城市书写当中，我们看到的是如下的存在状况：有的人在城市中实现了自我的价值；有的人在城市里步步退隐，退回个人的内心世界；有的人步步走向精神分裂，寄希望于逃亡；有的人在城市里转眼便是成功人士，而另一些人一夜之间成为罪犯……相应地，对于深圳这座城市，邓一光既有批评，也有肯定。他注意到，"在这座城市里，心理障碍、心境恶劣障碍、焦虑障碍、物质使用障碍、酒精使用障碍、精神病障碍和特殊恐惧症的人数高达17.3%，就是说，至少有90万精神分裂症病人，360万抑郁症病人默默无闻地生活和游动在我们的身边……"[1] 他也意识到,"很多在别的城市消失掉的人,一些生活的失败者,他们不断出现在这座城市,扬眉吐气,成为新生活的主人"[2]。

要写出城市生活本身的复杂性,首先要真正理解城市生活,作家除了是敏感的观察者,还必须熟悉社会阶层结构和精神现象。在很多时候,邓一光也确实是这样做的。他具备在低处倾听的能力,敏感的感知能力,但我更想强调的是,他还具备从高处俯瞰生活的智慧。在他的笔下,人既是属于城市的,又是属于自然的和宇宙的——而后者,是很多城市文学作品所忽略的。作为一个作家,邓一光能够静观和享受宇宙的绚烂,参与其中,在广阔世界中敞开自身,成就自身,成就富丽的人性。他也把这种智慧赋予小说人物——这一点,在《我是太阳》《我是我的神》等大部头里已发挥到极致,同时在深圳系列的作品中也得到延续——他尝试从自然的和宇宙的整体视野来看待城市之子。

在《要橘子还是梅林》当中,邓一光设置了这样两个人物并讲述了这样一个故事:叙述者"我"是一个焦虑症患者,有一天晚上去一家士多店买烟,并与看起来非常年轻、充满活力、目光犀利的店主相遇。"我"不断地尝试诉说个人在城市中所遭遇的种种失败,铺陈城市生活的种种弊端。店主是"一个非比寻常的角色",有时候会"审视世界似的站在那里",时而倾听时而讲述个人对世界的看法。"我"是一个悲观主义者,店主却不是。谈到蜉蝣这种生命只有几小时的生物时,"我"觉得"真没意思",店主却认为,蜉蝣没那么简单,虽然生命短暂,但是"它们一直在耐心地为生命中最后那个短暂的华彩一现而努力生活,

---

[1] 邓一光:《如何走进欢乐谷》,载《你可以让百合生长》,第359—360页。

[2] 邓一光:《要橘子还是梅林》,载《你可以让百合生长》,第233页。

它们非常了不起"。由物及人,"我"同样觉得生活没意思无意义,这位店主却说:"我从没觉得我只能活一次。这一生我能活很多次,差不多两万来次吧。只不过,每活一次的时间没有那么长,只有一天。这样,如果某一天我没有活好,活得很糟糕,第二天我就会努力地活,让自己活得开心精彩。"[1] 这既是两个不同个体的对话,也是两种生命哲学的碰撞。

  店主试图把每天都视为生命的第一天,也是最后一天;既是最初的时刻,也是最后一刻。这使得他既无限地珍惜当下,又无限地砥砺自我更新的意志。他的每一天都具有无限的价值,也可以断然舍弃;他一天的不幸不会累积到下一天,所以对他来说每天都是新生。这是一个充满光彩的人物,拥有充满光彩的生命哲学。有意思的是,在故事的末端,邓一光指出了这篇小说的虚构性质——它或许并未发生,而只是一种个人想象。但这个有时候会"审视世界似的站在那里"的"非比寻常的角色",在邓一光小说中非常重要,也一再出现。在《杨梅坑》中,他化身为一个开游艇的青年,说话时带着"见过世面的口气","像哲学家"。他们从自然和宇宙的视域来打量世俗世界,包括世俗的城市生活。这无疑是一种非常重要的体验,如皮埃尔·阿多所说的,"俯瞰事物的体验可以让人想象一种内心的视觉,飞越大地与凡间","这种想象的努力,也是才智的努力,尤其致力于将人类重新安置在广袤的宇宙之中,让他意识到自己究竟是什么。首先意识到他的渺小,因为,这让他感受到人间的事物看上去虽有首要的重要性,但在这种视野里考虑的话,则是微不足道的……这种努力也要让人类意识到人的伟大,

---

[1] 邓一光:《要橘子还是梅林》,载《你可以让百合生长》,第241—242页。

因为他的精神可以穿越整个宇宙……这种努力带来这样的效果：让个体在普遍性的视野里看待事物，并从私己的视角里抽离出来。这就是为什么从高处俯视的眼光引向不偏不倚的公正"[1]。

邓一光小说中的这些人物之所以能看淡金钱与权力，看淡得失，看淡生死，正在于他们是"在普遍性的视野里看待事物"。凭借这一视野，人才能突破一己的限制，不再以人类为中心，不再以个人为中心，个人与人类已归属更高的秩序——自然或宇宙。

在邓一光深圳题材的作品中，我认为《乘和谐号找牙》《罗湖游戏》并没有写好，理念的痕迹过于明显；写得最好的是《你可以让百合生长》与《深圳在北纬22°27′～22°52′》，文学性与思想性俱佳。《你可以让百合生长》以艺术的形式充分说明了强健的自由意志与生命意志可以给人带来怎样的辉煌，但它的视角还是属于世俗的，借用阿多的话来说，是为了求证人如何凭着意志获得"具有首要的重要性"的"人间事物"。《深圳在北纬22°27′～22°52′》则包含着自然的与宇宙的视角——它同样是从城市的世俗生活开始，写"我"如何因为工作压力而精神恍惚。但邓一光告诉我们，这只是精神恍惚的原因之一。里面那位美丽的瑜伽修行者并无类似的压力，但"集自然和心灵宠爱于一身的"她依然会遇到类似的问题，不断从现实与梦幻中惊醒。在梦中，他是一匹马，而她是蝴蝶。他们的问题植根于神秘莫测、难以用科学来解释的生命现象。在故事的末尾，邓一光更告诉我们，有类似问题的人或许还有很多，"还有更多隐身的生命在这座城市里默默生活着"。

---

[1] [法]皮埃尔·阿多：《作为生活方式的哲学：皮埃尔·阿多与雅妮·卡尔利埃、阿尔诺·戴维森对话录》，姜丹丹译，上海译文出版社，2014，第200—201页。

我想，邓一光在写作这篇小说时，首先是为了求证如下的问题：在当今时代，自由意志是否仍有存在的可能。相应地，在一个现代的甚至是后现代的城市空间里，人是否仍有可能从重重奴役中挣脱出来，自由地呼吸，自由地存在。接着，他继续深入，继续求证：对于有着漫长发展史的人类来说，仅有城市的话，我们是否足以安顿我们的梦想，是否足以给我们天性中的自由充分驰骋的疆域？如果光有城市还不够，我们又该走向何方？我们该如何重建个人，如何再造我们的文明？

邓一光没有给出必然的答案。这时候他是一位心态开放的提问者。而当邓一光这么写作的时候，他的视野显然超出了通常意义上的城市文学的视野。如果说这仍属城市文学的范畴，我愿意称之为新城市文学。

在读完《深圳在北纬 22°27′ ～ 22°52′》和《你可以让百合生长》这两部小说集后，我还读了《深圳蓝》《仙湖在另一个地方熠熠发光》《一步之遥》《深圳河里为什么没有鱼》等发表于各类期刊的作品。《深圳蓝》写的是"90 后"的生活，阅读时的第一感觉是——"很潮啊！"这些作品如此现代，没有丝毫的暮气，洞悉世情，却不犬儒，在潮流之中又在潮流之外。很难想象，它们竟然出自一位如此资深的作家之手。但是，也许正是因为邓一光是 50 年代出生的作家，他才会以如此这般的方式来书写深圳，书写城市。对于年青一代作家来说，感伤与反讽，还有小清新，更符合他们的审美趣味。

读邓一光的作品是一个充满愉悦的过程，我尤其喜欢他笔下那些有昂扬的生命意志与自由意志的人物，那些能在高处俯瞰生活的人物——他们都是造物主的光荣。与此同时，我也觉得有些不满足：邓一光写了不同阶层、不同身份的人物，涉及深圳的不同面孔，但他似乎有意无意地忽略了很重要的两类——官员与商人。我很想知道,这些社会变革的主导者,在参与这座城市的建造过程中经历了怎样的内心风暴。这种不满足,也源于我另外的期待——因为邓一光、南翔、薛忆沩、吴君、蔡东、徐东、厚圃、毕亮、陈再见等作家的努力,这座城市逐渐拥有了与之相对应的城市文学,但他们更多是用中短篇的形式来书写这个城市。而要真正产生与这座城市相匹配的伟大作品,长篇小说同样是无可忽视的,甚至是更值得期待的形式。从阅历、知识结构、创作经验等方面来说,邓一光无疑是写作长篇的理想人选。

不过不要紧,邓一光已经找到了他的方向,而且他"根本停不下来"——说不定他真会做这样的尝试。

第三章　转折时期的心迹与心学
——叶弥小说的叙事母题与美学风格

叶弥的小说有多种不同的读法。这次集中读她的长篇小说《不老》《风流图卷》《美哉少年》，还有《你的世界之外》《成长如蜕》《桃花渡》《叶弥六短篇》等小说集，时常在我脑海中回响的，是两个词："断裂"与"破碎"。这两个词和理论无关，也并非概念。我们可以从名词的角度去理解，视之为叶弥小说的关键词。我们也可以将之理解为动词。这是因为，叶弥的很多小说在叙事层面都有一个动力机制：她笔下的人物往往会遭遇一些意外事件，因此陷入一种悬空状态。这些意外事件，既可能是个人意义上的，也可能是社会历史意义上的，和大时代的脉动息息相关。这种悬空状态的持续和演变，会对人物的情感、思想、心灵等方方面面产生影响，让人物的生活发生断裂、破碎与转折。

——从断裂与破碎开始，展开叙述和思索，这是叶弥小说常见的叙事方式。

一　从断裂与破碎开始

这里不妨从《天鹅绒》谈起。这是叶弥颇具代表性的短篇小说，也曾被改编为姜文的电影《太阳照常升起》。小说的开篇，写的是"从前有一个乡下女人，很穷。从小到大，她对于幸福的回忆，不是出嫁的那一天，不是儿子生下的那一刻，而是她吃过的有数的几顿红烧肉"[1]。这里所说的"从前"，是指20世纪60年代及其前后，其实并不遥远。接下来的段落，不断地写到这个女人的穷。比如："这个乡下女人真的非常穷，她家里的炕上一年四季只有一床薄而破的被子，被子下面一年四季垫着一条芦席。她只有一双干净像样的布鞋，用作逢年过节和走亲访友时穿——光着脚穿，她没有袜子。当然她更不可能有牙刷、牙膏、指甲钳之类的东西。"[2] 在当时，穷并不是羞耻的事，而另一个女人的一句话——"连袜子都不买一双，敢情真想做赤脚大仙？"让这个自尊要强的女人颇受刺激。她——李杨氏——盘算让正在读高一的儿子休学，然后拿那几个学费去买袜子，选袜子时又临时起意，觉得买袜子只能在过节时穿一下，并不划算，于是买了两斤猪肉。她想烧上一锅红烧肉，与丈夫、儿子一同端到门外去吃，让全村的人看见她家在吃猪肉。可意外的是，这两斤肉在她上厕所时不翼而飞了，她因此而发疯。三年后，她又趁着清醒而自尊的时候，急急忙忙地跳河了。她的生命由此结束。两斤猪肉被偷，这是她生命中的核心事件，也是她生命的转

---

[1] 叶弥：《天鹅绒》，载《你的世界之外》，文化发展出版社，2020，第68页。
[2] 同上。

折时刻或断裂时刻。从此,她的精神陷入一种碎裂的状态,无从修复。

《天鹅绒》的篇幅并不长,李杨氏的遭遇是其中的一个故事。小说还写道,李杨氏的儿子李东方,是队里的小队长,认识了在上山下乡运动中来到村里的唐雨林、姚妹妹一家。唐雨林下放时所带来的一杆猎枪,是令李东方感到十分好奇的物。唐雨林的祖父是远在印度尼西亚的华侨,猎枪据说是唐雨林祖父留下来的。姚妹妹言谈中谈到的虾仁烧卖、小笼汤包,也是让李东方感到十分好奇的。李东方后来喜欢上了姚妹妹,在他们耳鬓厮磨的时刻,唐雨林突然从外面回家了,并且听到了两句话。其中一句是姚妹妹说的:"我家老唐说我的皮肤像天鹅绒。"第二句则是李东方说的:"天鹅绒是什么东西?"对于生活在穷乡僻壤的李东方来说,天鹅绒也是超出他经验范围的物。面对唐雨林,李东方最为惆怅的甚至不是死亡,而是不知道天鹅绒为何物。这是李东方的"天问"。

在《天鹅绒》中,在那个特定的年代,物的匮乏成为一种普遍的现象。物的匮乏和精神的狂热之间,则有一种断裂。《天鹅绒》还以小说的形式,展现了特定年代的物体系。特定的物体系,又标画出特定年代的区隔与断裂,比如城市和乡村的区隔与断裂,国家和国家在交往上的区隔与断裂。对于李东方来说,唐雨林和姚妹妹,意味着一种城市的生活,甚至是一种异国的想象。与他们相关的物,猎枪、虾仁烧卖、小笼汤包、天鹅绒等,则是另一种生活的物体系。猎枪与天鹅绒,分别表征着另一种生活的暴烈与温柔。他无从认识这些物,也就无以认识另一种生活。偏偏,李东方又显出一种执着的认知意志,从城市里来的唐雨林则显示出一种仁心,想在终结李东方的生命之前教会他知道什么是天鹅绒。在物资匮乏的年代,天鹅绒已经一种成为很难买到的布料,这是令唐雨林感到非常沮丧的。而李东方最终的选择是,告知唐雨林不必找了,"我想来想去,已经知道天鹅绒是什么样子了……跟姚妹妹的皮肤一样"。他通过想象或移情的实践完成了认知,实现了逻辑的自洽;在这样的时刻失去了生命,又仿佛因此而赢得了个人的自尊,获得了生命的意义。

以物为核心而写人的命运,写人的喜怒哀乐,写时代的转折,这是《天鹅绒》的一大特征。这一方法,在叶弥的《文家的帽子》《金玉满堂》等作品中同样得到了延续,又有细微的差别。《金玉满堂》主要是写一个名叫何涧石的资本家,拥有许多字画古籍,还有各种文玩珍宝。在60年代,这些珍贵的物被视为"封资修"的玩意儿,不再具有价值。小说主要写出身知识分子家庭的"我"和伙头史三牛到何涧石家抄家的情景。"我"懵懵懂懂地紧跟时代潮流,被所谓先进的思想洗脑。史三牛则被何涧石点化,在危难之际将何涧石的不少珍宝藏了起来。时隔30年,暗里逃走到香港的何涧石与"我"、史三牛再次相遇。三十年河东三十年河西,斗转星移,当年毫无价值的种种又变得价值连城,何涧石已成为资本家,史三牛也靠当年偷藏的字画过上富贵的生活,"我"则郁郁不得志。物之意义和价值的变化,呼应着历史的风云流变,也使得人物的命运如此无常,悲欢难测。此间种种,无疑都耐人寻味。《文家的帽子》则主要以帽子为主线,讲述吴郭城的大家族文家两代人的故事。其一是文老太爷文泽黎在日本人占领吴郭城期间不准戴帽子的故事。文泽黎是吴郭城的教育名流、诗人、画家,也是当地有地位的尊者,热爱戴帽子并且在社交场合也甚少脱帽。在日本人占领吴郭城期间,他因见到日本兵也拒绝脱帽而被禁止戴帽子。文泽黎后来一直不敢戴帽子又执着地买了许多的帽子,直到1948年吴郭城解放后才终于扬眉吐气。小说中的另一个故事，则主要与文老太爷的孙子文觉有关。文觉渴求自由，天性里有反叛的因子。在时代风潮急速变化的时代，他逐渐落后于时代，跟不上形势的变化，后被打成右派，戴着绿色的纸帽子游街。《文家的帽子》的复杂性在于，它并不是做简单的是非判断，也不倾向于完全认同文泽黎、文觉或小说中的其他人物，更不对他们做脸谱化、意识形态化的处理，而是着意写出人物和时代本身的复杂。《文家的帽子》的写作技艺亦颇为高超，以实物的、观念的、文化的帽子作为贯穿全书的主线，借此写出时代与人心的转折、转变。伽达默尔认为："不仅历史的传承物和自然的生活秩序构成了我们作为人而生活于其中的世界的统一，——而且我们怎样彼此经验的方式，我们怎样经验历史传承物的方式，我们怎样经验我们存在和我们世界的自然给予性的方式，也构成了一个真正的诠释学宇宙，在此宇宙中我们不像是被封闭在一个无法攀越的栅栏中，而是开放地面对这个宇宙。"[1]而在叶弥的这些小说中，一个物体系，甚至一把猎枪，一小块天鹅绒，一顶帽子，一旦与独特的人物相遇，就成了一个无限深广的"诠释学宇宙"。是的，作为一个作家，叶弥极其擅长以小写大，以小见大。

《天鹅绒》写于 2002 年，刊于《人民文学》2002 年第 4 期，是叶弥最好的短篇小说之一。《成长如蜕》则是叶弥的中篇小说成名作，刊于《钟山》1997 年第 4 期。这篇小说的主角是"我"弟弟，一个改革开放时期的"富二代"。他身上带有浓厚的理想主义色彩，渴望的是诗与远方，在很长一段时间里无法很好地子承父业，成为一个适合时代需求的商人，无法找到适合自己的社会位置，也无法与内心讲和。《成长如蜕》

---

[1] [德]汉斯-格奥尔格·伽达默尔：《诠释学I：真理与方法——哲学诠释学的基本特征》导言，洪汉鼎译，商务印书馆，2021，第6—7页。

还写到"我"父亲的经历。"我"的家族有擅长经商的基因,由于当代中国社会历史的急速变化,家族成员的经历也有颇多的波折。"我"父亲也是如此。他有过安定平稳却如死水般的工作和生活,一种非常缓慢的生活,后来却否定缓慢,思想上有大的转变,成为经济改革以来第一代民营企业家中的一员。《成长如蜕》中不但写到"我"弟弟、"我"父亲的工作和生活,还写到邻里关系、友谊、价值观等许多方面的变化,开口小,所涉及的社会生活面却比较广。

　　成长是叶弥小说创作的重要主题。在她的《成长如蜕》等作品中,人物的成长既是个体的事件,也与社会历史的事件相连接。在雅斯贝斯看来,历史与人的关系是相当密切的,"对于我们,历史乃是回忆,这种回忆不仅是我们谙熟的,而且我们也是从那里生活过来的。倘若我们不想把我们自己消失在虚无迷惘之乡,而要为人性争得一席地位,那么这种对历史的回忆便是构成我们自身的一种基本成分"[1]。叶弥也尝试在"对历史的回忆"中理解当下,理解人物何以如是。《成长如蜕》中写到"我"弟弟的成长时,便自觉地注意到社会历史的因素。小说中在追问弟弟何以顽强地坚持理想主义时,曾写到全家人在1971年被下放到苏北农村大柳庄的经历。大柳庄当时在物质上并不富足,却有一种相对团结、互助的氛围。"弟弟在大柳庄感受到的气氛肯定影响了他今后的审美取向。我弟弟若干年后过着锦衣玉食的生活,耳闻目睹的却是丑陋的尔虞我诈时,回忆起来,那也许就是理想中的完美的人际关系。他把大柳庄作为他心中的圣地而竭力维护……我的弟弟在长大成人后,不知道出于怎样的心理把起初的原因剔除了。把结果安排成原因:因

---

[1] [德] 卡尔·雅斯贝斯:《论历史的意义》,载 [英] 汤因比等著、张文杰编《历史的话语:现代西方历史哲学译文集》,广西师范大学出版社,2002,第 51 页。

为他受到了温暖的关怀，所以他对大柳庄怀有美好的感觉。我弟弟在这种偏差的美好回忆中固定了自己的人生观。实际中的大柳庄在他心中淡化了，只留下关于美的误差性概念。他把这种概念发展成衡量现实世界的参照。我弟弟就是这样一步一步远离了现实世界而囿于他的丰富美丽的内心世界。"[1] 在这里，叶弥注意到了环境和时代氛围对人的性格和价值观念等许多方面的影响。可是，叶弥又并不认为环境对人的塑造或变化起决定性的作用，而是认为，环境会激发人内心的欲望，让个体的天性得到释放。人和时代之间，是一种复杂的互动关系。激烈的时代转折，会让一些敏感多思的、如弟弟这样的人变得难以适应。在很长一段时间里，弟弟拒绝成长，也拒绝顺应过快的时代潮流。可是，弟弟最后还是选择了成长："我父亲于公元1996年的夏天中风病故。他总算死也瞑目，我弟弟已经能轻松地胜任工作了，大到签订合同组织生产，小到扣掉工人的一个加班费。彻底解脱后的弟弟，做什么事都得心应手，像他六岁时交换于寡妇的耳环一样，弟弟还原了。这样一个把商界看作丑恶的人，与美好概念相对立的人，最后在商界努力耕耘了。这就是我弟弟的耐人寻味之处。"[2]

《成长如蜕》用融合社会分析和精神分析的方法，呈现了一个个体的成长之难，也用融合叙事、说理与抒情的文字呈现了"我"弟弟、父亲等人的断裂时刻与破碎时刻。这样的时刻，往往也与社会历史的断裂与破碎息息相关。

——叶弥正是从断裂与破碎开始，以写作回应时代、历史和现实，逐渐构建起属于她个人的小说世界。

---

[1] 叶弥：《成长如蜕》，河南文艺出版社，2021，第67—69页。
[2] 同上书，第109—110页。

二 作为美学风格的"风流图卷"

在中篇小说和短篇小说的创作上,叶弥皆有实绩,频有佳作。长篇小说也是叶弥用力较多的领域。她的第一部长篇小说《美哉少年》刊于《钟山》2002年第6期,2016年由江苏凤凰文艺出版社出版。《风流图卷》刊于《收获》2014年第3期,2018年由北京十月文艺出版社出版。2021年,她近期完成的长篇小说《不老》则获得"首届凤凰文学奖·评委会奖"。

这里之所以把叶弥的三部长篇都先行列出来,主要是因为叶弥的小说,尤其是她的长篇小说具有鲜明的整体性。这种整体性的形成,又首先是因为主题上的相关。当代中国的时代转折和个体生命所经历的种种形式的转折,是叶弥作品的一大主题。在《美哉少年》《风流图卷》《不老》这三部长篇中,《风流图卷》和《不老》的内在关联尤为明显。按照叶弥的说法,它们最初其实是作为一部作品来构思的。这部作品,原本就叫《风流图卷》,打算写四卷,"随意在过往的时间里取了四个小说时段:1958年、1968年、1978年、1988年,各一卷。每卷十几万字,整个小说四十多万字"[1]。然而,计划落实于实践,时常有不少变化,甚至是巨大的变化。《风流图卷》便是如此:"2014年5月,《风流图卷》第一、二卷发表在《收获》杂志上。由衷感谢责编叶开先生。但因为当时与叶开先生缺少沟通,他不知道我已计划第三、四卷的写

---

[1] 叶弥:《风流图卷》后记,北京十月文艺出版社,2018,第436页。

作,发表时给我的第一、二卷改成了上、下卷。"[1] 即便是在作品发表后,作品也仍旧可能面临着大的变数。比如《风流图卷》第一、二卷发表后,叶弥又花费了大量时间进行修改:"修改结束后,鉴于《风流图卷》第一、二卷已完整地表达了某种思想,主要人物也经过种种磨难开始走向开阔。它具备应有的思想容量,故事走向清晰,人物性格的塑造亦已完成,作为一部独立的小说,它是成立的。""所以我决定把《风流图卷》第一、二卷作为一部独立而完整的小说出版,把《风流图卷》第三、四卷作为另一部小说出版,暂名《爱·扶摇直上》。它是独立的,又是《风流图卷》的延续。是《风流图卷》里的人物在 1978 年和 1988 年的生活史和心灵史。"[2] 对照叶弥的这些说法和《不老》的原文,不难确定,《不老》就是《风流图卷》第三、四卷。这里对这几部小说的背景和关联做这样的梳理,既是因为这是理解叶弥几部长篇小说的重要背景,也因为这几部作品在写作、发表、出版、版本等方面均有特异之处。

《风流图卷》的叙事空间主要是吴郭城,这个虚构的世界多多少少有些苏州的影子。苏州自古便是江南风流地,《风流图卷》描绘了江南水乡在特定时期种种运动的风起云涌与风流云散,记录或刻画了寻常巷陌间的风流人物。单行本的《风流图卷》分上、下两卷,上卷以 1958 年为背景,展现了一系列人物的风流韵事;下卷则以 1968 年作为故事时间的起点,描绘了 10 年后这些人物跌宕起伏的命运。

在这些人物中,柳爷爷柳家骥是市政协主席、诗人、书法家、园林学家。他和《文家的帽子》中的文老太爷文泽黎、《金玉满堂》中的老

---

[1] 叶弥:《风流图卷》后记,第 436—437 页。
[2] 同上书,第 440 页。

头子何涧石在精神气质上有几分相似。柳家骥承接旧文化而来，思想上又有现代的、开明的、前卫的一面。他讲究吃穿用度，讲究风雅和浪漫，有精神贵族的气质，内蕴一二分的颓废和十分的自尊。在动荡的时期，他因被人设计陷害而蒙受羞辱，选择自杀。

孔燕妮则是贯穿《风流图卷》《不老》的主角，是这两部长篇小说中最为重要的人物，也是叶弥整个文学创作中写得最为充分、令人最为难忘的人物。《风流图卷》采用第一人称展开叙事，主要从孔燕妮的视角展开；《不老》则采用第三人称展开叙事。孔燕妮是一个颇具灵气的女性，出生时就颇为传奇：她母亲在医院里疼了一天一夜还没生下来，这时候天上响了一声炸雷，她便在炸雷声中出生了。其时是一个晴朗的傍晚，炸雷过后天上凭空出现一道彩虹，端端正正地悬在产房的窗外。那一天整个吴郭只有一位婴儿降生，那就是孔燕妮。长得有几分像观音的她因此被视为天上的彩虹仙女下凡。在成长的过程中，孔燕妮既敏感于个体生命的变化，也对外在世界充满好奇，"窗外月色如水，宇宙寂静浩瀚。我很想知道，天地之间，一个人，一个像我这样微不足道的人，活着，是为了什么？知道了活着是为什么，才能明白大大小小的许多事"[1]。然而，正是这样一个美好的女性，在动荡时期被体育老师赵大伟打晕，然后被侮辱。这一经历，对于孔燕妮来说，是生命的至暗时刻，是美好人生出现破碎、断裂的时刻，也是转折的时刻。此后漫长的岁月，都成为她生命的灰暗时期，她都备受迷茫的困扰，执着地寻找生命的意义。

对于个人的肉身，内心的宇宙，外在的社会世界，孔燕妮都有探

---

[1] 叶弥：《风流图卷》，第 53 页。

求的欲望。孔燕妮有健全的思考能力，就像她和初恋情人杜克对话所说的，她并不喜欢斗争，她有她的梦想，那就是好好地生活。而命运和时代并没有给她这样的机会。被赵大伟侵犯后，她一直在思考如何卸下精神的重担，如何从绝望中重新开始。这一重担，并非常人所想的贞操意义上的重担，而是一个人在承受了这样那样的恶与伤害后，如何作为一个人而重新开始："我要寻找到人生重新开始的内容……在我人生重新开始时，我希望确立一个正确的思维方式，有关未来的思维方式。"[1]

孔燕妮的蒙难，既是个人肉身和精神意义上的蒙难，也是时代与寓言意义上的蒙难。不论是在《风流图卷》还是在《不老》中，孔燕妮个人的生命史和外在的社会史之间，都有一种内在的对应关系。对她施加暴力的赵大伟，是一个精神病人；其实，那个年代种种形式的、激进的"革命"，何尝不是由于精神或思想上出现了问题？相应地，孔燕妮的探求，除了是个人意义上的探求，也必然蕴含着她对社会历史的探求。

而从作者的角度来看，当叶弥思考这些人物的命运时，同时也是围绕时代、围绕人物所代表的生活方式展开思考。在展现不同的思维方式、生活方式时，叶弥很少做非此即彼的选择，而是力求客观、中正地呈现。有一点是可以肯定的，那就是她认为激进的"革命"带来了对人性的毁坏，也导致生活方式与价值观念的简化、粗鄙化。《风流图卷》中这样写道："我们吃的一样，我们穿的一样，我们住的一样。我们喊着一样的口号，我们使用同一种表情，我们是思想的复制品。我

---

[1] 叶弥：《风流图卷》，第147页。

们不谈思想,就是一种思想。"[1] 在《不老》中,孔燕妮和俞华南有一场关于解放思想和物质生活的对话,孔燕妮曾谈到,她并不否认物质的意义,但她反对把解放思想简单化。回顾历史,人们之所以吃了不少苦头,就在于把许多东西简单化。柳家骥的死,常宝的死,除了是个人意义上的死亡,也是一种生活方式的消亡,是一种价值观的消逝。与此同时,杜克、张风毅、高大进、谢小达、温德好这些人物,他们的个性、思想和经历,也都不能简单地进行价值判断或是非判断,而是有其复杂的甚至是暧昧的部分。对于这些人物,也包括孔燕妮和柳家骥,他们在不同时期、不同方面的思和行,都需要进行具体分析,而不能简单地以好坏论之。

在《风流图卷》和《不老》中,杜克便是一个颇为值得关注的人物。他是一位政治激进主义者,行事时常不计后果,有许多的问题。然而,即便是这样一个人,他有的认知也有合理之处。比如他认为解放思想、解放生产力、发展个体经济后,社会上会出现见利忘义、人欲横流的局面。这个后果使得他激进而偏执地想要维护思想和生活的"纯洁",他的行事方式当然是需要批判的。可是对于这个人物,叶弥也并不是从全盘否定的思路去刻画他,而是力求在他身上还原生活本身的复杂性,还有人的历史局限与认知谬误。

孔燕妮也同样如此。在强调集体精神的革命年代,孔燕妮顽强地维护个人的自由——思想与肉身的自由。《不老》的一条线索是,孔燕妮的男朋友张风毅还有十九天就要出狱,在这样的时刻,孔燕妮和俞华南相遇了,约定在一起谈一场十九天的恋爱。在张风毅入狱后和遇

---

[1] 叶弥:《风流图卷》,第428页。

到俞华南之前，孔燕妮其实就有了别的恋情。她丝毫没有隐瞒这一点，张风毅、孔燕妮和俞华南对此都有共识，认为彼此是自由的。在思想解放的时期，孔燕妮则在追求个人自由的同时，更看重个人对社会的责任。她宁愿自己挨饿也要寄钱给白鹭农业中学和安徽大旱的地区。对于历史与个人的创伤记忆，她并没有很好地摆脱或遗忘；相应地，她也无法很好地相信未来，而是对未来有一种恐惧。可是，她又有一种顽强的未来意志——渴求未来能朝着她所期待的方向去发展，渴求未来有她所看重的爱、美、自由、宽容与责任心，渴求未来社会是一个理想社会。对于孔燕妮，叶弥显然从整体上是认可的，她是叶弥所偏爱的、倾注了大量心血与情思而塑造的人物。从读者的视角来看，这也是一个颇有光彩的人物。然而，即便是孔燕妮，深深意识到自由和宽容之必要的孔燕妮，也一度有过激进的时刻。那就是当她意识到即将到来的经济开放可能会带来欲望的泛滥，个体可能成为自私的利己主义者时，她非常强调德性和美育的必要，想着力塑造民族的美好心灵。孔燕妮还认为，"革命年代"造成了人性的扭曲，现在，在改革开放的年代，人极其需要懂得欣赏美，能独立思考，有爱的能力。这种思想的、情感的准备，甚至是改革开放得以真正实现的前提。在面对杜克的激进时，孔燕妮的看法是理性的，她清楚地知道杜克的问题所在。然而，当孔燕妮基于上述原因而试图上街宣扬讲卫生、谦让、用词文明等公德教育时，她同样显得过于急切。和杜克不同的是，她很快就认识到了自身所存在的问题，也勇于承认不足并改变。她很快就明白了，她现在要做的，是顺其自然，而不是上纲上线……一切都要慢慢来。当此时刻，宽容、理解、放松，比责任、担当、奋进等更为重要。

《风流图卷》和《不老》中的人物，谁也没有掌握历史的绝对真理。

在《风流图卷》和《不老》中，叶弥并非只是想原原本本地复原当时的社会历史状况，而是在书写中呈现对过往历史和当下生活的省思，也包括对未来的预见。《风流图卷》是以第一人称展开叙事的，而孔燕妮的第一人称叙事视角实际上是一个双重视角：少女孔燕妮和成年孔燕妮的视角是并存的。因为这一双重视角，过去与当下，甚至也包括未来，这些对立的时间变得错综往复，不同时段也可以互为参照，从而构成了视野的重叠与交融。小说的叙述过程，既是呈现历史，是返回历史现场，也是省思历史。过去、现在和未来，也具有一种相对性；小说中的未来，可能正是今天的读者所经历的当下。这样展开叙述，既可以避免历史叙事的陈旧感，又便于对历史展开真正意义上的省思。《风流图卷》和《不老》里有一种关于历史的可能诗学，是蕴含着对话理想和对话精神的长篇小说。这种对话的属性，主要是通过多种不同的声音构成和呈现的，作为对话基础的自由和理想，则通过彼此对立矛盾的、调和的或互补的声音建造并维护起来。通过人物的对话，也通过他们的生活与行动，《风流图卷》和《不老》呈现了时代的基本情绪和思想风景。叶弥也本着历史理性和历史情怀，与历史进行交谈，倾听历史的回声与时代的先声。她以内心镜像表现时代镜像，以心灵史与社会史相融合的方式写出了大变革时代的平静与暗涌。

和《风流图卷》一样，《美哉少年》涉及革命年代人的成长问题。在方岩看来，《美哉少年》可视为《风流图卷》的前传[1]。徐勇则认为，《风流图卷》是《美哉少年》的姊妹篇，两部小说有诸多延续性的地方[2]。

---

[1] 方岩：《革命时期的"成长如蜕"》，《文艺报》2016 年 10 月 26 日第 2 版。

[2] 徐勇：《历史反思之后的个人主义与自我救赎——以〈风流图卷〉为中心看叶弥小说写作的倾向》，《扬子江评论》2014 年第 5 期。

《美哉少年》的主人公名叫李不安，是一个少年，原本叫李小安。1967年秋天，李小安的父亲因目睹其时的社会状况后感到不安，于是拿着户口本到派出所去给儿子改名，李小安从此就成了李不安。整部小说主要是写李不安的出走和回归，以及他在这个过程中如何逐渐勇于承担而非逃避个人的责任。

《美哉少年》和《风流图卷》在主题上有相关性，就美学风格和叙事的调性而言，又颇为不同。"文革"时期的生活是暴烈的，对社会许多方面皆有毁坏，甚至是毁灭。这一点，已成为许多人的共识。这也是叶弥写作《美哉少年》和《风流图卷》的认识起点。不过，在《美哉少年》中，叶弥并没有用很多的笔墨去书写那个时期的种种乱象，而是侧重写乱象之下或之外的美好；对于种种乱象，则以戏谑的笔墨去表现。王德威认为，就叙事的感染力而言，当代中国最具代表性的模式有二："涕泪交零"及"感时忧国"。刘鹗在《老残游记》自序中自陈"哭泣"论，由此开启了中国作品里"涕泪交零"的特色。五四时期鲁迅以"呐喊"与"彷徨"的姿态，则体现了"感时忧国"的症候。但哭泣与呐喊之外，另有一种笑谑传统已暗暗存在。这个传统至少包括从老舍到张天翼、从鲁迅到钱锺书的部分作品。透过笑谑，这些作家嘲弄政治、耍玩礼教，也间接透露对国族命运的深层焦虑[1]。《美哉少年》更多是赓续现代文学以来笑谑或戏谑的传统，在语调上和余华的《兄弟》更有几分相像。或许是考虑到那个时期的暴烈和残酷已成为多数人的共识，展现其时的暴烈与残酷也是以往文学作品常见的书写方式，叶弥采用了

---

[1] 王德威：《历史与怪兽》，载《一九四九：伤痕书写与国家文学》，三联书店（香港）有限公司，2008，第159—160页。

目前的书写方式。这让她的写作与以往的书写有所不同。不过，对美好的着意找寻和对暴力场景的刻意回避，加上过量的戏谑笔墨，也可能让作品有一种油滑的气息，会削弱历史反思的力量，减损文学铭刻历史的功能。

在《风流图卷》和《不老》中，戏谑的笔墨仍有，可是大多数时候作者是以抒情的、沉郁内敛的笔墨去书写社会和个体生命的种种不堪，抒情和戏谑所占的比重，比《美哉少年》远为得当。《风流图卷》和《不老》有《日瓦戈医生》那般雄浑的、内省的力量，又多少继承了鲁迅《野草》的生命哲学传统。在孔燕妮和张风毅等人物身上，有顽强的未来意志。他们虽然遭受困厄，但是始终相信现状是可以改变的，或冀望有一个光明而温暖的未来。由于他们自身所背负的个人或是社会历史意义上的创伤，他们的渴求显得尤为可贵。他们深知，道路是艰难的，未来肯定不会尽善尽美，迎来的很可能不是一个乌托邦式的存在，甚至是一个恶托邦也未可知，可是他们顽强地保留着对未来的意愿，听从未来的召唤，如鲁迅笔下的过客般决绝地往前走。

如果要对叶弥的小说做一个总体概括，暂时忽略不同作品的微妙差异，大概可以说，"风流图卷"便是她小说的美学风格。她的小说，带有鲜明的江南色彩，刚柔并济，既以灵动的笔触去书写沉重的历史，也以敏锐的思想去敲碎历史的硬壳，将人物的种种心迹一一描绘。叶弥虽然注重以历史化的眼光去展现不同时期的物体系的政治经济学意蕴，也重视写特定时代的宏大事件，但是她的小说创作焦点并不在于宏大事件或物体系本身，而是在于人物。人物，更准确地说，人，个人，在她的小说中永远居于中心位置。小说是人的存在学，是个人的存在学，叶弥的作品是在这一小说美学传统之中的。虽然有试图认识社会历史的意愿和意志，但叶弥的根本抱负在于写人，在于认识人——具有社会历史性的个人，尤其是身处转折时期的个人。

按照叶弥的说法，《风流图卷》之所以名为"风流图卷"，主要触点有两个，一是苏轼的那首词："大江东去，浪淘尽，千古风流人物。"还有就是毛泽东的词："数风流人物，还看今朝。"叶弥笔下的风流人物，未必只是那些只是站在革命的对立面、或是在革命之外的人物，也包括真正有革命精神、具有理想主义精神的人物。比如孔燕妮和张风毅。如果放宽视野，不妨说叶弥小说中的不少人物，都称得上是风流人物，正如王陌尘所指出的："叶弥作品精彩处在于所写人物脑后皆有反骨，立身行事全随自己心意，或桀骜不驯、或放荡不羁、或性情乖张……他们不在乎世俗的名利，只向着自己内心朦胧的渴望飞奔。"[1] 这样的人物，在叶弥的中短篇小说和长篇小说中都随处可见；他们的存在，让叶弥的作品有着一种彼此相通的气质，甚至有一种不可分割的整体性。众多的风流人物，有的从历史深处走来，有的则存在于当下。他们共同构成了一幅有历史感和现实感更有美学意义的"风流图卷"。叶弥无疑是当代作家中颇具历史意识的一位。而正如威廉·狄尔泰所主张的："人虽然受到他自己本性的限制，但还是可以通过想像来经历其他生活方式。人虽然受环境包围，但还是可以向他展现出种种未知的人生的美和境界，这些人生的美和境界是他永远不可企及的。一般说来，人是受生活现实束缚和决定的，不仅要用艺术来解放（这是常常提到的），而且要用通晓历史来解放。"[2] 历史视野中蕴含着人的可能性，也是人实

---

[1] 王陌尘：《叶弥：侧身走过自己的时代》，《北京日报》2014年8月7日第18版。
[2] [德]威廉·狄尔泰：《对他人及其生活表现的理解》，载[英]汤因比等著、张文杰编《历史的话语：现代西方历史哲学译文集》，第12—13页。

现认知的重要途径。

——叶弥正是试图以通晓历史的方式解放个人的思想,又通过小说艺术的形式来创造"种种未知的人生的美和境界"。

三 心迹与心学

叶弥的很多小说,都有社会历史的景深,在写法上却并不以社会历史事件为中心,而是侧重写人物的心灵世界,尤其重视写人物在社会历史中、在时间中、在转折时期所留下的心迹。经由对许多个人的心迹的描绘,叶弥也试图探寻并铭刻种种形式的心学。

这里有必要对心学一词稍作解释。在学术的语境中,心学是一个意义颇为广泛的概念,冯国栋曾对它进行过概念史的考察。他认为,心学是在儒、道、佛等思想语境都频繁使用的一个词。在佛教中,心学一词最初出现于汉译佛典,后为中土僧人所袭用,原意是佛教三学中的定学,后泛称禅定之学,以禅定之学立宗的禅宗、天台宗皆被称为心学或心宗。在儒家人物中,最早运用心学一词的是胡宏。在南宋初年,胡宏将克制私欲、循天理而行之学称为心学。在南宋绍兴年间,心学一词已广泛流行于士林,其义则多与儒家六经,以及孔子、孟子、王通等儒家圣贤有关。在宋代,心学则通常指与释道、训诂、科举、文章相对立的新学问——新儒学。此外,自宋至明,心学还有另一层意思:论心治心、养心存心之学。在这一意义上,司马光、朱子等人融合释、道资源，以求为研心、治心开辟道路的释道治心之学也被称为心学[1]。

我在这里之所以要用心学来指认叶弥小说创作的一个特点，首先是因为文学本就是关乎生命、心灵的学问。更重要的则是，叶弥的写作就带有鲜明的心学意味。叶弥早期作品中的人物，多有自由的精神，而在近期的《风流图卷》《雪花禅》《桃花渡》《花码头一夜风雪》《拈花桥》等作品中，她则与佛、道、基督等许多思想进行对话，宗教的气息渐浓，心学的意味亦渐浓，就思想视域而言，和学术意义上的心学亦有重叠[2]。

在创作的早期，叶弥曾颇为看重写作的"有趣"，一度如王小波一样，把有趣视为文学最为重要的品质，也把这视为她写作最为重要的动力。在写作的中途，她则开始同时重视写作的"有用"。与有趣相连，她一度颇为看重写作的灵感，时常乘兴而写，后来则看重写作的思想，甚至不惜因此而牺牲有趣，因此而受苦，而勇于接受写作的难度、强度与深度。这些转变，反映于文体，则是她此前偏爱写中短篇小说，近期则更为看重长篇小说；她所写的长篇小说数量不多，却投入了巨大的时间和心力。这是因为，长篇小说和短篇小说是有巨大差别的："长篇小说收纳思想，短篇小说收纳灵感。表现灵感的短篇小说，显现出来的是与长篇小说不同的东西：轻巧、一针见血、出人意外。即使在故事的叙述上，也完全不同。在短篇小说里，你叙述的故事是为灵感服务的。长篇小说，一旦出现故事，一定蕴含思想。当然，有时候，思想也需要灵感作先锋，灵感也需要思想打掩护。但根本不同的是，灵感是一

---

[1] 参见冯国栋：《道统、功夫与学派之间——"心学"义再研》，《哲学研究》2013年第7期。
[2] 关于叶弥作品中的宗教元素及其现实来源，叶弥和学者周新民曾有过相关的对话，具体可参见周新民《我崇尚朴素 喜爱自然——对话叶弥》，《文学教育》2019年第10期。

条小溪奔大海,而思想是百川归海。灵感在一刹那形成时就长大成熟了,是落地就会走路的娃。思想,形成慢,长大慢,成熟也慢,是王母娘娘蟠桃园里的桃子,三千年开花,三千年结果,三千年成熟。"[1]

这样一种划分,有其意义,又是相对的。实际上,在中短篇小说中,叶弥同样重视思想,只是在中短篇小说中,对思想的表达,往往带有即兴的、顿悟的气质。关于这一点,我们也许会很轻易想到《天鹅绒》这个出色的结尾:

> 李东方死后的若干年后,公元一九九九年,大不列颠英国,王位继承人查尔斯王子,在与情人卡米拉通热线电话时说:"我恨不得做你的卫生棉条。"这使我们想起若干年前,一个疯女人的儿子,一个至死都不知道天鹅绒到底为何物的乡下人,竟然在枪口下大声赞美情人的肌肤。
>
> 于是我们思想了,于是我们对生命一视同仁。[2]

这一结尾的最后一句,是神来之笔,也是短篇小说同样可以容纳思想、召唤思想的明证。两个"于是",具有寸铁杀人般的力量。

而这样的时刻,同样可能存在于小说的开头。《文家的帽子》中,叶弥以"日本人占领吴郭城,就如德国人占领巴黎一样轻松"[3]这一句开篇。就是这样一句话,就把地方的局势与全球的局势联系起来,将颇为不同的事件勾连起来,也具有某种思想的质地。

---

[1] 金莹:《叶弥:我注定是个流浪的孩子,文学收留了我》,《文学报》2014 年 7 月 3 日第 3 版。
[2] 叶弥:《天鹅绒》,载《你的世界之外》,第 83 页。
[3] 叶弥:《文家的帽子》,载《你的世界之外》,第 16 页。

同样，在长篇小说的写作中，叶弥也颇为看重"有趣"，或者说，"有趣"是她的艺术本能和天性。甚至，这种艺术本能和天性在长篇小说中有时是需要稍微压一压的。我认为，是本能地表现，还是稍微压一压，正是《美哉少年》和《风流图卷》虽然处理的题材相似但最终呈现的艺术面貌相差甚远的重要原因。

关于叶弥的小说，林舟的一个看法颇为值得重视："叶弥的小说让我们感到有趣的同时，每每伴随着一种令人感到不安的东西，它粗粝、尖锐、闪光，它藏匿于小说的语言之中，向思想的肌肤发力。"[1] 是的，林舟的话入情入理地说出了叶弥小说在总体上所给我们带来的美学感受。我稍微想做一点延伸的是，具体到《风流图卷》和《不老》，叶弥就不只是向思想的肌肤发力，而是深入思想的骨髓了，也越发呈现心学的整体性。

叶弥一贯看重个体的意义。每个个体都有其具体的处境和独特的心性，因而，在她的理解中，每个人的心学都可能是不一样的。落笔时，她时常从人物的具体处境出发，试图为笔下的人物，尤其是她偏爱的人物找到相应的思想和精神，以应对时代和命运等方方面面的困厄。正如吴义勤所指出的，"在叶弥的小说中，个人性格并非经历了严格意义上'进化论'式的成长，并非从幼稚走向所谓的成熟，而是与时代形成共振，表现在现代性不断深化的过程中个人的精神蜕变，个人意志与具有多副面孔的现代性之间的同步和矛盾。也因此我们很难用变好了、变坏了、变成熟了、变幼稚了等这些简单的定义来概括个人

---

[1] 林舟：《招魂的写作——对叶弥近年写作的一种读解》，《当代作家评论》2008 年第 3 期。

的这一发展变化"[1]。相应地，对于时代的变化，叶弥也很少进行进化论式的、简单化的判断，而是认为不同的时代会有不同的问题。时代的好与坏有程度上的差异，可是不同的时代都不会是单一的乌托邦或恶托邦，而是内蕴不同的问题。因此，叶弥的小说也强调，人应该有尽量不受时代风潮左右、不被风潮卷走的能力与定力，看重心灵和意志的作用。孔燕妮便是此类人物的一个典型。

孔燕妮是一个理想型人物。甚至，叶弥笔下的一类人物，那些最能体现叶弥小说之美学特质的人物，那些可称之为风流人物的人物，多是应然世界中的人物。如金理所言："你'走出去'跑到大街上未必能遇到叶弥笔下的人物，《风流图卷》里那些短暂登场又过目难忘的人物——比如受不了王来恩污辱而服药自尽的老中医夫妇——简直就是从《世说新语》里直接走出来的，他们让人肃然起敬。叶弥写出的是人的应然状态，她要告诉我们：在任何困难窘迫的环境中，人都应该追求高贵和自由……这类人物身上洋溢、鼓荡着一股强烈的主观能动精神，据此在实然中追求应然，在日常中创造诗。"[2] 这些人物，和《风流图卷》中的投机分子王来恩这样的人物形成鲜明的对比。在遍地污浊的环境中，孔燕妮、张风毅这样的人物，无疑寄寓着叶弥的审美理想与人格理想。不过，叶弥也不是一味地希望其人物拥有清洁的精神，以至于一尘不染。叶弥深知越是美好的人，越是一尘不染的人，在浊世间越是容易受伤——自伤或被他人所伤。《风流图卷》中的常宝和孔燕妮便是如此。她们无非就是渴望过正常的美好生活，实情却是，常宝荒

---

[1] 吴义勤：《个人意志与现代性的角力——叶弥小说略论》，载叶弥《成长如蜕》，河南文艺出版社，2021，第187页。

[2] 金理：《在日常中创造诗》，《文学报》2019年4月25日第8版。

唐地以"反革命"的罪名被枪毙，孔燕妮荒唐地遭受侵犯。还有柳家骥的女儿如一法师更是如此。她有博大的善心，从小就见不得活物死亡，也不吃有脸的东西，后正式剃度，在庵里研读佛经。她试图保持清洁的精神，却终究因无法承受世上的弱肉强食和美丽生命的消失而尝试自杀。在得知她自杀后，柳家骥这样说道："她是《红楼梦》式的消极悲观思维，用出家掩盖脆弱。也是盲人摸象式的思维。片面思维的人才会感情用事。宗教是让你去理解宽容的，是快乐地走入生地，不是悲哀地走入死地。娑婆世界，万物生生不息，无生就无死，无死也无生。"[1] 也许正是出于同样的认知，叶弥似乎并不主张因清洁的精神的过度而自伤其身，自噬其心，而是主张人要承认人之为人的有限或不完美，能适当地原谅自己，也适当地原谅世界，与自己和解，也与世界和解。在短篇小说《对岸》中，她就围绕柴云妹、武清河等女性表达了类似的意思。甚至，在《不老》的叙述行将结束时，孔燕妮也有了类似的启悟。而这，我想也是叶弥的心学的一部分吧。人之为人，需要在俗世中寻求超越的力量，寻找往上的力量，但也有必要保留些许俗世的精神，不必一尘不染，过于超凡脱俗。

相应地，读叶弥的小说，除了那些个性甚强的风流人物，还应注意到另一类人物。他们身上并没有那么强的反抗性，并不是那么的出类拔萃。正如季进所分析的，"在叶弥的小说创作中，有一类篇章是与佛教、禅修、寺庙等元素相联结的，此中隐约可见作者寄寓其中的某种佛心禅意。然而这类作品所体现出来的精神气质又并非旨在追求彻底超脱，全然不惹尘俗，却是自有其在现实中深深扎根的部分，人物

---

[1] 叶弥：《风流图卷》，北京十月文艺出版社，第19页。

的呼吸俯仰都仍是尘世真实的空气。他们之所以会与禅、佛、寺结缘，无非是在十丈红尘中努力为自己撑持下一方心有所托的精神园地，不致完全被庸常生活所吞没。这类小说中的人物往往比常人多一点慧心灵性，因此不满足于就此湮没无名，就算为生活所迫，难免有妥协退让之处，都会为自己留下一点轻盈浪漫的情趣，或曰想象的空间"[1]。这些不同类型的人物的存在，也正体现了叶弥小说里心学的多重性或多义性。

叶弥的许多作品，既展现了笔下人物的种种心迹，也可以说是叶弥本人心迹的展现与铭刻。《风流图卷》《不老》等作品的书写，既记录下了孔燕妮等人对形成个人的心学的向往和寻求，也是叶弥本人的心学的追索和形成过程。通过书写，通过思考，叶弥获得对社会、历史和人生的新知，个人也因此变得开阔、澄明。

——写作之于叶弥，关乎有趣，更关乎修为，有玩乐的欢愉，更是在悲欣交集中修行。

---

[1] 季进：《叶弥小说读札》，《小说评论》2018 年第 6 期。

第四章　自我心仪的乌托邦
——徐则臣的新浪漫主义写作

假如要选择一个词来作为理解徐则臣作品的切入点，我会选择"浪漫"。要是允许用两个词，我会选择"浪漫"与"理想"。如果要用一句话来说明，我则会说：徐则臣是个浪漫主义者／理想主义者，他笔下的故事——包括小说和散文中的故事，主要讲述众多的浪漫主义者／理想主义者受理想与激情、信与爱的驱使而展开从"我"到"世界"的种种跋涉；他所构建的文学世界——"一个自我心仪的乌托邦"[1]，则既有浓烈的抒情色彩和现实气息，又有鲜明的史诗气象。

我知道这样立论是冒险的。

——以浪漫作为切入点，至少在表面看来，和徐则臣其人其文都大相径庭。在日常的聊天中，人们在谈到徐则臣其人时，理性、稳重、冷静、周到才是关键词，而非感性、轻率、任性、冒失——这些通常被视为浪漫的表现。忘了是哪位作家发的朋友圈，说起到一家著名的酒企参加活动，作家们开怀畅饮，唯独徐则臣滴酒未沾——这可是一

---

[1] 徐则臣认为，"说到底，每一个作家的写作都是在建立一个自我心仪的乌托邦"。参见傅小平《徐则臣：我越来越看重作品的文化附着》，《文学报》2021年4月1日第4版。

点都不浪漫。在关于徐则臣的评论文章中，运思的理性、严谨、冷静，文风的朴茂、雅正，也时常被认为是徐则臣作品的宝贵品质。尽管如此，我并不打算改变我的观点。因为感性、轻率、冒失，固然时常与浪漫挂钩，可是理性、稳重、冷静，也未尝不能与浪漫兼容。举个例子，文学史家夏济安在他的日记中曾自认是一个浪漫派，缺乏德行和冷静。对浪漫主义有深入研究的李欧梵，在谈到夏济安时则认为，夏济安虽然说自己缺乏冷静，但却不乏深思和自省的功夫。李欧梵甚至认为，夏济安身上的那种深思而后的自律、为情而终的精神，才是真正的浪漫精神，夏济安是一位浪漫的圣徒[1]。

——这样立论的冒险之处还在于，浪漫、浪漫的、浪漫主义的……这些相关的词语是常用的，也是难以界定的。许多专门研究浪漫主义的学者都会遇到这种困难，也都在他们的著作中表达了这种困难。迈克尔·费伯在《浪漫主义》一书的开篇中，曾这样自问自答："什么是浪漫主义？这很难回答，我们会在第一章感受到这一点。"[2] 在这本扼要精到地介绍浪漫主义的著作中，迈克尔·费伯把弗里德里希·施莱格尔1793年给他的兄长威廉·施莱格尔的一封信中的话作为引言："我无法将我对'浪漫'一词的阐释寄给你，因为那将长达125页。"[3] 弗里德里希·施莱格尔是浪漫主义运动的理论主将，他这么说，多少是因为体会到了对浪漫予以界定的难度。《荣耀与丑闻：反思德国浪漫主义》一书的作者萨弗兰斯基则指出："浪漫之精神形式多样，音调悠扬。它试探着，且富于诱惑力；它热爱未来和过去的遥不可及，热

---

[1] 参见李欧梵：《浪漫的圣徒》，载《西潮的彼岸》，江苏教育出版社，2005，第92—93页。
[2] [美] 迈克尔·费伯：《浪漫主义》前言，翟红梅译，译林出版社，2019，第1页。
[3] 同上。

爱日常事物中的出人意料，极端，无意识，梦幻，疯狂，反思的迷宫。浪漫主义的精神，自身并不一致，是变化的和矛盾的，充满渴望又玩世不恭，沉迷于神妙莫测又通俗易懂，讥讽又狂热，自恋又合群，循规蹈矩又破除尺度。"[1]以赛亚·伯林也同样如此。1965年，伯林曾在华盛顿国家美术馆A. W. 梅隆系列讲座上做过关于浪漫主义的演讲，这些演讲后来被辑录为《浪漫主义的根源》一书。它的第一章题为"寻找一个定义"，但伯林一开始就表明了如下立场："也许你们期待我的演讲一开始就给浪漫主义做些定义，或者试图做些定义，或者至少给出些归纳概括什么的，以便阐明我所说的浪漫主义到底是什么。但我不想进入这个陷阱。杰出、睿智的诺思洛普·弗莱教授指出，当一个人意欲从事对浪漫主义这个问题的归纳时，哪怕只是无关宏旨的话题，比如说吧，英国诗人萌发出了一种对待自然的全新态度——姑且说华兹华斯和柯勒律治吧，他们的态度迥异于拉辛和蒲柏的态度——就会有人从荷马史诗、迦梨陀娑、前穆斯林时期的阿拉伯史诗、中世纪西班牙诗歌中，最终从拉辛和蒲柏的诗中找出相反的证据。因此我不准备归纳概括，而是用其他方法传达我所思考的浪漫主义的含义。"[2]伯林所用的办法是，不对浪漫主义进行本质主义的理解，拒绝给出一个非常具体的、确定的定义，而是对浪漫主义运动进行历史化的考察，试图具体地描绘浪漫主义的思想图景，也尝试归纳浪漫主义的特点。

伯林还认为："浪漫主义是一个危险和混乱的领域，许多人身陷其中，迷失了，我不敢妄言他们迷失了自己的知觉，但至少可以说，他

---

[1] [德]吕迪格尔·萨弗兰斯基：《荣耀与丑闻：反思德国浪漫主义》前言，卫茂平译，上海人民出版社，2014，第13—14页。

[2] [英]以赛亚·伯林：《浪漫主义的根源》，吕梁、张箭飞等译，译林出版社，2019，第2页。

们迷失了自己的方向。"[1] 从一个充满不确定的领域，从一个危险的领域入手去理解一位人们通常不如此认为的作家，可谓是险上加险。虽然知道这样过于冒险，但是我还是想试一试。的确，针对浪漫、浪漫主义或浪漫派下定义是困难的，试图归纳浪漫主义的特点也不太容易，伯林在尝试这么做的时候，他的文字就长达数页。然而，我们不妨尝试先化繁为简，尝试追问什么是浪漫或浪漫主义，追问其最为核心的精神是什么。就此而言，我觉得蒋光慈的看法可资借鉴——他的写作时常被放置在革命浪漫主义的框架下进行讨论。在蒋光慈看来，"有理想，有热情，不满足现状而企图创造出些更好的甚么的，这种精神便是浪漫主义，具有这种精神的便是浪漫派"[2]。这样概括未免简单，却触及了浪漫主义的核心。浪漫作为一种不局限于时代与地域的精神特质，具体体现为：具有内在的自我渴求，有个人的梦想与理想，不为大众化的选择或庸常的观念所裹挟。浪漫主义者或浪漫派通常不走寻常路，为了自我实现，为了实现梦想，则能够放弃世俗层面的价值，不顾一切地奔赴他们心中的目标而去。这种化繁为简的做法，可以为我们理解浪漫或浪漫主义提供一个入口。我们也可以沿着这一路口进入徐则臣的文学世界，去看，去感受，去思考，然后进行"化简为繁"的反向处理——感受并还原徐则臣文学世界的丰富与多样，也借此呈现浪漫这个能指的多重所指，描绘浪漫主义者的多重面貌。

---

[1] ［英］以赛亚·伯林：《浪漫主义的根源》，第 2 页。
[2] 转引自夏济安：《黑暗的闸门：中国左翼文学运动研究》，万芷均、陈琦、裴凡慧等译，香港中文大学出版社，2016，第 55 页。

一 灵魂人物及其行动

勃兰兑斯有一个观点,认为"我们在文学中没有足够重视的,乃是毫无顾忌地表示明确的艺术理想的勇气,这种勇气是同作家表示这种理想的能力同样重要的。作家追求代表自己倾向的典型性的勇气,常常就是使他的作品产生美的关键"[1]。在徐则臣的小说中,"明确的艺术理想"体现在小说的人物形象、结构方式和思想意识等许多方面。这些方面都是他的作品产生美的关键,都很值得注意。而尤其值得注意的是,徐则臣的小说,一方面塑造了很多有着不同身份、不同性别、不同性格特点的人物形象,另一方面,不少人物又有着家族相似的气质。这些具有家族相似的人物,对自由和自我实现有着强烈的渴望,身上有一种异于常人的,甚至是超出个人控制能力的激情。他们都是浪漫主义者和理想主义者,是浪漫派的成员。这些人物,是徐则臣文学世界的核心人物或灵魂人物,不单体现了徐则臣的艺术理想,也首先体现了徐则臣"追求代表自己倾向的典型性的勇气"。

谈到徐则臣文学世界的核心人物或灵魂人物,很多人首先会想到《耶路撒冷》中的初平阳。他确实是一个很有代表性的人物。不过,要对这些灵魂人物进行具有谱系学色彩的考察,也许该先谈谈《水边书》中的陈千帆。在这部长篇小说中,徐则臣塑造了一个大名叫"陈千帆"、小名叫"陈小多"的少年形象。陈千帆渴望到世界去,渴望对深广的世界有深广的认知。对于他来说,这种认知是通过侠客梦来展开的。陈千

---

[1] [丹]勃兰兑斯:《十九世纪文学主流》第二分册,刘半九译,人民文学出版社,2018,第8页。

帆 16 岁时就有独自出门远行的经历。他想去少林寺学武,成为一个可以行侠仗义、顶天立地的大侠,却因为害怕而走到半途就回家了。不过,他的侠客梦并没有完全破灭,依然喜欢阅读武侠小说并做着武侠梦。"晚上九点,陈小多躺在床上看《云海玉弓缘》,这部漫长的小说他一读再读。他想象如果金世遗活在他这个世界上会是个什么样子,也许首先要玉树临风,长发飘飘。大侠都要玉树临风,那时候不兴挺着洪金宝似的大肚子。金世遗武功盖世,愤世嫉俗,孤僻乖张,亦正亦邪,还坏,他要从运河里上岸,还是别让他上岸了,花街太小了。这样的人应该在地球仪上跑,要站在高山之巅,凌波微步奔走于太平洋和大西洋上。"[1]陈千帆和他的同学谈正午、周光明还一起尝试拜师学艺,却发现那位老师不过是他们假想出来的武林高手。后来,他们意外地卷入和斧头帮的冲突,想行侠仗义却被打得落花流水,使得他们再次想要出门远行,想要到少林寺和武当拜师学艺。在这次出行途中,陈千帆多次见识了死亡,看到了生命的脆弱。这样的意外事件,让他开始重新思考生命的意义,也使得他更新了对侠义的认识:"侠客干什么?行走江湖。不行走算什么江湖侠客。他又回头想金庸、古龙、梁羽生的小说,武侠的意义似乎并不在武功盖世打架斗殴,而在行侠仗义,在江湖上飘游,在于行动在这个世界上。这么想陈小多就多少能理解那些高人了,他们不愿混吃等死,不愿终老某处,而是要不停地奔波,对艰难困苦及时地施以援手。他们是一群冒险者和流浪汉。如此说来,他行走多日,已经是在实践侠客的身份了。行走江湖,看这个世界,而不是主动出手或者被动地灭除掉生命,这大约才是真正诱人的意义。"[2]

---

[1] 徐则臣:《水边书》,四川文艺出版社,2018,第 8 页。
[2] 同上书,第 119 页。

这个到世界去的过程也是陈千帆得以成长的过程。

《水边书》中关于陈千帆的成长过程，还有一条重要的线索，那就是陈千帆和从外地来的少女郑青蓝之间那种懵懂的、纯真的情感。郑青蓝和她母亲是陈千帆家的租客，陈千帆和郑青蓝还是同学。因为这两种关系，他们有了不少接触的机会，有了朦胧的爱意。可是，他们并不知道该如何表达，也不懂得该如何行动。两人因为紧张而频繁发生的误会，是小说中写得非常精彩的部分。最终，他们有了一个互相表达、非常亲近的时刻，郑青蓝却因为卑微的身世等而选择了终止这段感情，绝望地出走，陈千帆则带着失落进入了大学，长大成人。

《水边书》是一部带有浪漫色彩的成长小说，是一部浪漫传奇，也是一部爱的罗曼史。陈千帆这个浪漫主义者在对武侠世界和情爱世界的双重想象中日渐成长。《水边书》写了少年对武侠世界的想象和向往，还有男孩与女孩之间懵懂的情感和身体的苏醒，也写了身体所蕴含的荷尔蒙气息和隐喻色彩。尤其是陈千帆的父亲陈医生和郑辛如之间的医生／病人、男性／女性等多重身份所构成的复杂关系，颇具情感张力。就感觉的微妙、语言表达的诗性和空灵而言，在徐则臣的长篇小说中，《水边书》无疑是最为值得注意的一部。小说中对武侠小说的描写，可看出当代文化思潮和文学思潮的影响。徐则臣成长的年代，正是武侠小说流行的年代，而小说中对"千古文人侠客梦"的再造，和浪漫主义精神是契合的。正如侯健所指出的，"以行动直接表现喜怒哀乐的侠客"，不过是"浪漫主义皈依自然与高贵的野蛮人的说法"[1]。《水边书》还是一部爱的罗曼史。它之所以是爱的罗曼史，有两个重要的元

---

[1] 侯健：《武侠小说论》，载《中国小说比较研究》，东大图书公司，1983，第191页。

素：青春和爱。其中关于陈千帆和郑青蓝的部分，有纯真之美，而关于陈千帆父亲陈医生和郑辛如之间的种种，关于江南水乡的书写，则有诡异的、凄绝的、暧昧的美。

《水边书》主要以第三人称展开叙事，然而在写到陈千帆和郑青蓝相拥而吻的时刻，叙事上有一个变奏，变为以第一人称和第三人称混合展开叙事，让郑青蓝和陈千帆直接吐露心声：

> 陈小多骨头似乎生了锈，吱吱嘎嘎地费了好大劲儿才侧过身。现在，他完整地感受到了一个女人的身体，它的起伏和空白，阴郁和清朗，柔软和坚硬，它的冰冷和沸腾。她的下身贴着他的下身。我们的身体为对方而设。他内心里的恐惧远远大过欲望。他不知道恐惧什么，但他的确怕，那种怕既空空荡荡又结结实实，莫名其妙的抽象而又尖锐的恐惧。郑青蓝抱住他，脸往陈小多下巴和肩膀之间的空当里钻。知道吗，这样的时刻我见过很多次，多得我想吐。也想象过很多次，想起来我都要吐，郑青蓝说，她的手在陈小多的身上走，同时把陈小多的手拿到她身上。也许它的确没什么稀奇，衣服穿上去是为了脱掉，身体藏起来是为了露出来，肉，所有地方，都要拿出来，碰撞，挤压，拿来磨损、消耗和享乐，拿来告诉对方，这是我的，也可以是你的，甚至根本不是我的而全是你的，全部所有统统都是。人不就是这样吗？男人和女人，像我们这样。你说呢，陈小多？
>
> 陈小多的右手谨慎地放到她的乳房上，像抚摸一件瓷器。也许吧。谁知道人最终是什么样。他的手在柔软圆润的地方盘桓很久，然后沿着身体走势向前走。我也想象过很多次，我甚至见过

爸妈他们在床上有节奏地活动，动得很难看。我梦见过你，在梦里我们重叠在一起，我们要好看一些。我已经这么大了，我爷爷在这个年龄已经要当一个孩子的爹了，年纪大的人总是什么都懂。所以一切都是正常，干那种事，结婚，生孩子，乃至私奔，不必大惊小怪。我想象过你不穿衣服，这是实话，我想象过进入，把全身的力气都用上，更多的时候一点劲儿都使不上。这话不能对你说。我会自己解决，男同学多半这样，把屁股对着世界，这么说的时候我还是脸红。[1]

从叙事学的角度看，这样的变奏显得有些突然，从小说人物情感走向和情节的角度而言，又是合情合理的，甚至是非如此不可的。不用这样一种形式，陈千帆和郑青蓝之间那种真挚的、浓得化不开的情感，似乎就无以表达。而这里以叙事上的溢出表达情感上的溢出，是不是徐则臣浪漫气质的表征？这既不能证实也不能证伪。没有疑问的是，这样的写法是偏于浪漫主义的。在谈到现代诗的写法时，纪弦认为有几大信条，其中一条是现代主义是反浪漫主义的，重知性而排斥情绪之告白。在这里，徐则臣却出让叙述者的权利，让人物直白其心，进行"情绪之告白"。这样的变奏，在不同的读者那里可能会起到不同的效果：理性而冷静的读者也许会觉得这样的变奏是叙事上的硬伤，浪漫而有激情的读者则会感受到情感的强烈共振，情感的回响也因此更深入人心。

如果用流行音乐来对应，陈千帆和郑青蓝之间那种微妙的感情，让人想起黄霄云的《打开》。甚至可以说，《水边书》的整体风格和《打

---

[1] 徐则臣：《水边书》，第234—235页。

开》是非常契合的。在唱《打开》时,黄霄云将男女间的感情唱出了史诗般的荡气回肠——顺便说一句,《打开》是我写作这篇文章时单曲循环次数最多的歌。《水边书》也正是如此。《水边书》的主题不是史诗性的,其叙事风格不是大气磅礴的,然而,其情感的浓度和烈度,叙事与细节上随处可见的灵韵,也令人印象深刻。

《夜火车》中的陈木年,同样是一个浪漫主义者与理想主义者。和陈千帆一样,他也时常有出走的欲望,并且多次出走。大学毕业前夕,"课业结束,保送的事也确定了,被压抑了四年的出走欲望,重新抬头。一抬头就不可遏抑,简直是揭竿而起。他就是想出去走走,走得越远越好,到一个陌生的地方,看那些从没见过的人和事。最好是白天步行,晚上扒火车,不要钱的那种夜火车,如同失去目标的子弹那样穿过黑夜,然后在第二天早上,停在一个破破烂烂不知名的小镇。他就从这个小镇开始一段新的生活,作为一个闯入者,一个异乡人,游走,听闻,凑上去说几句,摇摇晃晃经过高低不平的沙石路面,离开这里去下一个地方。接着步行,扒夜火车。他对夜火车情有独钟,觉得真正的旅途应该在黑夜的车厢里。拉煤的、运木材的,最好,找一个隐蔽的角落蜷缩起来,看着天越来越大,星星越来越近,世界越来越远,做几个空旷透明的梦,真要美得冒泡泡了"。[1] 对于陈木年的这种欲望,小说中这样写道:"这几乎是所有刚进大学的中文系学生的通病,浪漫得不乏矫情和作秀的成分,年龄大了,就忘了。陈木年忘不了,多少年来就坚持着这样的愿望。有点莫名其妙,又觉得自己不可救药。"[2] 为

---

[1] 徐则臣:《夜火车》,四川文艺出版社,2018,第18页。
[2] 同上。

了能够出行，为了从父亲那里得到五百块作为出行的费用，陈木年不惜谎称杀人了，得逃。虽然只是撒谎，但是这次撒谎带来了非常糟糕的后果：他无法自证没有杀人而一直成为被怀疑的对象；他因此而无法正常拿到毕业证，还因此而感到自卑，无法和所喜欢的女孩秦可谈恋爱。就情节、叙事风格而言，《水边书》和《夜火车》有许多的不同，陈木年和陈千帆却有着相似的性格，有如亲生兄弟。

现在可以多谈谈《耶路撒冷》中的初平阳了。《耶路撒冷》通常被认为主要是写"70后"这代人的成长史和心灵史，是徐则臣极有代表性的作品。它的前五章分别以主要人物"初平阳""舒袖""易长安""秦福小""杨杰"的名字为题，第六章则命名为"景天赐"，第七章到第十一章则命名为"杨杰""秦福小""易长安""舒袖""初平阳"，与前五章形成对应。在小说每一章后面，又穿插着总题为"我们这一代"的专栏文章，以初平阳的名义进一步记录和探讨"70后"这代人所面临的问题。这一专栏的每篇文章所涉及的问题，则常常与前一章的中心人物有直接的关联。在《耶路撒冷》中，初平阳是首先出场的人物，也是这部作品、是徐则臣小说创作中的灵魂人物，与初平阳相关的专栏文章题为"到世界去"。《耶路撒冷》的故事主线，是初平阳从北京返回花街，准备把祖屋大和堂卖掉，然后去耶路撒冷读书。对于初平阳而言，到"到世界去"意味着"到耶路撒冷去"，耶路撒冷便是他所向往的世界。

初平阳之所以执着地"到耶路撒冷去"，原因是多重的。首先，也可以说在根本上，它与一种浪漫的想象相关，与初平阳是一个浪漫主义者有关。浪漫主义者行事通常不看重世俗意义上的利益得失，而多是听凭内心，或是受激情所驱使。这一点在初平阳身上多有体现。比如小说中写到初平阳考博，他原本是读文学专业的，"在文学系的诸多专业里，他无论如何看不见自己的方向。在中国现当代文学、中国古代文学、文艺学、语言学、文字学、文献学、比较文学等各自或辽阔或狭隘的版图上，他迷路了，不知道该往哪里走，或者说，他根本就缺少寻路的兴致。而在他看来，如果找不到通往某专业的源自生命深处的激情，那这学问最好别做"[1]。初平阳有着浪漫主义者所常有而非独有的敏感心性和良好直觉。耶路撒冷这个词的发音，对初平阳就构成一种召唤，或者说就起了启示的作用。"从来没有哪个地方像耶路撒冷一样，在我对她一无所知时就追着我不放。"[2] 与此相关，小说中对初平阳有这样的设定：初平阳的耳朵会动。初平阳曾和杨杰等小伙伴一起偷听秦奶奶念诵《圣经》，在听到"耶路撒冷"这个词时，初平阳的耳朵动了动，为"一个奇怪而悦耳的音节"所打动。这种打动，首先是知觉、直觉与想象上的打动，说是神秘主义层面的触动也未尝不可。在徐则臣的小说中，这样的存在时刻挺多的。

耶路撒冷之所以成为初平阳非去不可的所在，还与历史省思和个人的具体遭际有关。《耶路撒冷》中有一章写到犹太人的历史和中国在"文革"时期的社会历史状况，写到秦环（秦奶奶）在"文革"中被批斗的情景。她之所以受到批斗，与她曾经出卖过身体有关，也与孤独而神秘的信仰有关。她的信仰对初平阳之所以构成冲击，则与初平阳个人的隐秘遭遇有关：少年时，他曾目睹自己的好友、秦环的孙子景天赐自杀死亡。这一事件，还是爱与死的联结。当时在场的见证者，还有景天赐的姐姐秦福小。那时候的初平阳对秦福小有一种懵懂的情感，有爱情的萌芽，又带有弟弟对姐姐的爱和依恋："小时候一群孩子玩藏

---

[1] 徐则臣：《耶路撒冷》，北京十月文艺出版社，2018，第 566 页。
[2] 同上书，第 236 页。

第四章　自我心仪的乌托邦

猫猫，男孩子一伙，女孩子一伙，一人盯住一个，你总是让福小找你。你躲藏的技术甚好，但也因为藏得太深，福小经常找不着；你就慢慢从黑暗和隐秘处往外挪，希望能被她找到。你这个念头被男孩们看穿后，遭到众人的耻笑，成了吃里爬外的叛徒。后来你决定不再往外挪，沉住气躲在运河边的一棵老槐树后一动不动。你等啊等，等啊等，你相信福小一直在找，一定会找到你。夜晚的运河静下来，石码头也空了，等到花街上人声消散，只剩了狗咬，福小还没有来。不知道几点，直至世界彻底没了声音，你从树后走出来，贴着花街小心地往里走，瞻前顾后，你依然幻想福小会从某个角落突然跳出来，大喊声：'哈，平阳，我逮到你了！'一直走到秦家门楼底下，没有任何一个影子跳到你面前，你的后背因为总贴着墙壁，都被石头擦伤了。"[1]小说中的"你"，正是初平阳。"在回忆里，你看见天赐的同时也看见了天赐的姐姐秦福小，你看见她侧过脑袋对你笑了一下，那笑跟她让你依恋的、因为转脸轻轻飘过去的马尾巴一样具有某种迷幻的、慢镜头般的气质，她的右手食指竖起在嘴边，做了一个'嘘'的动作，她让你别说话，于是你便立在原地，没发出任何声音。"[2]回忆是布满疑团的。从文本所提供的信息来看，在目睹景天赐自杀时，秦福小可能因为曾妒忌弟弟景天赐在家中受宠，因为景天赐精神失常等带来连锁反应式的不幸与压抑而希望景天赐就这样死去，她没有毫不犹豫地呼喊与拯救。她很可能对初平阳发出过"嘘"这一指令，初平阳也执行了这一指令。在秦福小号啕大哭地喊人来想着救景天赐时，初平阳还被巨大的恐惧吓得转身就跑，没有和秦福小一起救人。等到景天赐死后，与这一指令有关的一

---

[1] 徐则臣：《耶路撒冷》，第287页。
[2] 同上书，第286页。

切，就构成一个存在事件，浓重的罪与悔从此扎根在他们心中，难以完全拔除。

虽然个体有属于他的物理时间，虽然个体在生物学意义上的时间是直线的——注定要走向衰老和死亡，个体的心理时间却是非线性的，有无数的线头且互相缠绕。个体的回忆则会将不同的经历、不同的存在事件编织起来，让它们彼此交错，产生一加一远远大于二的效果。在给塞缪尔教授的一封信中，初平阳就这样写道："我搞不清楚天赐、秦奶奶、'耶路撒冷'和耶路撒冷四者之间是否有必然联系，但我绕不开的中心位置肯定是天赐。天赐让我想到秦奶奶，和'耶路撒冷'；'耶路撒冷'同样让我想起他们。放不下，抛不开。既然抛不掉，那我就守着他们，走到哪里都带着。直至眼下，我还没发现哪个地方比耶路撒冷更让我神往。我想，耶路撒冷一定也是他们喜欢的地方。"[1]

《耶路撒冷》还写到，初平阳从北京回到花街准备卖掉祖屋时，他和初恋女友舒袖有过一次对话。舒袖检讨自己当年没能像初平阳一样，坚持在北京奋斗，在这座城市扎下根来。舒袖自认为缺乏"坚持，再坚持一下的坚持"这样的好品质。初平阳则认为，这并非舒袖一个人的问题，而是所有人都缺——"我们都缺少对某种看不见的、空虚的、虚无之物的想象和坚持，所以我们都停下了。我本可以再找你，但我也停下了。每个人都有一堆借口……我们还缺少对现有生活的持守和深入；既不能很好地务虚，也不能很好地务实。"[2] 这一失败，其实也是初平阳坚持要去耶路撒冷的原因。对于初平阳而言，耶路撒冷在根本上是一种

---

[1] 徐则臣：《耶路撒冷》，第294页。
[2] 同上书，第68页。

精神理想的象征与信仰的启示。从隐喻的角度看，卖掉祖屋而去留学，去寻找心中的耶路撒冷，有陷入文化偏至论的风险。从现实的角度看，这也显得有些偏至，似乎缺乏必然的逻辑。然而对于浪漫主义者／理想主义者初平阳来说，他的非如此不可不是不可以理解的。浪漫主义者不但在表达感受和思考上倾向于极端，在价值上追求极致，在行动上也时常是不顾一切的。比起拜伦，比起郁达夫、徐志摩这样"中国现代作家中浪漫的一代"的思想和行动，初平阳其实远远不及。

秦福小也值得注意。因为弟弟景天赐意外死亡，秦福小就长久地被自责、自罪折磨。她在17岁那年离家出走，在中国的版图上从东走到西，从南走到北，然后在北京停下来。秦福小擅长做数独题，特殊的是："在她头脑里三级跳的不是数字，而是地名和工作；虚拟的空间的确足够大，但那空间不是为数字准备的，而是中国的版图，她因为流浪和谋生曾不得不在九百六十万平方公里的大地上跳来跳去。从南京到杭州到九江到长沙到昆明到潮州到深圳到郑州到西安到石家庄到银川到成都到北京。她在数独的小格子里看见了一个个城市，她正在从一个城市奔赴另一个城市的路上。助跑，起跳，腾空，落地；助跑，起跳，腾空，落地；每一个动作都很艰难，每一次都仿佛连根拔起，每一次也都成功地助跑、起跳、腾空、落地；吃了多少苦，忘了，时光流逝就到了今天。她做的是地理学式的数独，这其中包含了一条比数理更坚强和有效的逻辑。"[1] 充满幻灭感的、在陌生的地方寻找自我安顿的秦福小，其性格中也带有浪漫的一面。

易长安这个人物也很值得注意。他是一个有浪漫气质的人物，一

---

[1] 徐则臣：《耶路撒冷》，第139页。

个唐璜式的人物。在中文的语境中,浪漫时常有两个层面的意思:一是个人在生活作风上的风流,甚至是放荡;二是一种集热情与消沉、不安与反叛于一体的性格。两者在易长安身上都有。在他身上,有一种热爱冒险的精神,有一种不安分的性格,有一种破坏性的激情。因为从小就目睹父亲易培卿的荒唐事,尤其是目睹父亲对母亲的轻视和家庭暴力,易长安和父亲之间一直存在冲突,易长安在许多事情上都故意和他作对。然而,有一点于他们是一脉相承的,那就是对性、情与色的执迷。易长安曾经有过相对稳定的工作,后来选择了到北京成为伪证制造者,这与他在旧单位不得志有关,更与他渴望出走有关,也与他性格里热爱冒险有关。

在《耶路撒冷》中,同样都是浪漫主义者,初平阳的浪漫主义是充满激情的但又是偏于理性的,有理想主义色彩;秦福小不是彻底的浪漫主义者,她浪漫的一面也是隐忍的;易长安的浪漫主义则是一种性情浪漫主义,是一种偏于非理性的浪漫主义,带有沉沦的、颓废的色彩。

讨论徐则臣作品的灵魂人物或核心人物这个问题,《王城如海》中的余松坡是不可忽略的。余松坡是一个先锋戏剧导演,曾留学美国,后来回到北京继续做戏剧实验,同时对北京这座城市有非常大的兴趣。在美国时,余松坡曾被误诊得了绝症。他曾为此而感到恐惧和焦灼,留下了一份遗言。这份遗言对于了解余松坡的性格和身世非常重要。他出生于一个叫余家庄的地方,余家庄属于兰水乡,"余家庄和兰水乡太小了,比例尺稍微大一点的市级地图上,它们都没有资格占据一个黑点的位置"[1]。余松坡虽然生于这样的偏远之地,但是从小就对"外面的世

---

[1] 徐则臣:《王城如海》,人民文学出版社,2017,第 183 页。

界"有巨大的向往,渴望到世界去。在 80 年代,余松坡就想参加高考,想成为大学生。那时候考大学非常难,保险起见,余松坡的家人希望他考中专,因为念了中专国家包分配包安排工作,念中专就等于是拿到了铁饭碗,可以成为城里人。余松坡却坚持考大学,并且打算万一考不上就当兵或是当卡车司机。《王城如海》中还有一个重要人物叫余佳山,他是余松坡的堂哥。余松坡在他的遗言中曾写到这样一段经历:"那时候余佳山的姑父在开长途货车,解放牌,一年跑七八次新疆。余佳山经常跟着他姑父出差跑长途,回来就跟我们显摆我们看不见的美丽新世界。我很羡慕。旷野无人,开着'哐啷哐啷'的卡车大声歌唱,一个新鲜辽阔的大地从你车轮下展开,恍如创世纪。你可以赤膊上阵,也可以把衣服扒光了开,你还可以蹦蹦跳跳地开。我喜欢那股淋漓尽致地不要脸的劲儿。但是必须承认,那时候一个农家子弟想出人头地,过上好日子,只有两条路:考学和当兵。"[1] "我喜欢那股淋漓尽致地不要脸的劲儿",这是一种典型的浪漫主义的性情和性格。在考学和当兵这两种通常的道路之外渴望成为卡车司机,则是这种浪漫性格的体现。余松坡后来选择成为先锋戏剧导演,也是这种浪漫性格的体现,甚至是核心体现。如段义孚所言:"求索是浪漫的核心要素,但追寻的一定要是两极化价值。追名逐利,即便付出了沉重的代价,也不在浪漫之列。"[2] 先锋之为先锋,意味着不但渴求极致,还渴求超前地抵达极致。

在余松坡到世界去的过程中,徐则臣巧妙地把他个人求索的过程与中国当代的历史进程融合在一起。虽然出生在偏远之地,然而,社

---

[1] 徐则臣:《王城如海》,第 184—185 页。
[2] [美] 段义孚:《浪漫地理学:追寻崇高景观》,陆小璇译,译林出版社,2021,第 173 页。

会历史政治的一些关键事件还是与余松坡发生了关联。在和堂哥余佳山同时都有当兵资格而可能存在竞争时，余松坡和他父亲的告密行为使得余佳山失去了入伍的资格，并且因入狱而精神失常。这次告密及其后果，成为余松坡及其父亲难以治愈的精神隐疾。余松坡后来心理极度紧张时就会梦游，必须靠阿炳的《二泉映月》才能逐渐平复。同样都是浪漫主义者，如果说初平阳的自罪意识主要是个人意义上的，那么余松坡的自罪意识则既是个人意义上，又是社会历史意义上的。也正因如此，余松坡比初平阳更为深沉，也更为忧郁。

接下来，让我们把目光转向《北上》，转向《北上》中的人物。《北上》这部长篇小说主要是由这几部分构成：开篇题为"2014年，摘自考古报告"，主要写2014年6月，大运河申遗成功前夕，一些文物被意外挖掘出来，其中还有意大利人费德尔·迪马克——当年八国联军中的一名士兵，中文名叫马福德——写给他父母的一封信。这一部分篇幅较短，相当于小说的楔子。接下来则是小说的第一部，由四个小节组成："1901年，北上（一）""2012年，鸬鹚与罗盘""2014年，大河谭"和"2014年，小博物馆之歌"。再往下则是第二部，由如下三个小节构成："1901年，北上（二）""1900—1934年，沉默者说"和"2014年，在门外等你"。和前面两部相比，第三部的篇幅较短，只有"2014年6月：一封信"这一节的内容。它主要是写费德尔·迪马克的信如何意外地被发现，以及这一封信如何成为解密一段历史和众多人物身世的契机。整部《北上》则主要由如下三条时间线索交错而成：第一条线索主要讲述1900—1934年间费德尔·迪马克在中国的经历；第二条线索则是讲在1901年，意大利人保罗·迪马克——外号叫小波罗——来到中国，和谢平遥、孙过程、邵常来等人一起沿着运河北上，寻找保罗·迪马克的弟弟费德尔·迪马克。运河的历史与当下、风俗风情,中国的政治与民生、旧邦新命,都在这一行程中渐次呈现。也是在1901这一年,光绪帝颁令宣布运河漕运停止,保罗·迪马克死在通州运河的一艘船上;第三条线索,则是写2012—2014年之间,当年陪同保罗·迪马克北上的谢平遥、孙过程、邵常来等人的后辈,因为运河和当年保罗·迪马克赠予的各种礼物而遥相感应,继而相识。

在《北上》中,可称之为浪漫主义者或理想主义者的人物并不少。尤其值得注意的是保罗·迪马克和费德尔·迪马克兄弟。他们是意大利人,出生于离威尼斯不远的小城维罗纳。费德尔·迪马克在少年时代把马可·波罗视为偶像。小说中的"1900—1934年,沉默者说"这一部分,主要是从费德尔·迪马克的视角展开叙述。其中写道:"我对中国的所有知识,都来自马可·波罗和血脉一般纵横贯穿这个国家的江河湖海;尤其是运河,我的意大利老乡马可·波罗,就从大都沿运河南下,他见识了一个欧洲人坐在家里撞破脑袋也想象不出的神奇国度。"[1]按照保罗·迪马克的讲述,费德尔·迪马克从小就喜欢"玩消失",长大后更是选择了追随马可·波罗的脚步,通过服役入伍的形式而来到中国。此后,费德尔·迪马克多次经历战火的动乱,遇到了他所爱的人秦如玉,和爱人结婚生子,又经受爱人在战争中被残酷杀害的痛苦。费德尔·迪马克在中国的经历,与马可·波罗及其游记构成互文关系。保罗·迪马克为了寻找弟弟费德尔·迪马克也来到中国,沿着运河北上,从而对弟弟的内心追求,对中国,有了属于他自己的认识。

保罗·迪马克、费德尔·迪马克兄弟的性格与情感结构,也包括

---

[1] 徐则臣:《北上》,北京十月文艺出版社,2018,第344页。

他们的行动,让人想起初平阳等人物,更让人想起西方18世纪前后的众多浪漫主义者。那个时期的浪漫主义者大多崇拜"到远方去",甚至把远行视为一种成年礼,视为教育的重要环节。那时候英国或者北欧的一些富有家族,时常把他们的孩子送到意大利,去感受古典时代的辉煌过往。而要抵达古典文明的家园,他们必须越过阿尔卑斯山的荒榛乱木,对于浪漫主义者来说,阿尔卑斯山俨然已成为崇高风景的典范。这一远行的过程便是追寻崇高、体验崇高的过程。当然,除了作为仪式的远行,那时候的浪漫主义者还对远方抱着一种实实在在的向往。比如德国浪漫派的重要代表人物弗里德里希·施莱格尔,就对印度充满激情地表达过他的向往,将印度看作是拯救欧洲堕落的物质享乐主义的解毒剂。他甚至主张,只有在遥远的东方,才能找到真正的浪漫主义。法国的众多浪漫主义者,也把东方视为梦想之地。夏多布里昂在《巴黎到耶路撒冷行纪》中,就对东方进行了想象性的重构,维克多·雨果在《东方诗集》中则把东方描绘成一座海市蜃楼。如同大卫·布莱尼·布朗所指出的,"对远方和异域的渴望是许多浪漫主义者的共同心声","遥远的过去和遥远的地域是浪漫派避世情结的居所,这一情结常常被看作通向发现内在自我之路的一部分。对于进步的艺术家和作家而言,与遥远的民族、文化和地域交往(无论这是真实的,还是出于想象),几乎已经成为一枚正义徽章。它不仅意味着他们所从事的工作已经走向复兴,而且象征着他们在自己的一生中努力追求的自由。他们希望,从这里诞生出一种更加充满活力的多元文化,其中,古典传统不再占据任何统治地位"[1]。针对众多浪漫主义者

---

[1] [英]大卫·布莱尼·布朗:《浪漫主义艺术》,马灿林译,湖南美术出版社,2019,第241—242页。

的行动,伯林也有与此类似的观察和总结:"对于浪漫主义者而言,活着就是要有所为,而有所为就是表达自己的天性。表达人的天性就是表达人与世界的关系。虽然人与世界的关系是不可表达的,但必须尝试着去表达。这就是苦恼,这就是难题。这是无止境的向往。这是一种渴望。因此人们不得不远走他乡,寻求异国情调,游历遥远的东方,创作追忆过去的小说,这也是我们沉溺于各种幻想的原因。这是典型的浪漫主义的思乡情结。"[1]

徐则臣小说中的这些人物——陈千帆、陈木年、初平阳、余松坡、保罗·迪马克、费德尔·迪马克,都怀着对陌生世界或远方世界的憧憬,渴求在广阔世界中实现自我,重塑自我,扩大自我。他们虽然有着不同的具体使命和身份,有着完全不同的现实境遇,但他们身上又有共同的精神品质和情感结构,有家族相似的特征。这些人物,是徐则臣小说世界的灵魂,又是徐则臣精神性格的外化和写照。这些核心人物的精神特质,他们那种出走的愿望,与徐则臣有着极其明显的对应。在《夜火车》的自序中,徐则臣曾谈道:"有人问,为什么你的人物总在出走?我说可能是我想出走。事实上我在各种学校里一直待到二十七岁,没有意外,没有旁逸斜出,大概就因为长期规规矩矩地憋着,我才让人物一个个代我焦虑,替我跑。这两年我突然喜欢把'理想主义'这个词挂在嘴上,几乎认为它是一个人最美好的品质。我知道既为'理想',就意味着实现不了,但于我现在来说,我看重的是那个一条道走到黑、一根筋、不见黄河不死心、对理想敬业的过程,我希望人人有所信、有所执,然后真诚执着地往想去的地方跑。如此说似乎与

---

[1] [英]以赛亚·伯林:《浪漫主义的根源》,第139—140页。

悲观相悖，一点都不，这'理想主义'是凉的，是压低了声音降下了重心的出走，是悲壮的一去不回头，是无望之望，是向死而生。"[1] 从这段话中可以看出，徐则臣似乎是把创造这些核心人物并反复书写到世界去的母题视为一种心理补偿，是因为源自某一时期行动的缺失。而如果我们把他的散文写作，把他的成长经历也考虑在内，就会发现，他其实在现实生活中也有这样一个自我求索、自我实现的过程。

这种源自作家个人精神性格的情感和特点，使得这种浪漫气质不只是文学知识意义上的习得，而是切身的，是内在的。这也使得徐则臣的写作是一种有情的写作。对于文学创作而言，情感是极其重要的，如阎晶明所言："情感是文学的基本特征，真挚的情感和激情是作家创作的原动力，在作品中，它又是连接思想和形象的核心和中介。作品的思想是否深邃，形象是否生动，以及二者是否完美地融合于一体，关键在于其中是否具有贯注生气的情感。作家从生活感知到题材选择以至表现手法的具体运用，整个创作过程无不受情感的支配和制约。"[2]

作品中的灵魂人物和作者本人在情感结构、内心追求上的相似或一致，说明了徐则臣在写作中，有着以自我作为方法的一面。他以个人的经验、感受为基础展开思考和书写，把个体经验投映于社会和时代。他的写作，是围绕作家自我而展开的，他的批判和怀疑、肯定与信念，指向自己也指向时代。在写作中，徐则臣既关注个人体验的具体性，也把这种个人经验与时代的普遍问题相连接，而不是超然地加以判断，甚至是指责与否定。他的作品中始终有一种向上的努力，有一种肯定

---

[1] 徐则臣：《夜火车》自序，第1—2页。

[2] 阎晶明：《论五四小说的主情特征》，载《须仰视才见》，江苏凤凰文艺出版社，2019，第13页。

信心与希望的意志，这种努力、这种意志也同样和时代的发展趋势相连接，从而使得他的作品有一种大气象。

二　浪漫的文学地理空间

徐则臣小说的灵魂人物或核心人物大多属于浪漫派，而他们所生活的空间或世界也带有一种浪漫的色彩。花街、北京和耶路撒冷，等等，共同构成了一个浪漫的文学地理空间。花街可以说浪漫主义者的文学原乡，北京则主要承载浪漫主义者的中国想象，耶路撒冷则与浪漫主义者的远方想象相关。北京和耶路撒冷，还都有一种精神高度或情感深度。

许多人在对徐则臣的文学创作进行宏观论述时，时常从花街系列小说开始。花街是徐则臣所构建的浪漫文学地理空间的起点。2003年写作的《花街》是一篇短篇小说，也是徐则臣花街系列小说的第一篇。小说从"修鞋的老默死在中午"开始写起，随着这一事件，小说中的人物开始逐一出场，人物和人物之间的关系也逐渐呈现：老默死时将他仅存的两万元送给花街蓝麻子豆腐店的蓝良生。老默之所以有这样的举动，是因为他曾经和蓝良生的母亲麻婆相恋。麻婆年轻时曾以卖身为生，曾为老默怀过一个孩子，那时候老默因为麻婆所从事的职业而没有和她结婚——他担心家里反对，麻婆为此而打掉了这个孩子。后来麻婆又怀孕了，再也舍不得打掉，而是选择把孩子生下来。这个孩子就是良生。麻婆带着良生来到花街,先是寄居在叙述者"我"的家中,后来又嫁给卖豆腐为生的蓝麻子。老默则跟随麻婆而来,在花街以补鞋为业,时常光顾蓝麻子的豆腐店,以这种方式守望麻婆,直到他死去。围绕着老默之死,小说还写到良生先是不愿意为老默举办丧事,随后又写到良生固执地追问究竟谁才是他的亲生父亲。在良生不愿意为老默操办葬礼时,麻婆执意要他这么做,老默最终有了一个体面的葬礼。然而,麻婆的心灵依然饱受煎熬。在老默之外,她那时候还与别的男人有过关系,她并不知道良生是否就是老默的孩子。因为心灵的煎熬,麻婆先后两次自杀,通过这种方式摆脱了心灵的煎熬。

2018年,徐则臣出版了一部题为"花街九故事"的中短篇小说自选集,收入其中的小说,按顺序分别为《花街》《如果大雪封门》《这些年我一直在路上》《人间烟火》《失声》《大水》《苍声》《镜子与刀》《伞兵与卖油郎》。《失声》中,冯大力和姚丹是"花街上少有的恩爱夫妻"。由于冯大力是"一个走街串巷卖猪肉的",是屠宰场里的临时工,"连个像样的窝都没有",在他们恋爱时,姚丹的父母曾死活不答应。冯大力和姚丹在一穷二白且不被祝福的情形下结了婚,婚后感情一直很好,物质上的情况也日渐好转,有了属于自己的一栋两层小楼。不想在这样的时刻,姚大力却因为别人说了一句侮辱姚丹的话而杀人并因此入狱,姚丹则出于无奈像花街那些外来的女人一样,在自家的门楼挂起了红灯笼,通过卖身而维持现有的一切。在这一连串的不幸发生后,姚丹又成了一个哭丧的人。这既是她的谋生方式,也是她宣泄内心痛苦的方式。更加不幸的是,冯大力因急于知道姚丹的情况,因担忧姚丹成为靠身体吃饭的女人而越狱,被狱警开枪击毙。得知这个消息后,姚丹在哭丧时却失声了:一下子发不出声音,既没有声音也没有眼泪。

在小说的终末，她还是哭出来了，且哭得惊天动地。通过声音的变化来写人物内心的变化，是这篇小说的重要方法。

《花街》和《失声》的篇幅都不算长，冲突却是密集的，所涉及的问题则是复杂的。它们在有限的篇幅内写到了人所可能面临的种种难题：道德和生存的冲突，爱与伦理的冲突，爱与欲的冲突。这些问题，在小说人物具体的生存际遇中，有的是无解的，有的则难以有统一的答案。

《花街》中对花街这一文学地理空间有这样的构想和描写："从运河边上的石码头上来，沿一条两边长满刺槐树的水泥路向前走，拐两个弯就是花街。一条窄窄的巷子，青石板铺成的道路歪歪扭扭地伸进幽深的前方。远处拦头又是一条宽阔惨白的水泥路，那已经不是花街了。花街从几十年前就是这么长的一段。临街面对面挤满了灰旧的小院，门楼高高低低，下面是大大小小的店铺。生意对着石板街做，柜台后面是床铺和厨房。每天一排排拆合的店铺板门打开时，炊烟的香味就从煤球炉里飘摇而出，到老井里拎水的居民起得都很早，一道道明亮的水迹在青石路上画出歪歪扭扭的线，最后消失在花街一户户人家的门前。如果沿街走动，就会在炊烟的香味之外辨出井水的甜味和马桶温热的气味，还有清早平和的暧昧。"[1] 这段描写，和现实中的花街较为贴近。对于徐则臣笔下的花街来说，以下的设定颇为值得注意："花街，听听这个名字就知道了。后来我从祖父祖母和街坊邻居那里逐渐了解到了一些花街的历史，发现这个名字的确与妓女有关。几十年前，甚至更早，这条街上就住下了不少妓女。那时候运河还很热闹，往来的货船和竹筏子交替在运河边上的各个石码头上靠岸，歇歇脚，采买一些明天的航

---

[1] 徐则臣：《花街》，载《最后一个猎人》，四川人民出版社，2018，第 4 页。

程必要的食物和用具,也有一些船夫是特地下船找点乐子的。那会儿的花街还不叫花街,叫水边巷,因为靠近小城边上最大的一个石码头。下船的人多了,什么事也就都来了。水边巷逐渐聚集了专做皮肉生意的女人,有当地的,也有外地的,租住水边巷哪一家小院的一个小房间,关起门来就可以做生意了。生意越做越大,名声就跟着来了,运河沿线的跑船的和生活无忧的闲人都知道石码头边上有一条街,院子里的某一扇门里有个鲜活动人的身体。花钱找乐子的慕名而来,想卖身赚钱的女人也慕名而来。有很长一段时间,花街的外地人多于本地人,祖父说,当初花街人的口音杂啊,南腔北调的都有,做衣服都麻烦,他们一人一个口味。水边巷的名字渐渐被人忘了,就只知道有一条花街,后来干脆花街就叫花街了。"[1] 在徐则臣的花街系列小说中,类似的描写时常出现,成为花街之为花街的一个非常重要的设定。这个设定的原因可能是多重的。比如,它可能实际存在过。再有就是,这个设定带有一种浪漫的气息,带有传奇的意味,有浪漫主义者偏爱的极端和极致。虽然花街,也包括小说中的许多人物,确有其原型,但是花街不只是现实意义上的文学地理再现,而是带有浪漫色彩,也和自由相关,是有情感热度的。不过,这种浪漫传奇又并不是徐则臣写作的根本追求。他更看重的,是如何在这个带有浪漫传奇色彩的空间中来观看世道人心的广阔变化,来书写内心世界的浩瀚,来完成文学艺术层面的创造。在写到那些靠身体吃饭的女人时,他多是写她们的困窘与无奈,以及她们对生存、对爱的执着与坚韧。作为文学世界的花街,是传奇的,也是日常的。在花街系列小说中,重要的不是身体叙事,而是与

---

[1] 徐则臣:《花街》,载《最后一个猎人》,第6页。

此相关的情感、伦理、道德的纠葛，以及由此而与政治、经济等方面的变化所构成的复杂的互动。

现实中的花街，是江苏淮安一条短短的街巷。徐则臣大学毕业后，曾在淮安工作过。因为城市发展房屋拆迁，这条老街日渐缩短，只剩下了不到二十米长。当一个作家频繁地写到某一个地方，他的写作透露着地域色彩时，那个地方时常会被视为作家的故乡。花街却并非徐则臣现实意义上的故乡，而是他借助文字而建构的纸上故乡。对于徐则臣来说，这是自觉的写作实践。在长篇小说《水边书》的封底，有徐则臣的一段话：

> 这些年我一直在写这条街，在运河边上，船上的人从石码头上岸，就能看见一条被脚磨得光滑发亮的石板路，路两边的人家脸对脸沿街分布下去。
>
> 这条街上有南方的那种青砖灰瓦白墙的民居，人们说话时舌头永远都摆不到正确的普通话的位置上。
>
> 这里与我的故乡相去甚远，但我十分喜欢这样的环境，所以把它放到故事里，当故乡一样来不断描绘。故事越来越多，人物越来越多，场面越来越大，原来只有几十米长的一条小街只好变得越来越大越来越长。
>
> 我不得不把它拉长、放大。
>
> 故乡是确定的，不会随意变化，但纸上的故乡却是流动的，它有弹性跟橡皮筋一样，只要我愿意，只要我有足够的能力，这条街可以无限扩大，直到变成整个世界。[1]

---

[1] 徐则臣：《水边书》封底。

现实地理意义上的花街缩短了,文学地理意义上的花街却在不断延长,花街的整个世界不断扩大,花街的历史在日渐变得具有纵深感,花街的未来也在不断变得开阔。

花街是徐则臣的文学原点,是徐则臣的精神原乡,更是徐则臣带着浪漫精神建构起来的文学世界。在徐则臣的小说中,花街的疆域是不断扩展的,并不仅仅是地理空间的扩展,不只是人物的增添,更是思维空间和情感空间的扩展。花街,也包括小说中的人物,寄寓着徐则臣的审美理想,蕴含着徐则臣对人生的观察与理解。这也构成了对现实中的花街的超越,构成了对现实的超越。因此,花街既是现实的地理空间,更是一个开放的、融入了想象的文学地理空间。

当徐则臣以花街来命名他的文学故乡,以花街为坐标之一来建立他的文学世界时,花街是带有浪漫色彩的。然而,花街并非一个理想的世界,而是一个悲欢交集的世界。生活在花街的人们,时常渴望到城市去,到世界去。他们不断地从花街出走,奔赴各地,到北京去,到耶路撒冷去。北京是徐则臣书写较多的地方,由此而形成了"京漂"系列小说。这方面的作品大致包括长篇小说《王城如海》,中篇小说《啊,北京》《西夏》《伪证制造者》《我们在北京相遇》《三人行》《把脸拉下》《逆时针》《浮世绘》《跑步穿过中关村》,以及《屋顶上》《如果大雪封门》《轮子是圆的》《六耳猕猴》《成人礼》《看不见的城市》《狗叫了一天》《摩洛哥王子》《兄弟》等短篇小说。

《啊,北京》是"京漂"系列小说中写作时间较早的一篇,写于2003年,那时候,徐则臣还在北京大学读书。小说的叙述者"我"是北大的一个学生,写小说的同时也给报纸杂志"写些甜蜜蜜的小文章"。小说从"我"在北大一个诗歌朗诵会开始写起。"我"在朗诵会上认识了卖假证也爱写诗的边红旗,后来两人一起吃饭进一步成为朋友。此后,边红旗又和"我"、一明和沙袖一起合租房子。边红旗原本在一个苏北小镇上当中学老师,因学校减薪、诗再也写不出来了等而到了北京,又因找不到合适的工作而过上办假证的生活。虽然过得并不如意,但是边红旗很难再回到原来的生活,他觉得在苏北小镇的家里简直就是生活在世界之外,什么事情都不知道,外面的一切仿佛都与他无关,是到了北京,才觉得"闯进了世界的大生活里头"。视界的打开,也包括日常生活层面的习惯和吸引,最终却让边红旗陷入一种进退两难的境地。他在乡下已有妻子又不忍和她离婚,北京的恋人包括北京的一切也让他觉得难以割舍。

《西夏》写于2004年,叙述者名叫王一丁,是一家书店的店员,有一天警察带来一个名叫西夏的姑娘和一张纸条来找他,并把这个姑娘交给他——纸条上写着:"王一丁,她就是西夏,你好好待她。"由此,西夏这个来路不明的、不能说话的姑娘开始了在北京的生活,和王一丁彼此产生好感。现实的状况又使得他们无法很好地相爱:"一刹那,她让我产生了一种类似亲情和爱情的疼痛感,突然感觉到,这几年在北京,一个人的孤独是多么的漫长。这个发现同时引发了另一个发现,它让我感到了自己的脆弱,这个发现让我恐惧,它击穿了我,让我觉得自己老了。跑来跑去这些年,我就跑成了这样?孑然一身,形影相吊,甚至都很久没有和别人深入地说点什么了。忘了生活中还有一些只属于内心的事,自己触不到,只等着别人不经意间的一碰,找到了自己的痛。"[1] 对于正在发生的一切,王一丁有疑惑,有不安,也有恐惧。对

---

[1] 徐则臣:《西夏》,载《啊,北京》,安徽文艺出版社,2015,第101页。

西夏的爱又让他无法割舍这份感情。在得知西夏有可能恢复说话的能力时，他担心因为伴随着开口说话而来的真相会让他失去西夏。小说最终就是在这样无从抉择的情景中结束了。这篇小说，是徐则臣的"京漂"系列小说中非常具有浪漫色彩的一篇。这篇小说的叙事逻辑和说服力的建立是颇有难度的。如果只是对其情节进行概述，会令人感到离奇，甚至觉得所写的一切不可能发生，徐则臣却通过扎实的细节建立了一种说服力，让不可能变为可能。由此，他也显示了在创作上具有的另一种可能。他的同代作家鲁敏正是以此作为主要的方法，建立个人的小说美学。

《居延》也是徐则臣"京漂"系列小说中颇为值得注意的一部中篇小说。小说中的居延本来是哲学副教授胡方域的学生，被胡方域的才华吸引，后来和他相恋。胡方域具有过人的理性，居延则一度有一种执迷般的爱和崇拜。胡方域后来选择出走到北京，原因是在大学里晋升教授失败了。居延也选择了到北京，希望能找到胡方域，不想却在北京遭受了非常现实的挫败并意外地获得了成长，建立了她作为一个女性的强大自我。虽然后来，她和胡方域相遇了，但是胡方域对她来说已经不再重要。他们恋爱的经历和各自的角色，与海德格尔和阿伦特有点相似。不过，这部小说是高度中国化的。它所蕴含的信息也远远不止这些。在这部小说中，可以非常清晰地看到在北京合租生活等场景，可以看到房地产中介的工作和生活。在《居延》中，徐则臣用文字勾勒了一个房价不断高涨的北京，一个正在高速发展的中国，里头有浪漫情怀和现实情况的碰撞。

《伪证制造者》同样写于2004年，主要讲述"我姑夫"、路玉离、麻杆等假证制造者的工作或情感纠葛，故事同样发生于北京。"我姑夫"是一个浪荡子的形象，和《耶路撒冷》中的易长安性格上有些相似，却又不像易长安那样得志，也不像易长安那样寄寓着历史的创伤记忆。这里头所有的，是普通而真实的现实生活，"我姑夫"、路玉离等人的形象都颇有典型意味。同样写于2004年的《我们在北京相遇》与《啊，北京》在人物和情节上都有承接关系。在《啊，北京》里曾作为配角出现的穆鱼、沙袖、孟一明，现在成了《我们在北京相遇》这部小说的主角。小说从穆鱼的视角展开叙事，"我"辞掉了家乡的工作，和同时代的许多年轻人一样来到北京，希望在北京干出点名堂来。孟一明是穆鱼的大学同学，正在读博士，沙袖和孟一明在十六七岁时就相恋，因孟一明希望毕业后留在北京，她也辞掉了家乡的工作来到北京，来到北京后却长期处于待业的状态。在小说中，穆鱼曾有这样的疑问："几年了，我在北京到底干了些什么？北京对我的意义到底在哪里？过去不是没想过这个问题，但都是一闪念，过一下脑子就忘了。是啊，为什么偏要留在北京？为什么那么多人削尖了脑袋要在北京占下一块地方？大家就那么爱北京吗？我想肯定不是这么回事，但是，为什么很多人混得已经完全不像样了，还放不下这个地方？烟盒里的烟都抽完了，还是没想明白。"[1] 这样的问题，其实也是沙袖、孟一明等人所关切的。不过，他们最终所选择的路并不一样。穆鱼选择了回老家工作和结婚，孟一明和沙袖则继续留在北京。

《三人行》同样写于2004年。这篇小说，之所以取这样一个名字，大概与小说中写到康博斯、班小号和宋佳丽三人的合租生活有关：班小号是北大的厨师，单身，喜欢写诗。康博斯在北大念书，他的女朋

---

[1] 徐则臣：《我们在北京相遇》，载《啊，北京》，第219页。

友则在上海读书,正打算考博到北京来。宋佳丽 17 岁时就来到北京,虽然人很努力,自考了大专,工作上也很勤奋,但是多年来在精神和身体上都承受着生之艰难,承受着颇大的压力。在这样的合租生活中,他们彼此产生了友谊,也有了感情上的纠葛,而最终,宋佳丽因为要回乡下照顾父母而离开了北京。《把脸拉下》写于 2006 年,小说中写到一个叫魏千万的卖假古董的"京漂"。对于北京,魏千万刚开始并没有热望,并不像宋佳丽等人那样有执着的奋斗精神,他不过是因为在老家挣不到钱整天挨老婆的骂而来到北京。也可以说,对于北京,他既喜欢又不敢喜欢。这样的个案并不多,在徐则臣笔下,多数人到北京来是怀着渴望的,也怀着理想和激情。原因则是多重的。浪漫主义者对远方的想象,中国的现代化进程和城市化进程让北京这样的大城市成为高光的所在,北京作为中心对花街这样的边缘地方所构成的召唤……这些都是重要的原因。段义孚在《浪漫地理学:追寻崇高景观》一书中认为,城市的建立和存在,是与人的浪漫本性有关的,体现了一种超越寻常、超越自然性和必需性的追求。因为城市在建立的伊始就尝试将天堂里的秩序和尊严带到人间,通过尝试切断农业根基、驯服夏天、变夜为昼等方式,人们得以在城市里体验到高度与深度,体会到崇高与壮美。而城市的持续存在和发展,也蕴含着浪漫的色调。在徐则臣的笔下,虽然人物有着不同的身份,但是他们都体现出一种浪漫主义者面对带有浪漫色彩的空间时所产生的心灵震动。

对于徐则臣笔下的"京漂"一族来说,首先构成震动的,是北京的大。"北京大得像海,往哪儿一钻,掘地三尺你也找不出来。"[1] "北京何

---

[1] 徐则臣:《王城如海》,第 47 页。

其之大，过千万的人口，一个人随便往哪一蹲，那就是水在水里、油在油中。"[1] 北京的大，大得吓人，是徐则臣笔下许多人物的共同感受。与"大"相连的，则是个人在这个城市的立身之难。在《啊，北京》《西夏》《伪证制造者》《我们在北京相遇》《三人行》《把脸拉下》《逆时针》《浮世绘》《跑步穿过中关村》等中篇小说中，还有在《屋顶上》《如果大雪封门》《轮子是圆的》《六耳猕猴》《成人礼》《看不见的城市》《狗叫了一天》《摩洛哥王子》《兄弟》等短篇小说中，徐则臣多是以他曾经学习、生活过的北京西北角作为叙事空间，小说的细节往往真实而及物，有日常的视角。这些作品，虽然写到北京，但多是关注城市中的人，多是关注人和城市的关系，并没有把北京作为一个独立的对象来进行书写。在长篇小说《王城如海》中，对北京的关注和书写显然增加了。《王城如海》中的北京，不是一个孤立的存在，而是中国的北京，是全球化语境中的北京，是世界坐标里的北京。小说中的余松坡和他妻子祁好都是海归，小说通过写他们回国的经历，实现了从全球化的语境也从世界坐标系来观看北京。通过这一坐标与参照系，首先能看到的是北京的变化之快。余松坡是著名的戏剧导演，他导演的一部戏上演后遭到了很多年轻人的反对，引来了许多批评的声音。在这批评的浪潮中，余松坡意识到个人对当下的北京、中国是存在认知盲点的，甚至可能是致命的盲点。他在戏中曾涉及对当下都市中年轻人生活状况的探讨。一家报纸的评论文章在涉及这一话题的讨论时，使用了当下流行的"蚁族"这一词语。余松坡在美国时也做过"蚁族"，可那时候并没有这样的说法，他那时候把自己称作"火柴头"，觉得像他这样的人都是火柴

---

[1] 徐则臣：《浮世绘》，载《啊，北京》，第392页。

头,在现实和精神范畴都处于一种逼仄的状态。而到了当下,很多"80后""90后"的孩子,可能都不知道火柴头长什么样了,在生活中,他们,也包括余松坡,都用打火机了。这些空间的变化,称谓的变化,所使用的物的变化,最终指向的是一种经验的变化,甚至是经验的断裂。面对这样的一种状况,余松坡不由得感叹:"二十年过去,不管他在美国、在世界各地如何关注中国,认识上跟九十年代初他刚出国那会儿还是青黄不接。他想起当初决定回国后,招呼了一帮纽约的朋友吃散伙饭,一个在布鲁克林区待了近三十年的华人老兄提醒他:老海归的断层。意思是,这二三十年中国变化实在太快,天翻地覆、目不暇接都不足以形容,一个老海归必然会面临认识上的断层。你会觉得世界观、人生观、价值观格格不入。他一笑,没那么严重,连根拔起也不过是重新栽回到原来的那个坑里。他确信,二十年来他在纽约的网络上读到的中国报纸不比任何一个待在国内的中国人少。现在看来,悲观者的乐观更须谨慎。"[1]

在徐则臣的写作中,参照系或坐标并不是固定的,不是单一的,而是多重的。城市—乡村、北京—花街在他的写作中也是常用的坐标。《王城如海》的叙事空间主要是在北京,但是也涉及乡村。从北京等城市来观看乡村,会发现时间在乡村是相对慢的,而且在许多方面是滞后的。这种滞后,在余松坡的青年时代尤为明显。"多年后余松坡在北京念大学,慢慢总结出他们村流行事物的周期:一首歌在首都流行一个月以后到他们省城;省城流行两个月后到他们的地级市;地级市唱完了三个月,才可能到他们县城;县城唱过四个月,镇上的年轻人开始

---

[1] 徐则臣:《王城如海》,第18页。

唱了；等到他们村的姑娘小伙子把这首歌挂到嘴上，又得半年以后了。没道理可讲。即使在广播里他们村和首都人民同时听到一首歌，但要真正成为他们村的日常生活细节之一，至少滞后一年半以上。歌曲流行的速度已经是最快的了。设若服装，从县城流行至他们村，滞后五年都不止。"[1]

在徐则臣的浪漫文学地理坐标中，耶路撒冷是一个重要的界碑。在《耶路撒冷》中，初平阳执着地想奔向它。在小说的最后一章，吕冬等人曾和初平阳讨论他为什么想去耶路撒冷，之所以想去，是不是因为信宗教。初平阳的回答是不信，因为信仰制度化以后才成为宗教，而信仰可以是私人的选择；宗教具有集体性和公共性，他只相信可以自由选择的那部分。虽然知道耶路撒冷是以色列最贫困的大城市，而且有战争，但他还是执着地想去，因为对他来说，耶路撒冷"更是一个抽象的、有着高度象征意味的精神寓所；这个城市里没有犹太人和阿拉伯人的争斗；穆斯林、基督徒和犹太教徒，以及世俗犹太人、正宗犹太人和超级正宗犹太人，还有东方犹太人和欧洲犹太人，他们对我来说没有区别；甚至没有宗教和派别；有的只是信仰、精神的出路和人之初的心安"[2]。

在《从"花街"到"耶路撒冷"》这篇访谈中，在回答长篇小说《耶路撒冷》为何会取这个名字时，徐则臣则回答说："最初我是对耶路撒冷这个地名感兴趣。人很奇怪，有时候你会对某些字词有强烈的感觉，'耶路撒冷'四个字用中文说出来的声调、音韵特别漂亮，这四个汉字

---

[1] 徐则臣：《王城如海》，第22—23页。
[2] 徐则臣：《耶路撒冷》，第601—602页。

给我的颜色是比较暗，比较冷，是个特别阔大的意象。在我对这个词感兴趣之后很久，才知道它负载的宗教和信仰方面的意义。但我希望表达的不是宗教的意义，而是信仰。我把宗教和信仰分开来理解，宗教是集体化的有秩序的信仰，容易形成某种意识形态；信仰则是个人的、自由化的，你可以信仰很多东西。在小说里，除了信仰之外，耶路撒冷还有寓意远方、希望、理想和心安之地等意思。从这个意义上说，每个人心里都有一个耶路撒冷。"[1] 在徐则臣的笔下，作为"远方、希望、理想和心安之地"的，除了耶路撒冷，还有不少其他地方。他小说中的灵魂人物或核心人物，总带着自身的希望与绝望、悲伤与快乐而展开求索。围绕着花街、北京、耶路撒冷、成都这样的文学地理空间，徐则臣构建了属于他的浪漫的文学世界。这些文学地理空间，分别表征着浪漫的不同维度。花街的浪漫，主要是罗曼史或传奇意义上的浪漫，是感性的、肉身的浪漫，有时也是带有一点颓废色彩的浪漫。北京的浪漫，则是现代意义上的浪漫，是现代个体追求自我实现的浪漫，是一种混合着古典、现代和后现代气息的浪漫。耶路撒冷的浪漫，则是一种超越世俗利益和世俗价值意义上的浪漫，是对崇高的渴求意义上的浪漫，也是纯粹的理想主义意义上的浪漫。

中篇小说《居延》写于 2008 年，和《西夏》隔了好几年的时间，但两者思路上却有些承接关系。西夏和居延，分别是两篇小说中女主人公的名字。这两个名字，一是历史上的西夏王朝，一是汉唐以来西北地区的军事重镇。多年后，徐则臣还写了一篇短篇小说《青城》，这是小

---

[1] 徐则臣、张鸿：《访谈：从"花街"到"耶路撒冷"》，载徐则臣《古代的黄昏》，花城出版社，2016，第 268—269 页。

说中女主人公的名字，由此而构成了"三姐妹系列"。在创作谈中，徐则臣曾谈过对于女性取这样的名字是否合适的问题，他的回答是合不合适都取了，因为实在喜欢这样的词。而且，人名有暗示，比如西夏和居延两位女士在小说中最终展开出的经历和命运，想必跟她们的名字也有关系。这样一种处理方式，也是徐则臣作为一个浪漫主义者建构其浪漫的文学地理学的方式：把人物空间化，也把空间人物化。在这些小说中，一方面是关于人物的现实式的书写，另一方面则是对历史的寓言化的表达。如傅小平所谈到的，西夏作为历史上的一个王朝一度湮没无闻，直到消失了近500年之后才被重新发现，小说里的西夏则像是和历史上的西夏构成某种同构关系，西夏是后天哑巴，历史上的西夏也曾经失语[1]。徐则臣的这种做法，难免让人想起段义孚在《浪漫地理学：追寻崇高景观》中一个颇有意味的举措。这部人文主义色彩浓厚的地理学著作，除了讨论高山、雪地、森林、海洋、沙漠、城市等地理空间，还开辟了专章对人类进行讨论。因为段义孚认为，地理学不仅仅是空间科学，也关乎对自然和文化的探求，既涉及对"群体"在自然环境、人造环境中生存，也涉及对个体从作为生物体到作为文化体的演进的探究。因此，段义孚特别对美学家、英雄和圣人的追求进行考察，从其个体的内在精神地理空间进行了浪漫的解读。喜欢用地名给小说人物取名字，让人物和空间之间构成呼应，这其实也是一种颇为浪漫的做法。

---

[1] 参见傅小平：《徐则臣：我越来越看重作品的文化附着》，《文学报》2021年4月1日第3版。

三 浪漫的变奏与合奏

徐则臣的小说带有鲜明的浪漫色彩，但这又不是他的作品唯一的色调。我主张从浪漫入手去理解徐则臣的文学世界，同时也很想强调，对徐则臣作品的理解不应止步于此。他的作品并非如此音调单一，而是围绕着浪漫有各种形式的变奏和合奏。

徐则臣的作品有从浪漫主义到存在主义的变奏，也有浪漫主义与存在主义的合奏。

存在主义和浪漫主义有很多相通的地方。从思想史的角度来看，西方的存在主义，尤其是法国存在主义就是承接浪漫主义而来的，是由浪漫主义所开启的。伯林把存在主义视为浪漫主义的真正继承人，认为存在主义的关键教义是浪漫主义的。浪漫主义肯定人有其独立的意志与自由，而且，人必须拥抱自由，必须通过自由的行动而成为自己。这是浪漫主义所倡导的原则，也是存在主义所继承的思想原则。后来者居上，存在主义甚至把这视为存在主义之为存在主义的基础原则。浪漫主义还认为，在价值、道德、审美等领域，都不存在绝对客观的标准，存在主义也继承了这些观念，并且走得更远，拒绝承认事物具有本质，对宗教、神学和形而上学都持否定与怀疑的态度。因此，从总体上看，存在主义比浪漫主义更为激进，更具悲观的、宿命的意味。

在徐则臣的写作中，《夜火车》与《水边书》这两部长篇小说具有内在的承接关系。就总体而言，《水边书》的叙事是浪漫主义的，《夜火车》则带有鲜明的存在主义色彩。《水边书》中的一些情节，又已经蕴含着存在主义的萌芽，散发着存在主义的气息。这主要体现在陈小多在出门远行时所目睹的两次死亡事件。陈小多先是看到了一个大学生如何偶然地被三个人——分别是长头发的人、留着平头的人与光头的人——打死:"漫长的十五分钟里,陈小多盯着地上的哥哥看,他像个石头或者雕像,漫长的时间足以听到事情的来龙去脉。他们说,骑车的小伙子,可能是大学生,车把蹭了一下长头发的女朋友;其实没什么,路这么窄,人这么多,磕磕碰碰在所难免;但是女朋友尖叫了一声,女孩子就喜欢喳喳呼呼,一只蚊子飞过去她们都会惊叫,蹭过的胳膊连条白色的划痕都没有,她就是叫了,如同表演;女朋友叫了,长头发就得有所表示,他喝多了,光头和平头也喝多了,如果没猜错,他们几个人是在一张桌子上喝多了的,大学生听见叫声停下车,他想应该没大事,骑车子的人总是清楚自己的车把的,所以他一只脚撑地没下车,就在车上问她伤着了没有,然后道歉,女孩说没事,你可以走了,长头发一脚连人带车全踹在地上,收了脚才说不能走;大学生要起来,说你为什么踹我,她没事啊;长头发不喜欢别人跟他顶嘴,操你妈我踹的就是你,偏踹你,又是一脚,大学生又倒地;长头发说,哥们儿,一起来,今天咱哥们儿逮着了;平头、光头也伸出了脚。"[1] 这个大学生,是如此偶然地卷入一次冲突,又如此偶然地被打死,让作为目击者的陈小多颇受冲击。而在另一个场合,陈小多则看到一个有能力的人如何因为失手而杀死一个人。对陈小多来说,这样的时刻就是存在主义的时刻,这样的事情也是存在的事件:他在突发的死亡事件中体悟到存在的悲剧性与偶然性。对出门远行的理想的、浪漫的想象也由此而发生变化,甚至他的生命观和价值观也由此而发生根本性的变化。

---

[1] 徐则臣:《水边书》,第98页。

《夜火车》与《水边书》有内在的承接关系，也有非常鲜明的变化。《水边书》恍惚朦胧，有如江南的夜色，《夜火车》则阴郁而又狂放。《水边书》的精神底色是浪漫主义的，带有一种浓得化不开的抒情气息，《夜火车》则逐渐写实，对人物命运走向的书写有了更多的社会历史因素，小说的精神底色却是存在主义的。在《夜火车》里，我们可以比在《水边书》里更多地看到生命的无常，更多地感受到命运的偶然，也更多地领受到人作为个体的隔绝和孤独。这种种形式的"更多"叠加在一起，是量变，更是质变。

　　《夜火车》中的人物充满存在主义的、非理性的情绪，其命运遭遇也带有存在主义所主张的荒诞与无常。小说中的金小异，原本在南京一所艺术学校教书，因为搞了一次行为艺术让领导不喜欢，自愿下放到一个小城的小学校当老师。这并没有改变他不得志的命运。金小异把凡·高视为"我的精神导师，我的宗教"，甚至因艺术追求受挫而模仿凡·高割掉一只耳朵，陷入精神失常状态，入住精神病院后又被其他病人杀死。一个叫"小日本"的人无比热爱婚姻，却一次又一次地失恋，考研多年也是屡战屡败。命运之于他们，是无常的，更是荒诞的。

　　无常、宿命与荒诞的意味，在陈木年身上更为明显。陈木年和陈千帆一样，从小就有一种浪漫的激情，有一种强烈的出走欲望，和许多浪漫主义一样对崇高、壮美的事物充满渴望："他发现第一次出远门并不害怕，还做了一个梦，梦见马群跑在尘土飞扬的道路上，有大山、古寺和大森林，穿越森林的道路有点像马尔罗笔下的'王家大道'，充满了新奇、神秘、死亡和磨难，以及热带的丛林风光。"[1] 就像伯林所说

---

[1] 徐则臣：《夜火车》，第52页。

的，浪漫是一种难以治愈的热病，会冷不丁就发作。受出走的激情驱使，陈木年不惜谎称自己杀了人，从而在他父亲那里得到路费。荒诞的是，此后陈木年长期陷入了自己不得不自证没有杀人的困局。陈木年还经受了信仰的崩塌：他一直以为自己没能按时毕业是因为不能自证没有杀人，事实却是自己所尊重的老师出于私心想把自己留在身边而压下了毕业证。类似的自私，在这位老师身上已经不是第一次，他的崇高形象不过是徒有其表。对师长的尊重，包括陈木年曾赖以度过困厄时期的信念都由此而土崩瓦解。

陈木年、金小异、"小日本"都有着明确的目标，命运却总是让他们无法实现目标，让他们的期望时时落空。这种难以分析、难以言说的情绪和情节，带有典型的存在主义色彩。

《耶路撒冷》中也有不少存在主义的元素，比如景天赐这个人物的命运。景天赐从小就饱受疼爱和关爱。在花街上同年出生的孩子当中，周岁前没生过任何病的就只有天赐，连湿疹都没出过一粒。然而，就是这样一个原本拥有幸福和健康体魄的孩子，后来的遭遇却颇具存在主义的色彩，充满宿命般的悲剧意味。11岁那年夏天，景天赐和两个孩子比试游泳，看谁能在最短的时间里把运河从南到北游上四个来回。景天赐游得最快，在他最后一个来回即将靠岸时，一道雪白的闪电擦着他的鼻尖插进了运河。景天赐因此被吓傻了，傻得很彻底。初平阳的父亲初医生的针灸和中西药医治不好他，初平阳母亲的招魂术也无法让他告别离魂的状态，初平阳奶奶的巫术也对他无用。从此，景天赐只要稍微受点刺激就会变得暴躁，摔锅砸碗，杀鸡伤人，最终自行割脉身亡。

景天赐之死是《耶路撒冷》中的核心事件。初平阳、秦福小、杨杰等人后来的命运,都与这一事件相关。比如秦福小。她是景天赐的姐姐,小时候,她曾对弟弟备受宠爱而感到不满,后来虽然逐渐接受了,也很爱这个弟弟,然而在弟弟自残的时刻,她的内心感受是带有非理性成分的:

> 天赐手持刀片,不许过来!她站住了,她突然想,也许这样更好。你伤害自己,从此知道伤害别人的痛苦;从此你可能再也不会痛苦,再也不会让别人痛苦;如果你解脱,也解脱别人,再不必半夜为你忧愁。
>
> 她也在想:让你横;让全家人围着你转;让你一个人姓景;让你把所有都占据了。那好,去死!
>
> 她被这个"死"字吓了一跳。她又往前走,安详的微笑浮现在天赐疲倦的脸上。他坐在一大摊血上,说:"姐,我真舒服。"[1]

这样的非理性时刻,后来让秦福小内心备受折磨。她必须从家庭中出走,不断地到世界去,在各地流浪和行走,才能让内心的自我责难稍稍得到缓解。秦福小的游历过程,可以说是浪漫主义和存在主义的一次合奏。尤其是秦福小回到故乡济宁时,她对济宁的观察既是浪漫主义式的,又带有存在主义的色彩:"再次站在太白酒楼前,福小怀疑三岁时根本就没来过济宁,父母只带了弟弟;那种生冷的陌生感让她充满了深刻的自我怀疑和否定,仿佛揭了骗局的谜底。就算在梦里她也没见过这座著名的酒楼,但她还是请人帮忙跟太白酒楼合了个影。太白酒楼显然开了个坏头,接下来的景点和古迹无论多么耳熟,都无法

---

[1] 徐则臣:《耶路撒冷》,第161页。

把她从怀疑和防范的情绪中矫正过来,包括大油篓巷和打绳街。"[1] 在经历长时间的出走和漫游后,秦福小最终让"回忆"审美化,成为"怀旧"的对象,也开始直面个人存在的历史,敢于正视,好的坏的都迎上去。她开始相信:"心安处是吾乡,心不安处更是吾乡,心安与不安,同系一处。"[2] 她带着收养的景天送——外表和景天赐很像,回到了花街,不再不断地出走。

徐则臣的不少中短篇小说也带有存在主义的气息,里头有盲动的生命意志,事件的走向时常充满荒诞。在《春暖花开》中,"我"因为意外地目睹班主任樊一生的恋人、英语老师的半个乳房而受到班主任的打压。卫青青和"我"原本青梅竹马,受到班主任的打压而没有进一步成为恋人。卫青青因此而退学,日后成为一个"小姐";"我"则因此而转学,在孤独中日渐成为一个成绩优异的好学生,还考上了大学。后来班主任的家庭生活发生变化,和妻子离婚后精神变得涣散。"我"和另一个同学为鼓励樊一生走出婚姻的阴影给他找了一个"小姐",最终找到的这个"小姐"正是卫青青。和《夜火车》一样,《春暖花开》里有对师长的正大面目的解构,也有对人生的怀疑,有对存在的荒诞性的确认。

浪漫和理性的变奏与合奏,浪漫主义和理想主义的变奏与合奏,在徐则臣的小说创作中也颇为值得注意。

在徐则臣的写作中,浪漫主义和理想主义是密切相连的。他的浪漫主义,是一种以理想、理性为内核的浪漫主义。如果只有激情,只有

---

[1] 徐则臣:《耶路撒冷》,第 162—163 页。
[2] 同上书,第 164 页。

浪漫的情怀，而没有相应的理性，那么对个人和社会都是危险的。《耶路撒冷》中的易长安就是一个典型的例子。在写作《耶路撒冷》时，徐则臣自觉地思考"70后"这代人的现实处境和精神处境，里头有一种对个人、对一代人、对一个时代的方方面面的打量和正视。小说的最后一句话，就表明了这样一种态度和决心："掉在地上的都要捡起来。"小说的最后一章，对初平阳、易长安、舒袖、秦福小、杨杰等人未来十年的生活与精神状态分别展开想象。在谈到因贩卖假证等被捕的易长安时，杨杰说："长安会是个英雄。我是说他从号子里出来后，他会转身在正道上走得比我们都远都激进。正道上的先锋从来都是英雄。我预感这次进去很可能是他过去混乱生活的总结。他是个有激情和爆发力的家伙。当然，他得把力气用对了路才行。"[1] "有激情和爆发力"，是指易长安身上有浪漫的气质，他的行动和思考方式却更多是体现了浪漫主义者非理性的、颓废的一面，"得把力气用对了路才行"实际上强调了理性的作用。在初平阳等人物身上，也能看到一种自我克服、自我完善的意图与努力。初平阳不是古典意义上的英雄，而是现代生活的英雄。他们向往崇高和壮美，但是又不像古典时代的英雄那样叱咤风云，在现实功利的层面，他们甚至是失败者，但是他们始终渴求成为所渴求的自己，试图通过自我选择和自我完善而克服时代的一些弊病。这样的人物形象塑造，是有其积极意义的。

一个文学世界的筑造，需要经过漫长的努力，而一个人的精神世界的形成，也得经过许多的曲折与努力。徐则臣和他的写作也正是如此。在《信与爱的乌托邦——徐则臣访谈录》中，徐则臣曾这样谈到他

---

[1]　徐则臣：《耶路撒冷》，第579页。

所经受的困厄:"刚进大学,我因为神经衰弱,很孤僻,过得很不开心。后来找到了一条路:写作。暑假里,有个和我关系挺好的朋友住我隔壁楼,假期里勤工俭学。我做了写作的决定后想找他分享,那天他不在。过几天就听说他在学校门口被人活活打死了。这件事对我影响非常大,我刚决定把文学作为职业,一下子觉得人生无常。那时候我状态也不太好,像《夜火车》里面写的,你经历过类似的绝望就明白。绝望就是身边没有任何一个人帮你,帮不了你,极度孤独。当年的同学回忆说,当时都不敢和我说话,因为我整天板着个脸。那时候我可能一天都不说一句话,整天看书写字。高中到大学那一段,可能是我人生里最暗黑的时光,不过这种暗黑的东西我极少渲染,我希望更光明更平和更从容,但罪的东西,一直留在我心里,时刻反思。"[1] "希望更光明更平和更从容",这是徐则臣的意愿,对这种意愿的长久坚持,则将之转变为一种意志。正是凭着这种精神和努力,他一点一点地扩大自己,进而成为今天的自己。伯林认为:"浪漫主义者常常徘徊在两个极端之间:即神秘性的乐观主义和恐怖的悲观主义之间,这使得他们的创作呈现一种不均衡、摇摆的特点。"[2] 有一段时期,徐则臣也备受类似的折磨:"很多年以前,我觉得我是悲观的。不是为赋新辞强要说愁,不是玩酷,而是几乎与生俱来的、骨子里头的悲和凉。那种莫名其妙的、不由人的心往下沉,太阳要落了你不高兴,太阳要升了你还不高兴。在别人的高兴之中和高兴之后,我看到的大多也是空,是无意义和不可能。后来意识到这感觉虽真诚,但依然可笑,我才见过几个高兴?我又进

---

[1] 徐则臣:《信与爱的乌托邦——徐则臣访谈录》,载樊迎春编《信与爱的乌托邦》,江苏凤凰文艺出版社,2021,第370页。

[2] [英]以赛亚·伯林:《浪漫主义的根源》,第144页。

入过多少个高兴？想要走出这种'悲壮的不高兴'之前，有一种强烈的冲动突如其来地贯穿了我，就是出走。我同样不清楚这连绵不绝的冲动从哪里来。"[1] 这种折磨，既是精神性的，也是肉身性的。但理性在徐则臣的精神内部也得到了重要的发展。在创作上，理性的力量也同样发挥了重要的作用。这起码体现在如下方面：第一，在思考社会历史和人生等问题时，他日益获得一种理性而清明的精神。第二，他越来越倾向于为他的小说，尤其是长篇小说建立清晰的、稳固的叙事结构。第三，在涉及人生、社会等问题时，他时常理性地寻找出路，而不是只呈现问题。虽然在《古代的黄昏》《六耳猕猴》《鹅桥》《夜歌》《夏日午后》等作品中，也包括最近正在写作中的《虞公山》《船越走越慢》等鹤顶侦探系列小说中，徐则臣也注意到世界或人生中暧昧而幽暗、复杂而无解的所在，但是从整体而言，他的写作还是体现出鲜明的理性色彩，正如李敬泽所指出的："徐则臣的写作，已经充分显露了一个优秀小说家的能力和气象：他对充满差异的生活世界具有宽阔的认识能力，对这个时代的人心有贴切的体察；更重要的是，作为一个具有充分精神和艺术准备的小说家，他对小说艺术怀有一种根植于传统的正派和大气的理解，这使他的作品具有朴茂、雅正的艺术品格。"[2]

理性和情感、激情的融合，使得徐则臣笔下的人物带着坚韧的意志去创造价值和奔赴目的，最终创造出个人的世界图景。强调情感和理性的契合，而不认为它们必然存在离异，甚至是冲突，这是徐则臣作为一个浪漫主义者的独特之处。如果我们以文学史作为视野的话，会

---

[1]　徐则臣：《夜火车》自序，第1页。
[2]　参见徐则臣：《古代的黄昏》封底推荐语。

发现这种融合有其特别的意义。在不同的历史时期、不同的国度,"浪漫"这个词的意义并非始终是固定不变的。比如在18世纪中叶的英国,当"浪漫"开始成为英语里的常用词时,对感性或感情的狂热崇拜,对非理性、本能的好奇,就成为这个词的重要所指。理性与感性,理智与情感,在那时候很可能是割裂的,甚至是冲突的。简·奥斯丁的小说《理智与情感》就戏剧性地表现了两者之间存在的冲突。尤其是在浪漫主义反叛古典主义的时期,感性的力量时常被加以强调,用来反对古典主义所看重的理性的力量。理性与感性、理智与情感的割裂,在中国或西方的浪漫主义文学潮流中都一度是重要特征。1926年,梁实秋曾撰文《现代中国文学之浪漫的趋势》,对他同时代的新文学进行讨论。他在这篇文章中谈到,中国新文学运动有几个特征:(一)新文学运动在根本上受外国的影响;(二)新文学运动推崇情感而轻视理性;(三)新文学运动所采取的对人生的态度是印象的;(四)新文学运动主张皈依自然并侧重独创。李欧梵也指出,中国在1920年至1930年之间"塞进了欧洲一个世纪的浪漫主义"。他把这十年的中国文学称之为中国的"浪漫时代"。他还指出,浪漫精神,可以用希腊神话中的两个词代表:一是普罗米修斯,一是尼采借用过的酒神狄奥尼索斯。前者所代表的精神是:勇敢、进取、自觉的努力、奋斗,发挥人的一切潜能和热情,甚至为人类牺牲自己。第二种精神则以肉体的、性灵的爱为出发点,冲破一切繁文缛节,不受任何理性的控制,要"亲身体验",要热情奔放,要疯狂地、赤裸裸地呈现自我[1]。这两种精神,在不同的

---

[1] 参见李欧梵:《"五四"文人的浪漫精神》,载《中西文学的徊想》,江苏教育出版社,2005,第15—16页。

历史时期、不同的对象上有不同的体现。在徐则臣的写作中，同样可看到对这两种精神的关注和呈现，并且，这两者在徐则臣的小说中构成非常特别的合奏。这使得徐则臣笔下的人物光彩照人，也增加了他作品的魅力。他的作品既有淋漓的元气，也有雅正、庄重的气息。这源自他对于小说艺术的执着追求，对生命意义的自觉寻求，对实现理想之路的探寻，以及对理想、爱的肯定。

不管是浪漫主义还是存在主义，其实都有两面：乐观主义的或悲观主义的。伯林在谈到浪漫主义时，就认为这当中有乐观主义的版本和悲观主义的版本。乐观主义的版本是这样的："在这里，浪漫主义者认为只要不断前进，只要拓展我们的天性，摧毁我们前进道路上的一切障碍，不管它是什么——十八世纪僵死的法国教条，具有破坏性的政治经济制度，法律，权威，任何呆板枯燥的真理，任何所谓具有绝对、完美、公正形式的律法或制度——我们就能在这个摧毁障碍的过程中不断地解放自己，使自己无限的天性在更高、更广、更深远、更自由、更有活力的境界中翱翔，仿佛接近了我们梦寐以求的神圣。"[1] 悲观主义的版本则认为："尽管我们作为个体寻求自我的解放，然而世界不会如此轻易地被驯服。在世界的背后有某种东西，在无意识的黑暗深渊中，在历史的黑暗深渊中有某种东西；有些事情我们永远掌握不了，这极大地挫伤我们最宝贵的愿望。有些人将这种东西想象为一个漠然的、敌意的存在，或者是历史的诡计。乐观主义者认为世界负载着我们走向更为辉煌的前景，而像叔本华这样的悲观主义者则认为它是浩瀚莫测、方向不明的意志的海洋，我们如同一叶小舟随波逐流，没有方向，不

---

[1] ［英］以赛亚·伯林：《浪漫主义的根源》，第141页。

知我们到底是什么，找不到航线。这是一个强大有力的敌意性的力量，反抗它或向它妥协都毫无意义。"[1] 而存在主义呢，其实也同样如此，面对类似的生存状况，萨特看到了人是一堆无用的激情，看到了他人即地狱，存在主义神学家蒂里希则强调存在的勇气，强调人有其自我完善、自我超越的可能。

乐观和悲观的两面，其实在"70后"这代作家中也存在。存在主义哲学对于"70后"这代作家来说是非常重要的。斯继东有一个观点，认为存在主义构成了"70后"这代作家的哲学根基，他们是存在主义的一代："这么多年来，其实我们一直都在呈现内心的感受，现代人的生存困境，理想的失落，现实的荒诞，个体在这个物欲世界中的迷茫、痛苦和挣扎，那种身处其中却找不着北的感觉。至少我，这些年一直在写这点东西。但接下来也就想，你仅仅呈现这个东西够不够？因为我觉得，像我特别是我们70后，写作是从卡夫卡切入的，我们的哲学根基是存在主义。这样就预先设置了一个东西：这个世界是无意义的，人的一生也是无意义的。所以写的时候，所有的文字都会奔着这个方向走。这样写当然没错，但可能还不够，还是需要有一种提升。在鲁院时，施战军老师经常提到一个词'穿透'，也有的老师说'提升'。当然每个人对这个词的理解都不一样。但这个词还是值得我想。大家都在这个无聊的世界里，痛苦地活着。你再来给我们呈现这种痛苦，这种无意义。那我干嘛听？我已经够痛苦了，我为什么还要来关心你的痛苦？我不想听。的确，回过头想想，文学应该给人一个活下去的理由。反映到文本上，就是呈现之后的提升和穿透。世界就像一个幽闭的陶罐，作为写作

---

[1] [英] 以赛亚·伯林：《浪漫主义的根源》，第141页。

者，我们应该给它注入一点亮光。当你就要沉下去再也看不到希望时，会有那一只手突然伸出来，拉上你一把。让你觉得，因为那一点念想，活着依然值得。我想这可能是我们应该做的。"[1] 就此而言，徐则臣可以说是一个先觉者，也是先行者。他的浪漫主义，也可以说是一种新浪漫主义。徐则臣作为一个作家的情感结构是情感与理性并重的。他的小说，在对社会、历史的思考方面，理性的色彩是非常鲜明的，他又很重视对人物内心世界的书写和人物内在情感的表达。以往在徐则臣及其作品的评论中，评论家和研究者更多是关注其理性的一面，而事实上，他小说中的浪漫主义精神也是非常鲜明的。徐则臣笔下的人物，时常在理智和激情之间摆荡。从整体上看，徐则臣的作品有一种雅正的气息，其底色却是浪漫的。这种浪漫的精神对于文学作品来说极其重要，也是徐则臣的小说感染力的一个重要来源，正如丁帆所指出的："缺少浪漫主义元素的文学艺术的文本是寡淡无趣的，是缺乏激情与生命力的象征。缘此，我们必须提倡浪漫主义叙事风格的作品进入文本的内部，使其鲜活起来，这才是一种具有开放性文本的呈现。"[2]

徐则臣的小说创作，对浪漫主义、现实主义、现代主义、后现代主义的元素都有所吸纳，从而在他的笔下，小说创作成为高度融合的艺术。不同的文学风格和艺术风格，在一个作家或艺术家身上可能是复合式的存在。克拉克就认为，在一流的艺术家身上，古典和浪漫总是共存和重叠的。在谈到安格尔时，他曾认为每一位古典艺术家的内心深处都有一个浪漫主义艺术家在挣扎着逃离；而在席里柯身上，克

---

[1] 斯继东：《有关小说写作的几点思考》，《山西日报》2012 年 11 月 21 日 C2 版。
[2] 丁帆：《如诗如歌 如泣如诉的浪漫史诗——余华长篇小说〈文城〉读札》，《小说评论》2021 年第 2 期。

拉克则看到，每一位浪漫主义艺术家的内心深处都渴望着古典的权威。徐则臣的创作也是如此。徐则臣是一位文化多元论者，也是一位文学多元论者。徐则臣的写作具有鲜明的浪漫主义气质。他笔下的灵魂人物多属浪漫派，他所构建的文学地理空间也带有浪漫色彩。他的小说里对戏剧冲突的重视，浓厚的抒情气息，都是浪漫主义文学的典型手法或特点。然而，他的写作又兼容了古典主义、现实主义、现代主义和后现代主义的许多元素。他并不像众多浪漫主义者那样看重艺术直觉，甚至以此去抵制理性和逻辑推理。他也不像浪漫主义者那样，把断片、随感、箴言、日记等作为主要的艺术形式——虽然他有的小说脱胎于日记。他的写作，对古典主义（稳固的小说结构、典雅的语言）、浪漫主义（渴求自我实现的精神）、现实主义（社会历史的变迁和力量会作用于个体）、现代主义（个人对意义的追求未必能达成）、后现代主义（小说的结构方式可以是装置式的）的方法与元素都有所吸纳，但又统一于自身。

徐则臣的写作有充沛的理性，这种理性既表现于他对文学和世界的整体认知上，也表现于他对文学的整体理解上。他追求语言的精确，以及小说叙事结构的严密，强调对写作分寸感的把握。在文本的细部，对浪漫主义的手法有很多应用，然而在小说的结构形式上，又有一种非常理性的对形式的重视，在构思上也高度重视思想的提挈作用。这种充沛的理性精神，很容易让人忽略他的小说同时有充沛的情感，以及其中其实也有不少非理性的因素。当人们谈论弋舟、张楚等人的写作时，时常注意到他们作品有着极其浓烈的情感，而事实上，徐则臣的作品和弋舟、张楚等作家作品的情感浓度是不相上下的。也许是因为徐则臣在种种公众场合所体现出来的成熟与稳健，也许是因为他的小说尤其是长篇小说有着过于强健的结构意识，让人忽略他身上的浪漫精神了。在骨子里，徐则臣其实是一个浪漫主义者。也许，在生命的最初，我们都是浪漫主义者，对生命、对爱、对世界都抱着热望。我们伸展生命，渴望爱也大胆爱，渴望到世界去并一路前行。然后是受挫，失望，甚至是绝望；所渴求的世界原来只是虚无，或者永远只在远方，遥不可及。我们发现爱是不可能的。生命由此陷入困顿。在浪漫主义这一大路的尽头，原来还有别的路：理想主义的路，现实主义的路，存在主义的路……回到徐则臣的小说，在小说的众多人物身上，尤其是在初平阳这些核心人物身上，我们能认出自己，认出我们的兄弟姐妹，我们的亲朋好友。

四　世界的多重性与写作者的视界

徐则臣的写作有一种鲜明的地域意识。在回答关于如何看待作家文学创作中的地域性特质这一问题时，徐则臣这样说道："因人而异。有的作家会对某种地域性的东西比较着迷，有的作家可能根本不感兴趣，连碰都不愿意碰，天生就是个'世界人'，不在作品中留下任何地域性的痕迹。对地域性感兴趣的作家也有两种：一是的确在认真钻研自身的地域性，试图深入彻查自己的地域意识，这个地域跟自己的出身息息相关；另一种，地域性只是个幌子，叙事策略而已，他不过是要借助某些地域性的要素去建构自己的纸上世界，这个地域就是纯粹的文学意义上的地域了。"[1] 在这里，徐则臣并没有进行自我划分。然而，结合他的创作和其他场合的访谈可以看出，他显然倾向于"借助某些地域性的要素去建构自己的纸上世界"，去建构纸上的故乡。这个纸上世界可以是一个自成一体的世界，从中也可以体现出普适性。比如加拿大作家阿利斯泰尔·麦克劳德的《海风中失落的血色馈赠》《当鸟儿带来太阳》等作品，都以布雷顿角这个"对加拿大人来说都颇为遥远的地方"（乔伊斯·卡罗尔·欧茨语）作为叙事空间。麦克劳德的这些作品既有鲜明的地域色彩，又传递着具有普世的情感。徐则臣在写作花街系列小说时也有类似的追求。在文学的意义上，他认为花街也可以成为一个独立的、完整的世界，花街可以是世界的中心，可以无限地开放，无限地延伸。花街就是一个世界。这是虚构的力量。虚构可以让一个地方无中生有，可以让一个地方要有多大就有多大。

除了借助地域要素去筑造一个纸上的文学世界，徐则臣的写作也有着别的抱负和尝试，那就是在全球视野中理解历史和当下，理解人们的存在处境。他的长篇小说《耶路撒冷》《北上》《王城如海》都有这样的体现。在现代思想的视野中，空间本身就是一个重要的问题。在吉登斯看来，"现代性的动力机制派生于时间和空间的分离和它们在形式上的重新组合"[2]。全球化时代的到来，则使得时间进一步是以空间的形式来体现的，很多问题都已经空间化了。列斐伏尔甚至认为，当今时代的生产，已经由空间中事物的生产转向空间本身的生产。"空间在目前的生产模式与社会中有属于自己的现实，与商品、货币和资本一

---

[1] 徐则臣、张鸿：《访谈：从"花街"到"耶路撒冷"》，载徐则臣《古代的黄昏》，第268页。
[2] [英]安东尼·吉登斯：《现代性的后果》，田禾译，译林出版社，2011，第14页。

样有相同的宣称,而且处于相同的全球性过程之中。"[1]徐则臣也在现代的意义上思考空间问题并进行书写。"到世界去"是他的小说创作,甚至也包括散文写作的重要主题。

徐则臣笔下的人物多有澎湃的热情,有蓬勃的活力。这些热情和活力在他们的血管里、心胸里横冲直撞,有时候因找不到出路而汹涌地盲动。而随着书写的进一步展开,随着思考的日渐深入并与现实形成互动,人物的个人追求和基本情绪,也逐渐与当代中国的历史/现实进程获得一致性。比如"到世界去"这一命题,既是众多人物的精神史的展开过程,也是当代中国的历史进程。在《耶路撒冷》中,"到世界去"至少有着双重的现实意蕴:一是中国自改革开放以来持续加速的城市化进程。这个进程,使得许多人离开乡村而走向城市,往返于乡村与城市。这个进程一度伴随着一种城市主义的意识形态——城市是生活的标准,是意义的标准,是价值的标准。城市构成巨大的感召,从而"到世界去"就意味着"到城市去"。二是在世界范围内日渐铺开的全球化进程。在这个进程中,中国与世界之间的交流和互动越来越频繁。如《耶路撒冷》中写道:"'世界'这个宏大的词,在今天变得前所未有的显要。我相信在'第一次世界大战''第二次世界大战'乃至放话'解放亚非拉'的时候,中国人对'世界'的理解也不会像今天这样充分:那时候对大多数人来说,提及'世界'只是在叙述一个抽象的词,洋鬼子等同于某种天外飞仙,而现在,全世界布满了中国人;不仅仅一个中国人可以随随便便地跑遍全中国,就算拿来一个地球仪,你把眼睛

---

[1] [法]亨利·列斐伏尔:《空间:社会产物与使用价值》,载包亚明主编《现代性与空间的生产》,上海教育出版社,2003,第48页。

探上去,也会看见这个椭圆形的球体的各个角落都在闪动着黑头发和黄皮肤。像天气预报上的风云流变,中国人在中国的版图和世界的版图上毫无章法地流动,呼的一拨刮到这儿,呼的一拨又刮到那儿。'世界'从一个名词和形容词变成了一个动词。"[1]

在社会现实的意义上,《耶路撒冷》等作品对"到世界去"的书写,与城市化进程、全球化进程有着内在的对接。如果以文学史作为视野的话,会发现在以往的写作中,不管是城市文学还是乡土文学,大多是在中国的范围内,是以城市—乡村的架构来书写人们的生存经验。然而在今天这样一个全球化的时代,地球本身也成了"村",空间的距离进一步缩小了,新的生存经验已经撑破了以往的城市—乡村的架构,作家们也开始在中国—世界的架构中描绘他们眼中与心中的图景。《耶路撒冷》中,初平阳对"耶路撒冷"的渴求,初平阳和塞缪尔教授之间的交往,以及塞缪尔家族在中国的经历,虽然在整部作品中所占的篇幅不算多,却开启了新的视界,形成了新的问题领域。也正是在这个意义上,《耶路撒冷》《王城如海》和《北上》构成一个具有内在关联的写作序列,可以进行互文式的对读:《耶路撒冷》主要是从花街出发,从运河出发,走向耶路撒冷,走向世界;《王城如海》则是走向世界之后,开始尝试从世界看中国,从世界看北京;《北上》则是进一步的返回,返回到历史和现实中的中国,也返回到历史和现实中的运河,但依然是从世界看中国和运河。

这样的意图和探索,在徐则臣的中短篇小说中也有体现。他的短篇小说《去波恩》主要是写"我"——作家徐先生——去德国波恩参加

---

[1] 徐则臣:《耶路撒冷》,第 31 页。

法兰克福书展的所见所闻。负责接待"我"的小周和小魏是一对恋人，来自中国。小周的身份是导游，小魏的身份则是法兰克福大学的博士生。身在德国的小周对中国充满思念，小魏则一心想要留在德国。不过，这一分歧并不构成激烈的冲突。起码这篇小说并没有写到他们之间有激烈的冲突。《去波恩》还写到另一对恋人——阿格尼丝和高歌。阿格尼丝长着一张欧洲脸，能说一口流利的普通话，儿化音很重，有多种血统。阿格尼丝有过在中国生活的经历，回到欧洲后，又一直想去北京生活。她的恋人、来自南京的高歌则不同意，甚至以死相逼。小周与小魏，阿格尼丝与高歌，这两对恋人的情况颇为相似，存在一种对应的关系。而身份的差异，还有身份本身的多重性，都带有全球化时代的典型特征。他们的经历和选择，使得人们思考到底何谓故乡，何谓地方。在全球化的时代，我们时常要重新定义故乡。当我们在新的世界视野或世界体系中思考故乡，故乡就不再一定意味着是乡村，而可能就是城市，甚至就是中国本身。故乡经验的生成，不再局限于中国内部的城—乡对照，而可能来自中国与德国、美国等不同国家之间的比较。精神意义上的故乡，则还可能承载着出生地与国族之间的分歧。

短篇小说《古斯特城堡》写于爱荷华，叙述者"我"在美国一所大学里当驻校作家。"我"所租住的地方在古斯特城堡附近。这是一所有着传奇历史的城堡：1880年，大商人伊恩·古斯特先生自苏格兰移民至此，因无比喜欢苏格兰的一处古堡而于1881年重返苏格兰买下这座古堡，给每块石头和木料编上号，拆掉，海运至此，再按相同的结构和设计重建，1884年落成，每一块石头都在它该在的位置上。本地人称"古斯特城堡"，流传至今。传说这座古堡还闹鬼。这是小说推进的线索之一。小说还交错地写到"我"的房东约翰·安格尔一家的生活。

约翰·安格尔年轻时曾喜欢骑着哈雷摩托到处跑,"向世界尽头进军"。他的太太原本是因为约翰骑在哈雷摩托上才喜欢他的,有了孩子后却因为约翰照旧如此而失望,和一个贩卖木材的商人私奔而去。这一年,他们的孩子罗郎刚15岁。此后,他们父子关系一直紧张,罗郎还因偷车而入狱,约翰则因家庭的种种境况而孤独和内疚,有一天为了见儿子更是故意去抢劫银行。《古斯特城堡》还穿插写到一家缅甸人在美国的生活。当中写到的古堡、死神面具等,以及闹鬼等情节,都让这篇小说带有哥特小说的气息。《古斯特城堡》写的是域外的题材和生活,是全球化时代的生活,然而在叙述上又始终带着中国自身的经验,时常以中国的经验、价值作为参照。比如里面写到乔治·古斯特移居法国,把这座古堡捐献给市政府作为公共建筑。市政府立碑表示感谢,也声明此为文物,请市民善为守护,紧接着还说了一句"有点像我们说的市级文物保护单位"。在写到死神面具时,则说明和通常的死神面具不同的是,该死神在眉心处多长了一只眼,像二郎神的第三只眼。虽然面具很旧,但那只竖着生长的眼新鲜生动,有着肉的感觉,一下子如在人间。这些都可以看出,虽然写的题材是域外的,但徐则臣在写作时是自觉地把中国读者作为预期的读者。而徐则臣正在创作的一部长篇小说,则把故事背景设定在苏格兰的爱丁堡。和已完成的作品相比,这部新长篇将会有怎样的变与不变?不妨带着这样一个问题拭目以待。

徐则臣对诸如此类的空间问题的思索,不只是题材或叙事空间的拓展,更意味着写作者的视界和问题意识的拓展。在他的写作中,"到世界去"既是写作的主题,也是认知的方法。徐则臣的写作,极大地调动了个人的生活经验,却又不是单一的、自叙传式的写作。他不只是以自我作为方法,也以互观作为方法:他并不全然以个人的经验世界或精神世界作为表现对象,而是从"我"走向我们,又从我们回到"我",从"我"走向他人,又从与他人的对话甚至是辩驳中回到"我",进而更深层地认识"我"和他人。他的写作,还从故乡出发,走向北京,走向中国,走向世界,然后从世界看中国,看北京和花街。他的写作有一种鲜明的构建坐标系与参照系的意识,通过个人来透视社会和时代精神,也通过社会和时代精神来理解个人。互观不是一种静态的观察,而是动态的思考,甚至就是行动:"我发现我无法原地不动地看清自己,也无法原地不动地看清小说中的人物,我必须让我和他们动起来,让所有人都走出去、在路上,知道他们的去路,才可能弄清楚他们的来路,才能知道他们究竟是谁。人是无法自证的,也是无法自明的,你需要他者的存在才能自我确立;换一副嗓子说话,你才能知道你的声音究竟是什么样。出走、逃亡、奔波和在路上,其实是自我寻找的过程。小到个人,大到国族、文化、一个大时代,有比较才有鉴别和发现。"[1]

　　互观的方法,以及由此而展开的写作实践,使得徐则臣的写作日益走向阔大。就总体而言,徐则臣的写作起到了这样的效果:他把对个人的精神现象学式的观察和社会学的、历史学的考察结合起来,把个人的痛苦与欢乐和时代里普遍存在的痛苦与欢乐结合起来,重建个人与社会、历史的关联。他以个人作为切入点,在对个人及其内在的生命世界进行充分体察和书写的基础上,在个人与历史、细微与宏大、碎片与整体、抒情与史诗之间进行融合,借此重构新的宏大叙事和具有总体性的叙事。

---

[1] 徐则臣:《我们对自身的疑虑如此凶猛(代后记)》,载《紫米》,作家出版社,2017,第163页。

第四章　自我心仪的乌托邦

在当代作家中，莫言、迟子建和徐则臣都很好地协调了地方与世界的关系。在首届亚洲文学艺术界高层学术论坛上，莫言曾以"作为世界文学之一环的亚洲文学"为题做过一个发言。他说："在当今这种通讯日益便利，交通快速便捷，信息共享的全球化时代，我们应该建立一种大文化观。这个大文化观，应该以全球为参照体系来比较、观照自己所在的地区和国家的文化。我们应该放开胸怀，包容和接受外来的东西，让外来的东西，变成我们的营养。最终的目的是要创造出一种继承了我们自己历史和民族传统的崭新的文化。"[1] 莫言、迟子建和徐则臣的写作都有着这样相通的精神，但他们具体的写作实践又颇为不同。

出走，到世界去，通常意味着知识的扩展，意味着精神的舒展，也意味着世界和视野的扩大。在《北上》的开篇，徐则臣曾这样写道小波罗坐在无锡城的吊篮里所见的情景："这会儿视野真是开阔，他有种雄踞人间烟火之上的感觉。繁华的无锡生活在他眼前次第展开：房屋、河流、道路、野地和远处的山；炊烟从家家户户细碎的瓦片缝里飘摇而出，孩子的哭叫、大人的呵斥与分不清确切方向的几声狗吠；有人走在路上，有船行在水里；再远处，道路与河流纵横交错，规划出一片苍茫的大地。大地在扩展，世界在生长，他就这感觉；他甚至觉得这个世界正在以无锡城为中心向四周蔓延。以无锡城的这个城门为中心，以城门前的这个吊篮为中心，以盘腿坐在吊篮里的他这个意大利人为中心，世界正轰轰烈烈地向外扩展和蔓延。很多年前，他和弟弟费德尔在维罗纳的一间高大的石头房子里，每人伸出一根手指，摁住

---

[1] 莫言：《作为世界文学之一环的亚洲文学——在首届亚洲文学艺术界高层学术论坛上的发言》，载《贫富与欲望》，浙江文艺出版社，2020，第120页。

地球仪上意大利版图中的某个点：世界从维罗纳蔓延至整个地球。"[1] 这是对小说场景的书写，也未尝不可以视为对空间之于认知的重要性的隐喻，是对柏拉图"洞穴说"的延展。空间的限制会造成认知的谬误，空间的限制还会切断时间，包括历史。而像余松坡这样勇于冒险的人，具有浪漫精神的人，通常把"到世界去"视为突破空间限制、克服认知盲区的途径。当个人与周遭世界存在冲突，变得格格不入，甚至觉得精神与生活发生离异，这时候，到世界去是逃离，也是自我拯救。浪漫派对自我实现的渴望，时常外化表现为对广阔世界或广阔空间的向往，表现为对世界无穷无尽的渴望。这种渴望，是一种自由意志的表达，就像埃利亚斯·卡内蒂所说的，自由这个词表达了一种执念，或许是人类最强烈的执念。人总有逃离的愿望，可是要去的远方是未知的，也没有边界。卡内蒂称这种愿望为自由，而空间层面的自由是冲出无形边界的愿望[2]。

徐则臣的写作方式和运思方式，体现出一种跨文学、跨文化的热情和气度。他的写作有着对自我的凝视与思索，又对自我的局限充满警惕，认为宽阔的眼界可以克服这一局限。他试图以一种真正全球的眼光来看世界，看中国。他带着理性意识去探索个体的出路，也探索整体现实如何往好的方向发展，试图立足个人而重建一种新的总体性。尤其是在《耶路撒冷》《北上》等长篇小说中，他自觉地探索一种新的史诗性写作——抒情的史诗。

2005年，徐则臣曾写下了一篇题为《转身——我的文学自传》的文

---

[1] 徐则臣：《北上》，第4页。
[2] 参见 [英] 埃利亚斯·卡内蒂：《人的疆域：卡内蒂笔记1942—1985》，李佳川、季冲、胡烨译，广西师范大学出版社，2020，第3页。

章。在这篇文章中,徐则臣谈道:"往回数,让我觉得跟写作有点关系的事,应该是高二时的神经衰弱。那时候心悸,一到下午四五点钟就莫名其妙地恐惧,看到夕阳就如履薄冰,神经绷过了头,失去了回复的弹性,就衰弱了。完全陷入了糟糕的精神状态中,没法跟同学合群。那种自绝于人民的孤独和恐惧长久地支配我,睡不着觉,整天胡思乱想,恍恍惚惚的,经常产生幻灭感。写日记成了发泄孤独和恐惧的唯一方式。从高二开始,一直到一九九七年真正开始写小说,我写了厚厚的一摞日记,大概就是在日记里把自己写开了。日记里乱七八糟,什么都记,想说什么说什么,怎么好说怎么说。后来回头看看,很多现在的表达,包括形式,在那些日记里都能找到差不多的原型。"[1] 徐则臣的这一带有开端性质的写作,有一种鲜明的自我抒情的气质。如果徐则臣沿着这一路径一路写下来,那么他会成为当前时代的郁达夫,成为普实克所说的抒情写作的典型代表:偏重书写作家本人或其笔下人物的主观感受和情绪,具有鲜明的个人性和主观色彩。然而,也是在较早的时候,徐则臣就显示出了另一种作家自我,显示出另一种可能。同样是在《转身——我的文学自传》这篇创作谈中,徐则臣谈道:"大二开始写一个长篇,年少轻狂,打算揭示鸦片战争以来整个民族的心路历程,并为此激动得常常睡不着觉,半夜想起来一个好细节,没有灯光,就趴在床上摸黑歪歪扭扭地写,第二天誊抄。没写完,只有几万字。现在还保存着,依然喜欢那个题材,以后应该会接着写出来的,因为现在回头看,还觉得有点意思。"[2] 这其实又是另一种写法,承接的

---

[1] 徐则臣:《转身——我的文学自传》,载《孤绝的火焰:在世界文学的坐标中写作》,四川文艺出版社,2018,第 177—178 页。

[2] 同上书,第 179 页。

是茅盾所代表的传统,也就是普实克所说的史诗的传统:它偏重对社会生活进行客观的、全景式的再现,很少突出个人的形象。欧洲19世纪现实主义小说,还有茅盾的作品,都是这种写作的典范。

高二和大二的这两个时刻,在徐则臣的写作中都是具有开端性的。在他随后的写作实践中,还是以抒情性的写作居多。他的《水边书》《午夜之门》等长篇小说,都带有强烈的抒情气息。而随着人生阅历的增加,徐则臣的作品开始逐渐写实,尤其是《耶路撒冷》《王城如海》等作品。这逐渐写实的过程,是对内心生活的关注转向关注外在世界的过程。虽然如此,这些作品其实仍然带有较为鲜明的抒情色彩。颇为值得注意的是,在《耶路撒冷》《北上》这两部作品中,有一种抒情和史诗相融合的尝试,我们可以同时看到郁达夫和茅盾的身影,抒情和史诗这两种极为不同的写作路径不断地交错、融合,最终形成了一种既主观又客观、既是抒情的又是史诗的写作景观。受情感所驱使,着重表现感情,但又不局限于情感表现,而是同时对社会、历史事件进行思索,这是徐则臣小说创作的重要方法和特点。

一方面,徐则臣的写作和个人的精神史的成长是高度吻合的——通过他的小说和散文,我们能看到徐则臣如何一步一步地扩大自己,让自己变得更丰厚;另一方面,他的写作又是与当代中国的变化紧密相连的。从晚清以来,中国如何融入世界始终是一个重要的命题,并且在开放、封闭、开放的往复中形成了独特的历史进程。徐则臣的写作,对从20世纪80年代以来的这一历程进行了出色的表达。他尝试表现当代中国与当代世界的社会生活,又试图探索适合于同时代人阅读的、具有创新性的叙事美学。这一点,在小说的结构等许多方面都有体现。

对于长篇小说来说,结构意识是非常重要的。长篇小说的结构,从表层看，是技术的问题，从深层看，则是思想的问题。只有思想性和技术性两个层面互相打通，小说的结构最终才能稳固，作品的世界最终也才能由此而建立或打开。和众多"50后""60后"作家相比，"70后"作家在长篇小说方面的结构意识相对欠缺，结构能力也相对薄弱，徐则臣却是一个特例。在《青云谷童话》的后记中，他曾经说过："我不能忍受一本没有结构的书：比如长篇小说，一部可以随时接续下去的长篇对我来说是不及格的。"[1] 他对长篇小说结构的思考，除了立足于小说的艺术性，也考虑到了小说的时代性，也就是一个时代有一个时代的小说的问题。"在今天，如果你想让小说有效地建立与我们身处的当下时代的联系，那你就得重新考虑小说中的故事的形态，乃至它的定义。"[2] 徐则臣对小说结构的思考，也与时代特征有着密切的联系。在《耶路撒冷》《北上》《王城如海》等小说中，徐则臣都甚少考虑故事的整一性，而是通过特殊的结构方式，在有限的篇幅内完成对长时段的社会历史生活的书写和展现。这些结构上的尝试，让叙事变得更为紧凑，叙事在结构中得到新的赋形。结构是一种限制，而限制又带来新的自由。徐则臣的意识是高度现代的，是超前的。在小说的结构方面，他的作品借鉴了不少后现代主义文学的方法，比如《北上》中两条时间线索的同步展开，《耶路撒冷》采用了扇形建筑的结构。然而，在细节、情节等许多方面，他的小说始终有现实主义的底子——讲究细节的可信、可靠和扎实，讲求步步为营。

徐则臣对小说形式的探索，除了立足于小说艺术内在的变化，也

---

[1] 徐则臣：《青云谷童话》，新蕾出版社，2017，第188页。
[2] 徐则臣：《小说的边界与故事的黄昏》，载《别用假嗓子说话》，河南文艺出版社，2015，第234页。

重视艺术形式与时代本身的关联,有一种有效性的诉求:"我确信,如果长篇小说要与我们身处的时代产生可资信赖的张力,那么这一文体必定会在形式上呈现出某种同构性。就像唐有诗宋有词元有曲明清有小说一样,也许身处唐宋元明清之间的古人,无法决然地断言诗往词的变化、词往曲的渐进,但当微观文学史成长为宏观文学史后,文体的变化便一目了然。具体到长篇小说这一文体,其自身的渐变也同样可以找到佐证。从浪漫主义到现实主义,从现实主义到现代主义,再到后现代主义,城头变换的不仅仅是各种'主义'的大旗,还有与这些主义相匹配的长篇小说的文体。在巴尔扎克时代,你能想象会出现《变形记》的开头——'一天早晨,格里高尔·萨姆沙从不安的睡梦中醒来,发现自己躺在床上变成了一只巨大的甲虫'?同样,在卡夫卡的时代,以他天才的头脑,恐怕也难以接受托马斯·品钦的《万有引力之虹》、朱利安·巴恩斯的《福楼拜的鹦鹉》和唐·德里罗的《地下世界》可以成为时代的经典。"[1] 具体到徐则臣的作品,不妨以《王城如海》为例。《王城如海》的主题、情节设计和人物形象、人物关系,都是高度戏剧化的,它是一部戏剧化的小说,也可以说是一部小说化的戏剧。这种戏剧和小说的融合,其实是有难度的。汪曾祺在谈论小说与戏剧、戏曲的差异时曾这样说道:"我想,小说对生活是一度概括,戏剧是二度概括,戏曲是三度概括,高度概括。如果用戏剧的概念写小说,搞什么悬念,危机,高潮,写出的小说准不像样。小说贵淡雅,戏剧贵凝练;小说要分散,戏剧要集中。戏剧不能完全像生活,说白了,戏剧

---

[1] 徐则臣:《从路的尽头处开始——华语文学传媒大奖答谢词》,载《从一个蛋开始》,浙江文艺出版社,2019,第234页。

是可以编造的。当然，人物是不能瞎编造的。有些小说，浪漫主义小说，有时也带有戏剧性情节，如雨果的小说。他的小说情节性强，而且带戏剧性，改成戏、电影是很方便的。"[1] 汪曾祺不赞成小说中有戏剧性情节，这种主张更多是一种美学趣味。实际上，两者未必是那么泾渭分明。就像汪曾祺本人也注意到，中国戏曲中可以容纳小说的成分，有所谓的"闲文"——不是直接和戏剧情节有关却对表现人物有帮助的成分。反之，在小说中，也未尝不可以容纳进戏剧的元素。对于《王城如海》所涉及的现实而言，用这种形式是得当的。它起到了一种陌生化的效果。城市化的经验是大家颇为熟悉的，甚至已习以为常，用戏剧化的方式则可以起到陌生化的美学效果，让读者获得新的感知。

徐则臣的写作，敏感于现实的变化，真正做到了有容乃大。这得益于他的阅读经历和工作经历，得益于他极好的文学素养。在读书时期，他在图书馆里曾按照字母表的顺序来阅读。在北京大学读书的经历，也包括在《人民文学》当编辑的经历，都使得他在阅读上不是仅仅局限于个人兴趣。然而，阅读上的广采博取，只是写作风格上的有容乃大的必要而非充分条件。在这个过程中，徐则臣个人的心性、文学兴趣和文学能力也起到了非常重要的作用。徐则臣将写作变成了一种极具综合性的创造。从修辞方式和运思方式上看，他的写作融合了抒情与史诗。从作品风格上看，他的作品也是多层面的融合。古典主义的文化气度和教化信念，浪漫主义文学人物的精气神，现实主义文学对细节的重视，现代主义的精神渴求与思想辩难，后现代主义文学的结构方法，等等，在他的写作中也融合在一起。他一方面重视对人物精神史的梳理，另一方面也

---

[1]　汪曾祺：《戏曲和小说杂谈》，载《汪曾祺全集》第9卷，人民文学出版社，2019，第264页。

重视对社会历史变迁的考察。他笔下的人物及其世界，带有鲜明的浪漫精神，渴求打破常规，追求卓越与自我实现，有道德激情和道德感。在书写这些人物及其世界时，徐则臣的笔致又有现实主义的细腻、扎实和稳重。然而，他的小说，尤其是《北上》《耶路撒冷》《王城如海》这几部长篇小说，在形式和结构上又带有鲜明的现代主义、后现代主义的色彩。他的文学资源是丰富的，所营造的文学世界是绚烂的。

徐则臣的写作已有了足够大的体量，也获得了巨大的声誉，但是他的写作仍旧具有无尽的开放性，他自我心仪的乌托邦也依然在建造之中。因此，对他的写作的观察也只是阶段性的小结。他的写作证明了浪漫主义远未耗尽它的势能，相反，在当前时代，也许在所有的时代，浪漫主义都有其特殊的力量和魅力。在每一个时代，浪漫或浪漫主义都有其独特的议题，有所属时代特有的关切。在这个意义上，勃兰兑斯的话无疑值得记取："只有当一个作家研究了他的时代，而且也满足了时代的要求，他才是真正的浪漫主义的。"[1]

---

[1] [丹]勃兰兑斯：《十九世纪文学主流》第五分册，李宗杰译，人民文学出版社，2008，第49页。

第五章　内宇宙的星辰与律令
——蔡东的现代古典主义写作

对于现代主义写作，尤其是中国当代文学中带有现代主义色彩的写作，我时常有些困惑、不满或忧虑。这种忧虑、不满或困惑在我，有时轻，有时重，却从来都没有完全消失。在我看来，自陀思妥耶夫斯基、卡夫卡、波德莱尔以降，现代主义文学往往重视挖掘人生的负面经验，着力书写现代人内在的幽暗情绪，重视写个人所遭遇的种种形式的恶。现代作家又特别讲究策略，重视"破"而不重视"立"，甚至不惜以暴制暴。这样的运思方式与写作路径，有其价值与意义。我们所熟知的许多现代主义作品对特定时期的精神状况进行了激进化的表达，构成了对充满骗与瞒的文学、意识形态、世界的反叛，也加深了人们对这样的文学、意识形态、世界的理解，尤其是对人的内心世界的理解，让人得以从虚伪的意识形态或虚假的价值观中获得苏醒的可能，进而朝着真实复归。然而，其局限和风险也是明显的。比如说，过多地在幽暗情绪中逗留，为激进的立场所裹挟，对生命终究是有损伤的。因此，现代主义作家的面容，多半显得沉重而忧郁。写作之于他们，成为一种痛苦的选择，仿佛是一种宿命。不写又如何？那就更为痛苦，就好像连摆脱痛苦的精神出路都没有了，一种更为彻底的畏、烦与怕，有可能会将他们吞噬。由此，或是短暂地或是长期地厌世，深陷于自我的困厄，深陷于无意义的空虚，成为很多现代主义作家的基本存在处境。对于读者来说，不读一读这样的作品，只读小清新的作品，对人生的绝境会缺乏体察，然而，长期只读这样的作品，也难以获得足够的滋养，甚至会觉得对个人心智是有害的。这真是一种左右为难的境地。

一　从信与疑开始

如果这样的写作仅仅是作为一种历史事实存在于文学史中，那么我的不满也仅仅是不满——不满意，还有不满足。令我感到忧虑的还在于，这种写作路径所蕴含的局限，已经成为中国当代文学中一个未经省思、未经认真清理的认识装置，被作为一个仿佛非如此不可的文学传统而完整地继承下来。举个例子，2016 年，在对这一年的中国短篇小说进行回顾时，我发现诸如此类的写作数量是非常多的，多到让我觉得意外，继而感到倦怠。因此，在写作这一年的短篇小说年度综述时，我在文章的最后一节忍不住把这作为一个问题单独提了出来。我在其中谈到，有不少作家都只把自己定位为复杂世相的观察者和描绘者，此外再无其他使命。昆德拉在《小说的艺术》中提出的"小说是道德审判被悬置的领域"这一观念，成为作家们普遍信奉的写作信条。借着这一信条，很多作家在"写什么"上得到了极大的解放。一些极其重要的伦理、道德、社会领域的问题，成为作家感兴趣的所在，但这当中的不少小说作品，在价值层面是存在迷误的。有不少作家致力于呈现各种现象，尤其是恶的现象，可是在这些作品中，很难看到有希望的所在。很多作品甚至只是在论证，人在现实面前只能苟且，只能屈服于种种形式的恶[1]。苟且和屈从成为唯一的选择，仿佛除此之外再无别的路可走，人生再没有别的可能。不少作家还天真地认为，对恶的想象力运用得越偏僻，对恶的书写越极致，作品就越有深度。这甚至成为他们所能理解的，所能抵达的，唯一的深度模式。而这样的认知方式何其简单，何其片面。

在题材选择上，作家无疑有其权利。这权利，无论何时何地都应该受到维护和尊重，不容侵犯。在"写什么"上竭力探索，反对简化和限制，这是作家的责任所在，也是权利所在。然而，认为作家的责任仅仅在于呈现现实，让作家仅仅是作为一个记录者而存在——很多时候却又不是无偏见的、忠实于生活的记录者，这也会构成对作家的使命和责任的简化。事实上，除了再现现实世界，呈现参差多样的可能世界，作家还应该有自己的情怀、德性、伦理与实际承担；作家的责任和使命是复合的，而不是单一的。这并不是要求作家给出适合于所有人的答案或解决方案，告诉人们应该如何行事，而是起码将问题揭示出来，借此激起人们的伦理自觉与道德感受，让人们在各种冲突和矛盾中依然能保持对爱、尊严与希望等价值的渴求。在深入黑暗世界的内部时，伟大的作家，总是希望在黑暗的内部，或是在黑暗的尽头

---

[1] 参见李德南：《具体事情的逻辑与更丰富的智慧——对2016年短篇小说的回顾与反思》，《长江文艺评论》2017年第2期。

依然能发现光亮的存在。未必是强光,很可能只是微光。而光,不管是强光还是微光,光的有与无,是否具备发现光的能力、愿望与意志,很多时候也是作家境界高低的分界线。真正好的作家,真正伟大的作家,总是既能写出恶的可怕,而又能让人对种种形式的恶有所警惕,不失对善的向往。真正好的作家,真正伟大的作家,总是既能写出绝望的深,也能写出希望的坚韧,有其关于绝望与希望的辩证法。他们会既不刻意简化现实的混沌,又始终有自己的伦理立场和人文情怀,具备真正面对复杂境遇的文学能力和思想能力。

我在这里之所以想继续谈谈这个问题,既是因为这个问题是我所念兹在兹的,也和我最近在读或重读的书有关系。其中一本,是李敬泽的《见证一千零一夜:21世纪初的文学生活》。在书中,李敬泽谈到这样一个观点:

> 读小说时,我们永远会对人物有一种期待,他将做什么?他将去往何处?他的身上有一种我们所不知的引而未发的可能性,他不驯服,他有一种难以把握的活力。
>
> 这种活力就是人的"自由",尽管我们知道人受着历史、现实、时代的重重规定和制约,但人不会成为必然性的奴隶,否则,就谈不上人的选择,谈不上心灵和梦想,谈不上真正的行动,就不会有真正的"故事"、不会有小说甚至不会有生活。
>
> ——我觉得这不是一个深奥的道理,但却是一个在我们的文学中反反复复地遭到漠视的道理,我们并不习惯见证人的自由,恰恰相反,我们乐于宣告人没有自由。后者无论在艺术上还是思想上都显然省事儿得多,因为没有自由,人就可以把一切推给时

代，就可以不承担对自我的责任，就不需要性格不需要想像力。[1]

这并不是一本新书，而是出版于2004年。书中的文章，则出自李敬泽十多年前在《南方周末》所写的《新作观止》专栏——从2001年8月到2003年12月，以每月一期的形式刊登。我这里引述的这一篇，题目叫《孙犁与肯定自由》，发表于2002年11月。读这篇文章让我特别感慨：我在阅读中所遇到的问题，并不是什么新问题。一些未经省思的认识装置，一些假想的必然性，其实早已存在，而且依然在制约了今天的文学写作，在禁锢着很多作家的头脑。

这种禁锢是全面的吗？也并不是。在王小波、史铁生、迟子建、邓一光、李修文等作家的作品中，我们都能看到他们有不一样的人文理想和写作实践。关于他们，我在文章里多少已经谈过或将有专文进行讨论，这里不再重复或暂且不谈。在青年作家中，也有人在自觉地突破这样的写作局限，比如蔡东。在她的《星辰书》《我想要的一天》《月圆之夜》《木兰辞》等作品中，已经能清晰地看到她在克服这个问题上找到了属于她个人的路。

---

[1] 李敬泽：《见证一千零一夜：21世纪初的文学生活》，新世界出版社，2004，第185页。

二　现代古典主义的写作风格

阅读蔡东的小说，很容易发现她与中国古典文学、古典文化的关系。甚至不需要读作品，只是看小说的题目，就能从中领略一二：《和曹植相处的日子》《木兰辞》《昔年种柳》《布衣之诗》《照夜白》……这里头有的是古典文学的意象与典故。而那些从时间之河中流传下来的生活方式和价值观念，在蔡东的小说中也时常得到书写。古典气息，在蔡东的写作中是很好辨认的。有待注意的是，蔡东的小说也深受现代主义文学、现代主义艺术的影响；康德、祁克果、海德格尔、伯格森等近现代西方哲学家的思想观念，对她和她的写作均有滋养，在她的写作中也有所回响。她的写作，可以说是现代主义和古典主义在当下语境中的融会，形成了一种可称之为现代古典主义的写作风格。

对于什么是现代主义，很难有一个很清晰的定义。不同的学者，也会有不同的看法。比如说希利斯·米勒，他很重视"自我"之于现代文学的意义，将之视为理解包括现代主义在内的现代西方文学的一个关键词：

> 在现代西方文学发展过程中，与印刷文化的发展或现代民主制的兴起同等重要的，是现代意义上的"自我"被发明出来。一般认为这要归因于笛卡儿或洛克。从笛卡儿的"我思故我在"，到洛克《人类理解论》第 2 卷第 27 章对身份、意识、自我的发明，到费希特的至高无上的"我"，到黑格尔的绝对精神，到尼采的

自我作为权力意志的主体，到弗洛伊德的作为自身一个成分的自我，到胡塞尔的现象学自我，到海德格尔的"此在"（它号称是与笛卡儿的自我相对的，但仍是一种改头换面的主体性），到奥斯汀（J. L. Austin）等的言语行为理论中，作为施行言语（performative utterance，如"我保证"、"我打賭"）的主体的我，到解构主义思想或后现代思想中的主体（不是要被废除的东西，而是要被质疑的一个问题），文学的整个全盛时期，都依赖于这样那样的自我观念，把自我看成自知的、负责的主体。现代的自我可以为自己的所说、所想、所为负责，包括它在创作文学作品时的所为。

我们传统意义上的文学，也依赖于一种新的作者观和作者权的观念。这在现代版权法中得到了立法体现。而且，文学所有的重要形式和技巧，都利用了新的自我观念。早期的第一人称小说，如《鲁滨逊漂流记》，采用了17世纪新教忏悔作品典型的直接呈现内心的做法。18世纪的书信体小说则以书信呈现主体性。浪漫派诗歌肯定了一个抒情的"我"。19世纪小说发展出了复杂的第三人称叙述形式。这些形式通过两个主体性的间接话语（一个是叙述者的，一个是人物的），做到了同时的双重呈现。20世纪小说直接用词语来体现虚构人物的"意识流"。《尤利西斯》结尾茉莉·布罗姆的独白，就是典型例子。[1]

在这些文字中，米勒从哲学的角度对自我进行了谱系学式的、简明扼要的梳理，并且将自我观念的演变如何对应于人称也做了相应的论

---

[1] [美] 希利斯·米勒：《文学死了吗》，秦立彦译，广西师范大学出版社，2007，第13—15页。

述。在《现代主义：从波德莱尔到贝克特之后》一书中，彼得·盖伊则认为，现代主义有两个基本特点："对传统风格进行巧妙的反抗"，"对内心世界的探索"[1]。在另一个场合，彼得·盖伊则指出："现代主义中的核心原则是自由主义，即无论对抗的是怎样的权威命令，也要解放人的本能和独创力。"[2] 柄谷行人则认为："现代文学就是要在打破旧有思想的同时以新的观念来观察事物。"[3] 由此可见，盖伊和柄谷行人都认为，具有自主性的、具有内在性的人和自主性的艺术，是现代主义的首要追求。从深层上看，他们的看法，和米勒以"自我"为视点去理解现代主义文学又是相通的。

蔡东的写作，也重视这种具有自主性的、内在的人，但她笔下的人物，和现代主义小说和现代主义艺术中的人又多有不同。蔡东笔下的人物，有现代人那种强烈的自由意志，渴求自我实现，又有古典时期人的那种强烈的道德意志与责任意志。他们是现代人，是带有古典性的现代人。

作为一个现代意义上的个体，每个人身上都有自我、社会、人类性等多重属性，它们塑造了人之为人并赋予每一个个体以不同的面貌。这些属性，在每个个体身上有统一的、相互促进的时刻，也有彼此冲突的时刻。而个人的自然权利、家庭责任、社会义务面临冲突时内心的挣扎，个人因自我认同、社会身份、家庭角色而导致的自我紧张甚至是破碎，正是蔡东小说反复书写的主题。

---

[1] [美]彼得·盖伊：《现代主义：从波德莱尔到贝克特之后》，骆守怡、杜冬译，译林出版社，2017，第201页。

[2] 同上书，第325页。

[3] [日]柄谷行人：《日本现代文学的起源》中文版作者序，第2页。

第五章　内宇宙的星辰与律令

对于有意志的个体而言，他们经常会听到不同律令的召唤，比如责任的律令、义务的律令、自我实现的律令。以《往生》中的康莲为例，她已经60岁了，这是应该享受晚年生活的年纪，也是需要人照顾的年纪，她却不得不照顾一个老年痴呆的、生活不能自理的公公。她的丈夫长年累月地在外奔波，小叔子一家对待老人则非常粗暴，也没有什么责任心，因此照顾老人所有的劳累最终都落在了康莲身上。康莲也有过抱怨，甚至有过恶念，最终却还是耐不住心软，扛起了照顾老人的这份重担。康莲的这一选择，有被迫无奈的成分，也有自愿自觉的成分。她是一位仁者，对公公有一份仁爱。自身正在迈向衰老的过程中，面对比她更老的公公的处境，她也有同感之心。康莲的困境是真实的，也是多重的。对此，蔡东不回避，不简化，又在不知不觉间让读者感受到温情、爱与暖意。

《朋霍费尔从五楼纵身一跃》同样是一篇从当下生活中普遍存在的困境出发，融合古典主义和现代主义的小说，也同样写到带有古典性的现代人。周素格的丈夫乔兰森原是一所大学的哲学教授，因突然发病而失去生活的能力。原本智力过人、幽游于哲学世界的乔兰森患病后在精神与日常生活方面都全面退化，俨然回到孩童时期，在方方面面都得依赖周素格才能生存下去。相应地，周素格似乎既是他的妻子，又是他的母亲，角色是多重的，责任也是多重的，困难更是多重的。小说从一开始就提示周素格在筹划实行一个"海德格尔行动"，留下悬念。这个行动其实并不复杂，不过是周素格希望能独自去看一场演唱会而已。听一次演唱会，这对很多人来说是轻而易举的事，对周素格来说，却是一个分量颇重的愿望。它就在那里，在心头，却始终无法触及，无从落实。之所以把这个悬临却又迟迟未临的愿望命名为"海德格尔行动",与这位德国哲学家的著作《林中路》有直接关系。《朋霍费尔从五楼纵身一跃》中引用了《林中路》的题词:"林乃树林的古名。林中有路。这些路多半突然断绝在杳无人迹处。"[1] 海德格尔在《林中路》中主要是借此暗示思想本身有各种各样的可能,有不同的进入思想之林的路径,并非只有形而上学这一路;在周素格这里,则是借此追问生活本身是否还有其他的可能。她原本也有很多路可以走,可以选择,丈夫突然被病患击中,却让"这些路多半突然断绝在杳无人迹处"。周素格所心心念念的行动,其实不过是从家庭责任的重负中稍稍脱身,有片刻属于私人的时间,借此喘喘气。然而,周素格终究是放心不下丈夫一人在家,最终选择了带他一起去看演唱会,并在喧嚣中亲吻他。对于周素格而言,做出这样的选择,似乎仍旧是在责任的重负当中,似乎她的"海德格尔行动"失败了,事实却并非如此。她最终的主动承担,既包含着对苦难的承认,也是情感的一次升华。

如果仅仅是从现代主义的角度来看,周素格变得妻子不像妻子,而更像是母亲,这无疑是非常悲惨的事实。在很多小说中,我们都能看到,诸如此类的责任变成一种难以承受的重负,承受者的人生就此丧失所有的价值与意义。在周素格身上,事实却并非如此。责任的重负自然是有的,然而,她还是一个有古典性的个体,有强韧的道德意志和责任意志,也包括爱的意志。她也在冲突当中,种种冲突却并没有压垮她,并没有让她丧失所有的力量。相反,道德意志和责任意志,也包括爱,本身就是力量所在。这种冲突中的坚持与选择,使得她不像那些被植入了现代主义认识装置的写作中的人物那样,完全成为一

---

[1] 参见 [德] 马丁·海德格尔:《林中路》,孙周兴译,上海译文出版社,2004。

个环境和命运的奴隶。通过书写周素格的个人遭遇，作者既直面了灰色的人生，又对苦难的人世始终保持温情和暖意。

不能忘了《伶仃》。小说中写到一个名叫卫巧蓉的女性，她的丈夫徐季有一天突然决意和她离婚，开始独自一人生活。卫巧蓉为此感到不理解，和大多数的中国女性一样，她一度深信徐季之所以决意离婚是因为有外遇。徐季的这一行动和选择让卫巧蓉感到愤怒和不解，她暗自追踪丈夫到海岛上生活，试图找到丈夫出轨的证据，却逐渐发现事实并非如此。小说主要把视点聚焦在卫巧蓉身上，对她的喜怒哀乐、所思所想有详细的书写，对徐季则着墨不多。但要理解这篇小说，徐季的角色是不能忽略的；甚至可以说，徐季才是这篇小说真正的主角[1]。正如彼得·盖伊所指出的："现代主义小说家大胆地颠覆惯常的文本配置传统，要么用大段篇幅来描述某一个动作，要么仅用只字片语来描述一个主要人物。在《追忆似水年华》第一卷中，马塞尔·普鲁斯特用了整整两页的篇幅来精细描画斯万与后来成为其妻子的交际花奥黛特的初吻；《向灯塔去》（1927）和《达洛维夫人》（1924）并称为弗吉尼亚·伍尔夫的两部经典绝唱。在《向灯塔去》中，读者仅在不经意间从括号的内容中获知了拉姆齐夫人的死，而她却是小说的真正主角。"[2] 在《伶仃》中，蔡东正是继承了现代主义作家常用的"大胆地颠覆惯常的文本配置"的写法，对徐季这个人物着墨不多，可是通过小说中的不多细节，我们已经能感到这个人物所遭遇的内心冲突。我把他看作是一

---

[1] 我曾就徐季是小说的主要人物这一问题和蔡东有过交流，她表示认同并谈到，在写作《伶仃》时，她代入的角色其实是徐季而不是卫巧蓉，由此多少可以看出徐季这个人物在《伶仃》中的重要性。

[2] [美] 彼得·盖伊：《现代主义：从波德莱尔到贝克特之后》，第121页。

个卡夫卡、佩索阿、祁克果式的个体,有个人的独特心性,在面对婚姻、责任时,对自我的存在会特别敏感。至于他是否也和卡夫卡、佩索阿、祁克果一样有恐婚症,就文本所透露的信息来看,不太好确定。卡夫卡、佩索阿、祁克果一生都没有结婚,徐季却选择了接受婚姻并承担起他所应该承担的责任,但是等到女儿长大了,他还是选择了结束婚姻,过起一人独居的生活。因此,徐季身上,既有一种不分国界的、普遍的现代气质,又有些许中国人特有的世情特征。他的个性是复合的,并不单一。

对于卫巧蓉和徐季,也包括对小说中的其他人物,蔡东并没有进行简单的道德判断,用意并不在追究他们的是非对错,而是尝试理解他们,理解他们作为一个个体在心性上的差异,尝试理解他们各自的爱与怕,尝试理解他们身上和心中的明与暗。导致他们分开的,并不是善恶对错的问题,而是在于人与人之间始终难以真正达到彼此理解的状况。这种状况的形成,也许有社会的因素,却又不局限于此。这篇小说以"伶仃"为题,真是再好不过了,意蕴也是多重的。伶仃,既可能是身份意义上的——离了婚的人形单影只;也可能是地理意义上的——小说的叙事空间主要在一个海岛上展开,这个岛可以理解为伶仃岛;它还可能是心灵意义上的——人心就如孤岛,并不能真正相通,孤苦伶仃是一种可能的存在处境。

在蔡东的小说中,尤其是在小说集《星辰书》《我想要的一天》中,她主要是把目光投向周遭世界中的人们,每一个读者都可以在这些人物身上认出各自身边熟悉的人的影子:父母同事、同学朋友、兄弟姐妹……读蔡东的小说,也许会猛然发现,原来这个日常世界中普普通通的人们有着令人心惊、心痛、心碎的欲求,有这么多的、这么具体的挣扎和不甘,却也有着令人温暖的光。

在《伶仃》里,蔡东写道卫巧蓉曾见到这样的景象:"她在这个海滩上遇见过一幕奇景,一幕不属于人间的景象,说不出来的美,短暂而神奇,她悄悄地记在了心底。那会儿,她也像现在一样在沙滩上闲逛,忽然,海水的边缘出现一条闪着蓝色荧光的带子,随着波浪一前一后地摆动,她走近几步,看到海水里浮动着珠子形状的团团蓝光,不像灯光,也不像珠宝的光,那蓝光分明是有生命的,正活着的光,很快,也说不清是水还是光,一波波漫上来,漫过她的脚。星星从天上掉下来了吗?她恍若站立在流动的星河里,喉头一哽,想叫又叫不出声来,整个人呆住了。星河消失,她如梦醒,旁边拍照的人告诉她,这是夜光藻聚集引发的现象。她回想刚才那一幕,更愿意相信是繁星掉落海水,嬉戏片刻又飞回天空。"[1] 读到这个段落,再想起蔡东小说里的人物,我会很自然地想到康德所说的话:世上最美的东西,是天上的星光和人心深处的道德律。是的,康德所设想的人,有很强的责任意志和道德意志,而蔡东笔下的不少人物,正具备康德所设想的美好德性,一种古典的德性。这些人物的身份,或许是普通的,甚至是卑微的,但他们身上的光,他们的内宇宙的光,让人无从忽略。那是德性的光,是情义的光,也是爱的光。

---

[1] 蔡东:《伶仃》,载《星辰书》,十月文艺出版社,2019,第22页。

三　建构心中的应然世界

　　蔡东的小说，既有对文学、艺术本身的省思和探索，也始终关注日常生活，蕴含着对"生活的艺术"的省思和探索。这两者，在她的作品中不是一种可以截然分离的存在，而是同一个问题的不同方面。蔡东对它们的省思和探索，是同步展开的。

　　在蔡东的小说中，《我想要的一天》也很值得注意。它曾以"我们的塔希提"为题，刊于《收获》2014年第5期。它与毛姆的《月亮和六便士》有非常多的不同，又有内在的对话关系。《月亮和六便士》中的艺术家查理斯·斯特里克兰德原本是英国证券交易所的经纪人，有美满的家庭、稳当的收入和较高的社会地位，却让常人觉得难以理解地放弃这一切。他出于对绘画的热爱而离家出走，到巴黎追求他的艺术梦。在巴黎，他的艺术梦却并没有很好地得以实现，不单肉身备受饥饿和贫困的折磨，也因为寻找不到合适的艺术表现方式而深受精神煎熬。因缘际会，他离开了巴黎，到达与繁华世界隔绝的塔希提岛并在那创作了很多后来让世人感到震惊的杰作。毛姆的这部小说，涉及很多重要的艺术话题，既试图探讨艺术创作的奥秘，也试图对艺术和生活的关系、艺术的本质等问题进行发问。由于这部小说涉及的艺术问题之广、之深，讨论现代文学与现代艺术的作品几乎都可以与之形成对话关系。

　　《月亮和六便士》里的艺术家查理斯·斯特里克兰德，以法国后期印象派大师保罗·高更为原型，因此，这部小说包含着对现代主义艺术的探讨。对于查理斯·斯特里克兰德这类领受了艺术之天命的人来说，其人生仿佛注定是要受苦的。为了艺术而牺牲日常生活，也似乎成为一种不得不如此的选择，"他生活在幻梦里，现实对他一点儿意义也没有"[1]。对于艺术与生活的关系，蔡东的小说也有非常多的思考和书写。《我想要的一天》中的春丽并无写作天赋，但写作于她而言，是一种避难的方式，借以对抗职业的倦怠和日常生活的平庸。远离繁华之地，到偏远的塔希提去寻找属于自己的艺术生活，这是查理斯·斯特里克兰德的选择。相比之下，春丽所做的是一个逆向的选择：她从偏远之地来到深圳，希望能大隐隐于市，能"躲在大城市写东西"，在现代性最为深入的城市空间中来成就她的艺术人生。由此，艺术既是试图抵御功利化和庸俗化人生的一种方式，也是心灵获得安定的一种途径。当然，对于春丽这种试图以这么决绝的方式来逐梦却又缺乏圆梦能力的人来说，她的困境是难以解决的。面对这种选择，春丽到深圳后所投靠的好友麦思的心情是复杂的："她觉得春丽只是急于找到一个外壳，一个臆造的自由澄明之境，好不去面对真实的世界。"[2] 与此同时，麦思又多少能理解春丽的选择。麦思自己，也包括她的爱人高羽，其实也面临着类似的精神困境和现实困境。他们的差别仅在于是继续抵抗，还是选择出逃，选择放弃。麦思与高羽同样处于一种冲突重重、有待缓解和化解的状态。直到结尾，这种状态也仍旧没有多大改变。

如果做一个相对完整的回顾，会发现，对文学与人生之关系的追问，是蔡东小说中一条隐含的脉络，也是蔡东小说的重要母题。这个问题，又与古典与现代的问题互为交织。

---

[1] [英]毛姆：《月亮和六便士》，傅惟慈译，上海译文出版社，2014，第97页。
[2] 蔡东：《我想要的一天》，载《我想要的一天》，花城出版社，2015，第18页。

在蔡东较早的小说中,"古典"和"现代"曾呈现出激烈的冲突状态。《和曹植相处的日子》中的女硕士禾杨读的是古代文学专业。禾杨因为热爱曹植而选择读古代文学专业的硕士,入学后又面临着非常实际的困境:读书期间对象难找,毕业后可能工作也难找,肉身和精神都无从安顿……这种种现实的困境,"现实中范本的缺失",更使得她对曹植也失去想象力,无从想象他大概会是什么样子,所以她从来没有梦见过曹子建。禾杨渴望的是过一种古典式的生活,然而,作为一个现代人,她时常发现这种古典想象既无从展开,也无从兑现,想象终归只是想象;她的一个老师,则已开始为后现代的到来而忧心忡忡。在这样一个语境中,渴求和曹植相处,确实显得有些格格不入。小说虽然写到理想无处安放的痛苦,但是也没有让这种理想被现实彻底击败:

> 送走老乡,禾杨把自己装扮了起来,衣服一穿上,她就感觉身体轻盈婀娜了起来。她来到镜子前一照,没有鬼味,没有迂气,干干净净地地道道的一个古装女子。禾杨默念着《洛神赋》里的词句:其形也,翩若惊鸿,宛若游龙。荣曜秋菊,华茂春松。仿佛兮若轻云之蔽月,飘飘兮若流风之回雪。远而望之,皎若太阳升朝霞;迫而察之,灼若芙蕖出绿波。
>
> 禾杨在宿舍里走了几个来回,她从没有化身洛神的非分之想,她只是想走出古典的韵律,娴静,轻盈。忽然,她看到了房娜书桌上的玫瑰花,这么多天没人换水,干枯的花瓣一片片落在桌面上,枯枝寂寥,斜立瓶中。[1]

---

[1] 蔡东:《和曹植相处的日子》,载《月圆之夜》,海天出版社,2016,第246页。

这是小说的结尾部分。在这里，蔡东把所看到的现实和所寄寓的理想结合在了一起。如果说房娜书桌上的玫瑰是现代的象征的话，那么在这里，蔡东在情感上更偏向禾杨这一边，更偏向认同她所认同的古典的价值。很有意思的是，这部作品在叙事上又颇具现代主义气息，古典气息则较为薄弱。作品主题和叙事风格的反差或落差所营构的张力，与蔡东后来在写作中所呈现的均衡之美，也可以形成对照。我们可以通过这种对照来看一个作家在风格探索和叙事实践上所走过的道路，理解其变与不变。

除了在小说中对古典与现代、艺术与生活的问题进行书写和思索，蔡东在别的场合和文章中也反复谈及这些问题。《月亮和六便士》中那位艺术家所经历过的天启或神启般的创作之乐，在蔡东这里也是有的；她也进入过"通灵般的境界"，"夜不成寐，魂不附体，漂亮闪光的句子在幽暗的夜色里飘过来，记都记不迭"[1]。而遇到创作瓶颈，艺术理想无从落实的焦灼与不甘，她同样领受过："一篇小说从萌动到完成，对我来说绝非易事，会失眠，会说着说着话忽然走了神，发起呆来，也会短暂地厌世，不想出门，不愿见人。"[2]"写小说给予作者奇妙的成就感，虚构，确乎能让人体验到自由。但小说带给作者的，更多的是悲怆和无奈。小说家时而狂妄，时而陷入绝望，也许永远写不出自己真正想要的小说，看得到了，越来越接近了，却穷毕生之力而无法真正到达，你想要表达的，跟你实际表达出来的，总是不对等，这里面蕴含着艺术的残忍决绝，是切肤之痛。"[3]她同样置身于艺术与生活的复杂关系

---

[1] 蔡东：《写作：天空之上的另一个天空》，载《我想要的一天》，第209页。
[2] 同上书，第213页。
[3] 同上书，第211页。

中:"我始终不能拒绝家庭生活的召唤和诱惑,热爱它所能提供的安稳闲适",珍爱日常生活中"零碎的、心无挂碍的、安定而松弛的瞬间","然而,我又深深恐惧着这一切,好像一不留神就陷入到没有尽头的死循环中,时不时地悚然一惊,想与其拉开距离,撇清关系。家庭生活具有某种意义上的沼泽的质地,充满着细小的吞噬和'如油入面'般的黏浊搅缠。甚至在家族的聚会上,在一派欢乐祥和的气氛里,我也经常被虚无感精准击中,突然郁郁寡欢起来"[1]。和现代主义者通常的弃生活而择艺术、取文学不同,蔡东最终找到了让艺术与生活通而为一的路径:既看到日常生活可能会导致对人之自由和美好天性造成消磨,甚至是造成对人的异化,也尝试欣赏和领受日常生活中那迷人的所在,甚至主张做"生活的信徒",不停歇地"向生活赋魅";既"警惕写作者的自我幽闭和受难情结,并时刻准备着枯涩之后的坦然面对"[2],又强调文学和艺术具有宣泄、升华与反思的作用,从而让写作、艺术成为个体自我疗愈、自我修行的方式;而为实现这一目的,则古今中外的一切精神资源都可以为我所用,"我"也随时保持着对美好事物的欣赏,领受美物抵心的欢愉。

也正是在这个意义上,蔡东的写作形成了一种可称之为现代古典主义的写作风格,构成了对现代主义写作的超克:既直面现代人的精神处境,承接了现代主义写作对"自我"或"内在的人"的关注,又不像现代主义写作那样对人的主体性和尊严既无信任也无信心,而是同时对人之为人抱古典式的态度,肯定人有其灵性与潜能,认为个体及

---

[1] 蔡东:《写作:天空之上的另一个天空》,载《我想要的一天》,第208页。
[2] 蔡东:《在全世界找到一张桌子——〈我想要的一天〉创作手记》,载《我想要的一天》,第219—220页。

其内宇宙是一个浩瀚的所在；既看到写作和艺术本身的独立意义，认为写作是对可能性或可能世界的探寻，承认"我生活的世界之外还有一个世界，我所看到的天空之上还有另一个广阔的天空"[1]，但又认为文学、艺术和生活可能互相滋养，通而为一[2]。这既可以视为一种独特的写作美学，又与一种独特的生命哲学相贯通。

如何看待日常生活中的困难，如何面对为成功学所异化的现代社会，如何看待人性的弱点和优点，如何从日常生活中得到滋养，蔡东都有自己的看法。她的《照夜白》《天元》《来访者》《我想要的一天》，等等，都关注这些问题。在这里，我尤其想谈谈《来访者》。这是蔡东小说中特别值得注意的一篇。它在蔡东写作中的位置，近似于《我之舞》之于史铁生的意义——它们都是作家在经过反复探求之后，第一次清晰地、完整地表达他们的人生哲学。《来访者》这篇小说的意义，将会随着蔡东写作的进一步展开而变得更加清晰。

史铁生的《我之舞》，主要写的是人在残疾等极端苦难下如何进行自我超越，《来访者》则主要是写普通的日常生活本身可能存在的困厄。《来访者》中江恺的母亲，不过是和大多数人一样，渴望儿子能够出人头地，从小就对江恺严厉管教，严厉要求。然而，当出人头地成为唯一的目标，她和江恺都在不知不觉中被异化，他们的生命都因此而变得极其单面，极度贫乏。来自母亲的爱，也异化为一种沉重的心理负

---

[1] 蔡东：《写作：天空之上的另一个天空》，载《我想要的一天》，第214页。
[2] 孟繁华认为，蔡东《照夜白》中的"谢梦锦并不是一个彻底反抗的'现代主义者'……与其说谢梦锦不是一个彻底的'现代主义者'，毋宁说蔡东不是一个彻底的'现代主义者'。"（孟繁华：《她小说的现代气质是因为有了光——评蔡东的小说集〈星辰书〉》，《扬子江文学评论》2020年第1期）在我看来，孟繁华所说的这种"不彻底性"，正在于蔡东对古典主义和现代主义的融合，以及对现代主义写作所存在的一些问题的超克。

担。蔡东和史铁生一样,都以古典主义的立场去看待人,肯定人的主体性和价值;他们还都有慈悲之心,既看到众生皆苦,也看到人本身存在超越的可能,看到人身上有他们独有的光芒。在《来访者》,也包括在《天元》中,蔡东都试图对当今流行的成功学提出批判。成功学的可怕在于,它预设了只有达到何种标准,一个人的生活才是幸福的,从而造成生命存在的单面化,甚至人的痛苦都是非个人化的。《来访者》的叙述者是一个心理咨询师,姓庄,江恺叫她庄老师。对于自己所从事的工作,庄老师有着清晰的认知:"这份工作神秘而高危,枯燥又刺激,似乎藏纳了数不清的秘密,但更多的时候我了解的不是个体独特的痛苦,而是公共性质的痛苦,洞悉的也非个体隐秘,不过是对世俗价值的反复体认,对永恒的贪、嗔、痴、慢、疑的来回温习。"[1]这其实也是对当今社会的透彻理解。在这个时代,成功学的力量是特别强大的,个体必须有足够强大的力量和意志才能抵御它。即使个体能找到出路,也不能保证都能获得幸福。《来访者》的第一段是这样写的:"我记得江恺第一次坐在我对面时脸上的表情。我熟悉这样的表情,练过瑜伽了,修过佛打过坐了,老庄和张德芬都看过一遍了,还是不行。"[2]对于自我存在的问题,江恺并非在理智上没有认知的能力,但是他始终面临着一次又一次的情绪冲击。而在另一个场合:"听着江恺的叙说,我眼前不断出现一幅画面,画面里藏着深深的悲哀,叫人看一眼就不由得心情黯然。一个年轻人清晨醒来时是怀着希望的,洗脸刷牙,穿上干净的衣服,默默给自己鼓劲儿开始新的一天,尝试着友善对待周围的一切,

---

[1] 蔡东:《来访者》,载《星辰书》,第50页。
[2] 同上书,第35页。

然而在某种神秘力量的驱使下，希望和美好总是迅速溃散，无论他多么努力都走不出这个轮回。"[1] 实际上，庄老师何尝没领受过这"深深的悲哀"？她也有她的心结和心伤。她也遭受过不幸，了解人心的这份职业也经常会给她带来厌世的风险。和江恺打交道的过程，对于她来说，实际上也是一个不断自我完善的过程。面对其笔下许多人物这"深深的悲哀"，蔡东则时常怀着"深深的悲悯"，怀着"深深的爱愿"。她清楚地意识到人物和人世的困厄是实在的，但她的叙述绝不清冷。

  作为一个作家，蔡东的文学能力和伦理能力都是出类拔萃的。她的《伶仃》《天元》《照夜白》，也包括更早时所写的《往生》《无岸》，都展示出高超的写作技艺和卓越的伦理意识。很多作家的写作，其实都在试图以文学的形式告诉大家，生活是什么样子的，却也仅仅是满足于对现象的呈现。蔡东的作品与此不同。她除了想探索生活是什么样子的，还在思考生活应该是怎样的，好的生活可以是怎样的。她在写作中灌注着个人对生活的探求和理想。她在写作中始终保持着对实然世界的凝视，也在建构自己心中的应然世界。写作之于她，不只是再现和记录，不是纯粹的虚构和想象，而同时是对爱与意志、信心与希望的艰难求证。蔡东，也包括史铁生和迟子建，他们的笔端都常带爱与温情。其实对于他们来说，在文学中有此表达，并不是因为个人拥有的爱比别人的更多，更不是有意无视人世和心灵的苦难，而是因为意识到信、望、爱的稀缺与珍贵，才会有这样执着的书写。他们的作品之所以具有独特的文学品质和伦理品质，与他们的这种爱与意志是有关的。

---

[1]　蔡东：《来访者》，载《星辰书》，第53页。

四　通往生命哲学的途中

在通常的理解中，短篇小说所写的是生活的横截面，无法也无须呈现生活的方方面面。短篇小说还通常是顿悟时刻的产物，带有即兴的性质，与灵感密切相关，而不是像长篇小说那样，必须得有相匹配的思想和结构。读蔡东的短篇小说，却有例外的感觉。她很多短篇小说都涉及生活的许多方面，也都试图呈现一个完整的世界——有声有色，有明有暗，有生活的细节，有一方天地。蔡东的短篇小说，还时常有思想的根基，尤其是生命哲学层面的思，肌理绵密。因此，读的时候，所得的、所感知到的总比通常的短篇要多。

说蔡东的短篇小说试图呈现一个完整的世界，首先在于它们有独特的氛围与质感。

《伶仃》中写到一对无法互相理解的夫妻，他们一直存在隔阂，这隔阂却与恶无关，与罪无关，与恨无关，甚至与人性的弱点无关。隔阂横亘在他们之间，难以消除，使得他们如两座伶仃的孤岛。现在想起这篇小说，我感到难忘的，除了小说的主题和内容，还包括小说的开头。它从脚下的风和烟开始写起："黄昏的时候，卫巧蓉走进一片水杉林。通往树林深处的小路逐渐变细，青苔从树下蔓延到路边，她快步走过时，脚步带起了风，缕缕青色的烟从地面上升起，蜿蜒而上，越来越淡，越来越清瘦。她停下来，等烟散尽了才俯低身子凑近看，这些日子阳光好，苔藓干透了，粉末般松散地铺展着，细看起来如一层毛毛碎碎的绿雪，她小心喘着气，担心用力呼出一口气就会把它们吹扬起来。"[1] 随着风和烟出现的，是阳光和苔藓，以及人物的一呼一吸。这个场景如此具体、生动，场景中的种种仿佛都是有生命的，在接下来的段落中或隐或现地存在着，人物内心的幽微转折也与此息息相关。这是一篇有氛围、有意境的小说。

《月光下》也同样如此。不同于《伶仃》从景物开始写起，《月光下》起笔于人物的自我意识和行动："我在哪里，现在什么时候，闹钟响是为了什么？被闹钟唤醒后的三连问。几秒钟后，意识清醒，身体立刻从床垫上弹起来。"[2] 这个开头是无诗意的，是去诗化的。叙述者"我"名叫刘亚，是生活在深圳的平凡人，是大众中的一员，"正处在跟发胖、网瘾、职业低谷、焦虑型购物搏斗的人生阶段"。在这个城市里，还有她多年没有联系的小姨李晓茹。李晓茹和刘亚一样普通，甚至比刘亚更要普通。在这座充满朝气和活力的城市里，李晓茹先后做过保洁、育婴和产后康复等工作，"从事着可以笼统地被称为阿姨的各种工作"。随着时间景深的逐渐清晰，我们会发现，她们都曾经有过特别纯真、特别美好的岁月，都有过对美好人生的设想和向往。随着叙事的展开，《月光下》对风景或景观的描绘也在逐渐增加。其中的风景或景观则可分为两类。

首先是城市里的景观或风景，也是成年人生活中的景观或风景。李晓茹和刘亚约定在深圳见面时，是在一个类似茶室的地方："这类地方，大概就是指四季恒温、落地窗通透、植物和美器环绕的玻璃屋。现代人吃完饭喜欢再找一个地方喝东西，坐进被设计的空间里，也坐进被设计

---

[1] 蔡东：《伶仃》，载《星辰书》，第3页。
[2] 蔡东：《月光下》，《青年文学》2021年第12期。

的生活里。"[1] 现代非本真的生活,充满了造假的诗意;自我也是被塑造的,并非本真的自我。就像小说中写到"我"曾这样观看李晓茹:"她还那么爱美,拿起手机拍杯中碧色,我趁机细看她的样子。长白发了,眉心文刻着深深的竖纹,但比起同龄人来她仍显得年轻。很多这个岁数的人,头发往脑后梳,稀疏得几乎能数得清,还有一具沉甸甸的身体,穿什么衣服都紧绷在肚子那里。不光是体态的年轻感,她精神头看上去也不错。我不确定,这会不会是一种调动和伪装,我不是也挣扎着出了门,在没有快乐激素分泌的情况下调控出快乐和积极来嘛。只是临出门的时候,放下刘海遮住了眼睛,于是我去寻找她的眼睛,眼睛可骗不了人。她的眼睛一点也不黯淡,眼神里充满对此刻和未来的热情。"[2] 这里对自我的认知和对风景或景观的感知是高度契合的。

除了城市里的、成年人生活中的风景或景观,《月光下》还写到另一种风景或景观,那是李晓茹和刘亚少年时或青年时生活之地的风景或景观。那里有更多天然的植物,有几棵杏树,有成片的连翘,有长着荠菜、野茼蒿、蒲公英和马齿苋的斜坡,有种着香椿和月季的小院落,有可作为嬉游之地的杏烟河,有朗照的月光。《月光下》的风景或景观不是纯粹外在的或全然客观的,而是叠加了人物的内在情绪。以月光为例,小说中既多次写到自然意义上的月光,也写到比喻意义上的月光:"我曾为我妈感到些许遗憾,老天爷偏心,李晓茹才是姐妹中长得好看的那一个。有她在的时候,我眼睛挪不开,偷偷盯着她看,仰慕她俏丽的单眼皮和飞扬的长眉,还有月光一般的皮肤。一度不知怎么

---

[1]　蔡东:《月光下》。
[2]　同上。

形容那细白若有光的皮肤，比雪色柔和，比奶脂透亮，直到那个月夜，我分不清楚了，月光是从天上落下来的，还是从她脸上轻轻荡漾出来的。"[1]

《月光下》写到两种不同的景观或风景，又没有对它们进行二元对立式的价值判断。少年时或青年时生活之地的风景或景观，由于对应着刘亚和李晓茹生命中相对美好的时期，因此也显得更为美好。然而，小说中也告知或承认这一事实：起码对于李晓茹来说，她的平凡之路是在杏烟河就开始的，而不是到了诸如深圳这样的大城市后才开始。《月光下》在开头部分曾写到城市风景或景观的非本真性，又没有彻底否认个人对城市景观或风景进行赋魅的必要。小说中有一个场景，写到刘亚和李晓茹在高处观看城市时，刘亚问李晓茹她们眼下的那片街区像不像"一个巨大的竖琴"。李晓茹说不像，其实"我"也就是刘亚也觉得不像，"只是我愿意对居住的地方生出浪漫的想象，取空中视角把偌大的城市想象成无数个竖琴的列阵排列，那真称得上壮丽了。拉开足够远的距离向下俯视，高瘦颀长的建筑物仿若细细的琴弦，琴弦之间，长满了树木和街道"[2]。这样的赋魅时刻，正是日常生活中可堪自珍的时刻。因此，《月光下》并没有站在反现代性或反城市化的立场上。对这样的赋魅行为的肯定，意味着《月光》在城市书写上脱开了二元对立的窠臼。

在蔡东的小说里，对诸如此类的景观或风景的描写，对庞然之物或微物的书写，是非常多的。这种种书写，和人物内心的大起大落或

---

[1] 蔡东：《月光下》。
[2] 同上。

细微波动又是密切相关的。这种种细密的关联的建立,要求作家对生活有深入的体察,在书写时还得有足够的耐心,得有高超的技艺和过人的笔力。因此,对于蔡东来说,短篇小说不是一种即兴的艺术,而是深思熟虑的艺术。这种写法,限制了蔡东的作品量,使得她无法成为一个高产的小说家。而作为回报,短篇小说在蔡东的笔下,并不是展现生活的横截面,而是构筑一个个独立而完整的世界。这样的作品,写作时是慢的,同样,阅读时也很难一目十行,而是得细读,甚至得多次重读才能体会或领略文本的奥妙或愉悦。

说蔡东的短篇小说试图呈现一个相对完整的世界,还在于它们往往有一种思想的质地,尤其重视对生活美学和生命哲学的探寻。

谈到小说的思想性,人们首先想到的,往往是长篇小说。这是因为,长篇小说因其巨大的体量,比中短篇小说更利于表现思想。不过,这也并不意味着短篇小说没有它的思想性。实际上,在许多优秀的短篇小说中,思想性仍然是作品魅力的重要来源。蔡东的小说便是如此。蔡东的中短篇小说是绵密的,既有绵密的叙事,也有绵密的思考。对生活美学的关注,对生命哲学的探寻,几乎贯穿于她所有的作品。这里不妨以《她》为例。这是一篇关于"睹物思人"的小说。蔡东的小说,多从女性的视角展开叙事,《她》却少有地从男性的视角入手展开叙述。《她》的叙述者是一位老人,他在妻子病故后,承担起了原本由妻子承担的种种事务。对于妻子的离世,他黯然神伤,竭力保存妻子活着时的林林总总的物,他通过这些物来寄托自己对妻子的思念和爱,试图借此留住日渐丧失的记忆,也借此重新认识妻子。《她》和蔡东别的小说一样,有不少关于景观或景色的描写,但更为引人注目的,还是在于对物的书写。蔡东在叙事状物写人时,有一种贯通的能力,能让事、物、人、情、思互相连接，互相交融。蔡东曾这样写"她"跳舞的场景："音乐节奏逐渐加快，礼堂的气氛沸腾了。台上那是个野孩子，风吹，日晒，雨淋；天然，快乐，恣意。最后，我看到她在燃烧，像天地未开时一团混沌的火焰。渐渐地，那团火焰长出骨骼、皮肤和毛发，诞生，接近诞生了。就在诞生的前一刻，灯光熄灭，音乐戛然而止。我盯着黑暗的舞台，整个人像发高烧一般，从头到脚都滚烫滚烫的。""原来舞蹈可以模拟流水。大水从高处落下来，涌向弯曲的河道，迂回蜿蜒地流过去，前进，拐弯，回旋，随着河道的形状和地势的下沉抬升，水流曲尽变化。除了四肢，她身体的每一个部位都在起舞，包括脊柱、血液和魂魄。她的身姿越来越柔软，好像快要化作雾和烟，乘风而去。眼前的一切让我感到震撼，同时我又暗自盼望这震撼赶紧消散。我也脱离圆环，走过去拽住她的衣角。她没有停下来，挽起我的手，带着我旋转。我抗拒的身体渐渐变得松弛，跟上她的步伐，宛若随水漫流，涨涨落落。"[1] 不需要做太多的分析，只需要慢慢地读一读原文，我们就能领会其中的贯通感。

蔡东的这种写法，继承了中国古典美学和古典文学的精髓，又对现代人的生存进行了合乎实情的书写和思考。这种写法，既能在文学的层面给人以美的愉悦，又能在生命哲学的层面给读者带来慰藉、共鸣和启发。

2016年的时候，我和蔡东曾做过一次对谈，题为《"凝视深渊"，以及"与恶龙缠斗"——谈现实生活与文学写作中的"恶"》。当时我们以现实生活和文学写作中的"恶"为主线，谈一些写作路径的意义与局

---

[1] 蔡东：《她》，载《来访者》，长江文艺出版社，2021，第14、16页。

限,也谈到写作、阅读和生活如何互相补给或照亮。让我感到有些意外的是,这次对谈后来引起了编剧、作家、主持人柏邦妮的共鸣。她在《神聊吧,邦妮》节目的第100期对这一对话进行了领读并对蔡东的文艺观和生活观深表认同。有不少听众在留言中表达了听这期节目所获得的慰藉、共鸣和启发——有的是柏邦妮带来的,有的是蔡东带来的,有的是她们共同带来的。我尤其注意到,有一个听众谈道,她是一位心理老师,每天面对很多自残、想自杀的学生。很多时候陪伴他们,听他们说,会有一种无力感;而她自己的生活也有很多琐碎和无奈,也需要不断积蓄力量,获得慰藉。她和蔡东在《来访者》这篇小说中所写到的那位心理咨询师庄老师颇为相似。这让我想到,蔡东在写作时,虽然总是试图理解作为个体意义上的人,进而以文字的形式筑造与人物密切相关的、独特的世界,但是蔡东在小说中写到的种种喜怒哀乐,又不是独属于其笔下的人物的,而是与当下的世界相接通。我们会发现,人心的渴求和缺失、希望和绝望如此相似。我们可以从中认出我们的亲朋好友,甚至认出自己。

我并不想将蔡东的小说简单地归为疗愈文学,因为它们比通常的疗愈文学远为复杂、精湛。不过,蔡东的小说确实有疗愈文学所具有的抚慰作用。读蔡东的小说,未尝不可以采用这种读法。在读蔡东的小说时,我曾想起阿兰·德波顿,想起他的写作和实践。在《艺术的疗效》一书中,阿兰·德波顿、约翰·阿姆斯特朗曾谈到,艺术可以帮助人们解读内心的种种困扰。他们认为,人是有心理弱点的。比方说,健忘,尤其是容易忘记什么对自己是最重要的;有容易失望的倾向;容易心理失衡,看不到自己最好的一面;很难了解自己和认识自己;容易受肤浅与偏见的错误之害;在商业化社会中容易变得麻木,感到单调无聊。针对这样的心理弱点，艺术则可以提供相应的缓解或克服的办法：纠正记忆不好的问题；提供希望；提供一种高贵的悲伤；调整并平衡性情；引导人进行自我认识；拓展经验；将人们从对周遭事物的习惯性无视中解放出来，重新发现个体的敏感。基于这样的理念，阿兰·德波顿在2008年还创立了一所"人生学校"，以书籍、研讨会和会谈的形式为人们的日常生活提供建议。埃拉·伯绍德、苏珊·埃尔德金同为剑桥大学英文系的同学，都热爱阅读，同为阿兰·德波顿开办的"人生学校"的成员，负责为读者开列书单，《小说药丸》这本书则是他们工作多年后的一次成果积累。书中围绕人生无意义、旅行上瘾、身份认同危机、坚持等待理想的另一半、都市疲劳等各式各样的、千奇百怪的心理问题，为读者提供相应的书目索引[1]。阿兰·德波顿、约翰·阿姆斯特朗、埃拉·伯绍德、苏珊·埃尔德金把欣赏艺术、阅读文学作品视为一种疗愈手段，为读者在生活中遇到的种种问题提供有效的解决方案，认为可以通过发挥艺术与文学的指导、告诫和慰藉等作用，使得艺术欣赏者和文学读者成为更好的自己。进而言之，这也是把欣赏艺术、阅读文学作品视为一种自我完善的方式。

为艺术和为人生，为文学和为人生，原是相通的。这是阿兰·德波顿、约翰·阿姆斯特朗、埃拉·伯绍德、苏珊·埃尔德金的书写与实践所给我们的启示；而读蔡东的小说，我们也可得到类似的确证。

在莫兰看来，要想"人性地活着，就是要充分担当起人类身份的三个维度：个人身份、社会身份及人类身份。这尤其是要诗意地度过一

---

[1] 参见［英］阿兰·德波顿、约翰·阿姆斯特朗：《艺术的疗效》，张帆译，广西美术出版社，2014；［英］埃拉·伯绍德、苏珊·埃尔德金：《小说药丸》，汪芃译，上海人民出版社，2016。

生。诗意地活着,如我们理解的那样,'是从某个阈限达至的参与、兴奋和快乐。这种状态可能会在与他人的关系中,在与共同体的关系中,在审美关系中突然出现'。这种体验表现为快乐、沉醉、喜悦、享受、痴迷、欢欣、痛快、热情、吸引、福乐、神奇、敬爱、交融、兴奋、激动、销魂。诗意地活着给我们带来肉体或精神的极乐。它使我们达及神圣的境界:神圣是一种情感,它在伦理和诗意的巅峰上出现。"[1] 蔡东的写作,也有着类似的探求。她作为一个写作者的爱与意志,最终荟萃为这样一个核心命题:面对时间、社会和命运的劫持与损毁,人如何才能重获自主和自由,走向生命的澄明之境。

因此,读蔡东的小说,除了有艺术层面的愉悦,亦有生命哲学的启思,会觉得读她的作品是有益于生活和人心的。这样的写作,在现代以来的文学景观和艺术景观中已经非常少见,在当下的中国文学中更是弥足珍贵。

——这个时代的写作者中有她,有她那有着星辰般的光与美的作品,我为此感到庆幸。

---

[1] [法]埃德加·莫兰:《伦理》,第292页。

第六章　现代性的省思
——王威廉小说的叙事母题与叙事美学

随着社会历史的变迁以及"80后"一代的逐渐成熟，越来越多的"80后"小说家开始浮出地表，为新世纪文坛注入了新的活力。和一些成名极早的"80后"相比，这些"新人"并不以图书市场、互联网作为主要的发声渠道，而是更多地以《山花》《花城》《作家》《大家》《钟山》《江南》《西湖》等既传统而又不乏先锋色彩的文学刊物作为阵地；除了生理年龄上的相仿，他们在写作上的共性似乎也越来越稀薄，个人的叙事美学则在写作实践中得到彰显。

在这一批"新崛起"的小说家中，王威廉主要是以现代性的省思者这一形象出现的。王威廉的小说，大多有共同的主题：观照现代人深渊般的境遇，展现他们在绝境中的困惑与抗争，并在书写的过程中对他们予以富有人文精神的理解与同情。他的小说兼具现实主义和现代主义两副笔墨，但更多时候，他着力在现代性的层面进行深入的思想探索和有意味的形式实验，称得上是新世纪的"先锋派"。

一　技术的追问与言说

对于现代之为现代，不同的学者会有截然不同的看法。在海德格尔那里，西方历史是由这样三个连续的时段构成的：古代、中世纪、现代。古代起决定性作用的是哲学，中世纪是宗教，现代则是科学。海德格尔并不否认科学技术对人类生活也有积极的作用与意义，但他坚持主张，从现代以来，对科技的过度信赖与依赖，早已使得人被连根拔起，落入了尼采所说的无家可归的境地。

王威廉的小说《没有指纹的人》便直面这样的困境。和哲学这种系统的抽象话语相比，小说的思考方式可能是隐晦的，但它也有自身的优势：能以更具体、更细腻的形式将问题揭示于人，既诉诸理性，也诉诸情感。《没有指纹的人》里的"我"，从小就没有指纹。他的父母曾经认为，指纹并没有什么用，没有指纹并不要紧，"不痛不痒，又不是少胳膊断腿了，连个感冒咳嗽都算不上"。不幸的是，现代社会把指纹看作是人的主要特征，并以此为基础，借助科技的手段，制造了许多新玩意：单位执行考勤制度，要用最新款的指纹识别打卡机；汽车可以安装方便而保险的指纹锁；银行有指纹刷卡机；连钱包也有用指纹才能打开的……当指纹的应用越来越广泛时，"我"的存在也变得越来越困难。"我"甚至认为，没有指纹的人就是现代社会的隐身人，无法为自身的存在赢得合法性。"我"所能想到的唯一出路是：剁掉没有指纹的双手，然后去医院移植一对死人的手。这样的书写，有些极端，却也真实地呈现了现代社会的风险。

王威廉在《没有指纹的人》中对科学技术的反思，又是与现代社会的高度理性化、制度化联系在一起的。所谓现代性的进程，不是靠科技的高度单面发展就能完成——它是一项庞大的计划，需要有工具理性和制度的协同与支撑。在现代社会里，不单是宏观的社会政治领域，甚至是衣食住行、生死爱欲等个人生活的微观层面，也被通盘纳入理性化、制度化的模式中，如王铭铭所言："人的生命变成了技术协助营造起来的数字，其意义被数字编码的意义所取代，我们的生产和自身的繁衍，为统计学意义上的数字所表达，逐步失去了具体的人存在的意义。数字的高度发达，使现代社会能将人编制成序列，以便管理。这些管理模式与现代科层制度结合，进一步造成了人事制度中的档案管理模式，让人的活动之特征、行为的优劣完整地呈现于纸张的记述中。"[1] 指纹识别打卡机的出现与研制，正是为了管理上的方便；而指纹锁、指纹刷卡机、指纹钱包等的研制，固然方便了人类，但也有可能成为奴役人类自身的工具。每个人的指纹都是独一无二的，这也隐喻了人之存在的独特性，对这种独特性的肯定正是为了反抗时代与体制对个性的消磨、湮灭。

现代社会的科技化、制度化与理性化，使得福柯所说的微观政治无所不在。它们对每个人提出同样的要求，不会考虑个体的感觉差异；久而久之，人们就难免变得越来越没有个性，感觉也越来越迟钝。王威廉笔下的主人公，却大多不在此列。他们大多是一些"敏感的主体"，或借用福柯的话，是现代社会中"不正常的人"——他们在肉体、行为

---

[1] 王铭铭：《现代性与我们的生活世界》，载《没有后门的教室：人类学随谈录》，中国人民大学出版社，2006，第43页。

和能力上所接受的规训远远不够,也未能真正符合社会的需要。他们和现代世界及其得以运行的种种内在法则,都有着程度不一的冲突与疏离。他们,还有他们的精神状况,都是王威廉想要重点表现的对象。

不妨从《老虎!老虎!》谈起。小说开头写道,一个绰号叫"老虎"的人要来广州,老虎是"我们"的好朋友,虽然七八年没见,但他那五次未遂的自杀,让"我们"印象深刻。老虎何以至此,小说并没有给出明确的答案,老虎本人认为"这是一种冲动,就像渴了想喝水的念头一般"。张闳在评论中也认为,这是一个"秘而不宣的谜底"。但事实上,谜底并非无可求索、无从敲开。

在《老虎!老虎!》之前,王威廉曾写过名叫《铁皮小屋》的短篇小说。叙述者"我"是一个喜欢哲学与诗的知识青年,在"上大学的第七天"读到海子的诗歌,后来又遇到气息相通的孔用老师。"我"与孔用都来自一个小县城,都曾在一个简陋的铁皮租书屋里读过一本《中国现代诗选》。凭着《黑暗的迷津》这一诗学专著,孔用年纪轻轻就过上了"典型的大学教授的中产生活"。他并没有因此而觉得幸福,反而选择了从自家阳台上"迎着令人粉身碎骨的极度虚无跳了下去"。小说里写道,《黑暗的迷津》大量引述了策兰、海子、余虹等"非正常死亡"的诗人与学者的"黑暗话语"。孔用更以对话的形式,指出海子把自杀变成了纯粹的哲学,纯粹的对精神的拯救,纯粹的对信仰的呼救,认为海子的自杀是必要的。

《铁皮小屋》里对诗人自我弃绝的讨论,其实渊源有自。在《拯救与逍遥》一书中,刘小枫用了非常多的篇幅来讨论"诗人自杀的意义"并指出:"一般的自杀是对暧昧的世界感到绝望,诗人的自杀起因于对自己的信念,也就是对世界所持的态度的绝望。这一内在事件表明,诗人对世界作为整体的意义已彻底丧失了忠信。19世纪以来,西方诗人生活在科学理性和技术文明的进步之中,但在他们眼里,世界从来没有像现在的世界境况那样,如此令人困惑不安。"[1] 我认同刘小枫的判断:和一般人因对某个具体事件而想不开相比,触动诗人进行自我毁灭的念头,更根本,也更决绝。但它并不是如孔用所理解的,可以纯粹是哲学与信仰意义上的,而总是有很多社会因素在内。

老虎和孔用的那种紧张与不安,乃至自我弃绝,其实与"科学理性和技术文明的进步"大有关系——正是科学的发展,技术的广泛应用,使得现代社会,特别是现代都市成为璀璨的景观。它适合于观看,却不一定适合居住。置身都市当中,人有时候会像吸食了致幻剂般兴奋、沉醉。如西美尔在《大都市与精神生活》中所说的:"都会性格的心理基础包含在强烈刺激的紧张之中,这种紧张出生于内部和外部刺激快速而持续的变化……瞬间印象和持续印象之间的差异性会刺激他的心理。"[2] 这就是现代都市所创造的心理状态,借此,我们可以很好地理解为什么"老虎"和一帮朋友站在广州的地标性建筑"小蛮腰"上眺望夜景时,会觉得"目眩神迷","内心也如这夜景一般浩瀚与迷蒙"。兴奋与沉醉过后,他们又会觉得焦虑、不安,缺乏安全感,也无从确证个人意义。对他们来说,现代都市的生活就是绝境:美到极致,但它那丑陋、冰冷的一面,也让人无法忍受。敏感而脆弱的人,是难以承受这种极端的正与反的。

在王威廉的笔下,像孔用、老虎这样选择以自我弃绝作为出路的,

---

[1] 刘小枫:《拯救与逍遥》,华东师范大学出版社,2007,第42页。

[2] [德]齐奥尔特·西美尔:《时尚的哲学》,费勇、吴蓉译,文化艺术出版社,2001,第186—187页。

毕竟是少数。更多时候，他们选择了活下来，在社会的边缘角落栖息，继续做时代与世界的边缘人，甚至是敌人。他们的遭遇，其实也正是人文知识分子在现时代的遭遇。小说《老虎！老虎！》《铁皮小屋》《我的世界连通器》《看着我》《信男》《非法入住》《合法生活》《内脸》中所塑造的人物，大多接受过人文教育，喜欢文学、哲学与艺术。然而在这样一个竞争无度、消费主义盛行的时代，不管是文学还是哲学，其实都是无用之学。不同于热门的法学和经济学，文学与哲学已不能赢得什么市场利益，不能产生经济价值。它们并不能给予人们谋生的技能，让人们在科层化的社会结构中走向权力—利益金字塔的顶端。相反，它们会加深人文知识分子与世界的冲突，因为"文学最终是让人学着'做一个敏感的人'（希尼）……但在今天，使自己成为一个敏感的人，首先影响的是你自己的生活。一个有着复杂的感念的人，一个内心世界更加丰富的人，一个充满同情心与敏感性的人，对残酷的生存竞争尤其不利。他会更难适应世界"[1]。

现时代是不需要"敏感的主体"的。《老虎！老虎！》有一个场景值得注意：那几个时代的失败者来到江边时，"凉风迎面而来，我看到老虎惬意地微笑了。他竟然能对世上最细微的美好事物做出反应，在那一瞬间，我有些嫉妒他了。因为我自己早已麻木"[2]。而老虎的痛苦与厌世，也是因为敏感。"我"得以幸存，是因为"我自己早已麻木"，"对生活丧失了主动，某种固定的程序在代替我们活着"。这种麻木，虽然可能让"我"无从领受现代都市"极端的美"，但也足以承受那种"极度的恶"。

---

[1] 耿占春：《过时的人文学科？》，载《叙事与抒情》，中国社会科学出版社，2005，第22—23页。
[2] 王威廉：《老虎！老虎！》，《作品》2012年第8期。

二 空间的诗学意蕴

王威廉还惯于把人放在特定的空间内进行观察与打量，有志于构建个人的"空间的诗学"。空间已成为一个重要的现代问题，如吉登斯所言："现代性的动力机制派生于时间和空间的分离和它们在形式上的重新组合。"[1] 在全球化的语境中，时间又是以空间的形式来体现的，很多问题都已经空间化了。王威廉更觉得，空间本身就是小说结构的一部分，比起时间那种不可逆转的单线条运动，空间的变换更丰富多彩，更值得探究。

王威廉对空间问题的关注，也分不同层面。《信男》《我的世界连通器》《看着我》里的人物，与陀思妥耶夫斯基、卡夫卡笔下那些"不正常的人"属同一精神谱系，叙事的场景却不是"城堡""地下室"，而是出版社的"仓库"。《信男》中的"我"和卡夫卡一样，向往地窖里的穴居生活，认为仓库"只不过是一座悬浮在地面上的更大的地窖而已"。但事实上，仓库和地窖有着微妙的差别。"地下室"或"城堡"大体可以说是一种私人空间，"仓库"则同时具备公共空间与私人空间的特点；前者基本上是封闭的，后者却在封闭和敞开之间，更适合用来展示那些"不正常的人"所遭遇的冲突。在塑造这些人物形象时，王威廉有意借镜一些社会学或哲学理论，重视具体的社会生活对个体的影响乃至塑造。比如《信男》中的"我"，据说是因为拍马屁不成，没竞选上科长而选择遁入仓库。《我的世界连通器》中的"我"，则因为和新调来的领

---

[1] [英]安东尼·吉登斯：《现代性的后果》，第14页。

导同名同姓而被放逐到仓库工作，慢慢变成一个"宅男"。《看着我》里那位谨小慎微的"仓库男"冀望上司可以平等地"看着我"，希望落空后失手杀死上司。这些小说审视与分析了社会生活里微妙的权力关系，字里行间，也能看出福柯、萨特、萨义德等思想家对王威廉的影响。

对空间形式的敏感，对权力问题的执着，在他的长篇小说《获救者》中得到了极大的体现。王威廉虚构了一个隐藏地下的洞穴王国，在封闭的空间内思考人类的政治与文化生活，探讨现代国家的权力分配与运行机制，展现现代国家中所存在的正义与非正义。小说所虚构的那个由残疾人组成的塔哈王国，原本是为了反对地面上健全人的歧视而建立，但事实上，"地下"与"地上"，施展权力歧视的与被侮辱被损害的从来都是依附而生；"他们"与"我们"互相勾连，无法一分为二。真相是：不管是地上还是地下，都没有真正的乌托邦。

《非法入住》也着眼于狭小的空间，处理人与人的关系，以不无荒诞的手法展现现代人的居住问题与生存困境。小说里所写的，大多是些下层人，也有刚刚毕业的"蚁族"大学生。经济上的捉襟见肘，使得他们只能住在小得可怜的房子内，甚至出现了一家六口住在九平方米内的悲惨处境。为了求得一个栖息之所，他们使出浑身解数，甚至不惜野蛮地"入侵"别人的生活空间。小说折射了当下中国的社会现实，可看作是现代主义版的《蜗居》。《胶囊旅馆》的叙事，同样在一个逼仄的空间内展开。通常而言，胶囊旅馆的设计与建造，是出于经济学上的考虑。可王威廉似乎更多是想借助这一新兴事物来书写人与人之间的疏离感。小说里的郁郁住进胶囊旅馆，并不是为了省钱，而是因为孤独："在这里，尽管蜂巢样的'舱位'还是彼此隔绝的，但毕竟还是近了。静夜里，她取下旅馆提供的耳塞，便可以听见隔壁打呼噜说梦话的声音。这人间的气息，反而能让她安静下来。"[1]《非法入住》和《胶囊旅馆》是相反相成的：《非法入住》里的"我"，为了生存的空间冒犯他人；《胶囊旅馆》里的郁郁，则是为了逃避灵魂的空虚而接近他人。《胶囊旅馆》弥漫着一种末日般的气息，时间仿佛完全终止、消失了，只剩下静止的却仿佛永存的空间，刺骨的压抑感四处弥漫。海德格尔在《存在与时间》中主张，人是在时间的绽露中筹划生之一切、获得存在意义的，但王威廉笔下的郁郁与晴天，都试图借助胶囊旅馆来敞开自我、反观自我的生命存在。王威廉对空间的思索也因此而具有存在论的意味。

　　以上几点，大体构成了王威廉反思现代性的基本维度。当然，他的小说并不限于此，例如《暗中发光的身体》《内脸》《第二人》等小说，也探讨了现代人的欲望困境，以及拉康式看与被看对主体的塑造。我在这里想强调的是，王威廉不是站在审美现代性的立场上来反思现代性。对于审美现代性的一些观念，他也持反思、追问的态度，认为其中一些非理性的成分具有瓦解人类自身的意志与价值的负面作用。他甚至把简陋的"铁皮小屋"隐喻为现代精神的起源地。这显然不是什么高贵的出身。他既不完全信赖理性，也无意给非理性划出无限的地盘；他的小说，也因此充满思辨的张力。他还坚信，那些古老的、在许多人看来早已经过时落后的人文主义理念，对人类生活是有意义的；人的自由、尊严与独立，对人所受创伤的同情、理解与呵护，是他始终关注的写作命题。因此，他的书写，既能深入恶的内部，又不失警觉与悲悯。

---

[1]　王威廉：《胶囊旅馆》，《山花》2013 年第 1 期。

三 作为思想历险方式的小说

不管是在对个体内心世界的突入,还是在对现代生活结构的考掘上,王威廉的尝试都有其值得注意之处。虽然他从事写作的时间并不算太长,但是个人的叙事美学已见端倪。在他那里,小说似乎成了思想历险的方式。

王威廉的写作,多少有些陀思妥耶夫斯基式的气质。这种相似,首先体现在对人物功能的认识与人物形象的塑造上。巴赫金在谈论陀思妥耶夫斯基的小说时,曾提到他小说里的主人公主要是一些"思考型人物":"陀思妥耶夫斯基要寻找的是这样的主人公:他主要是在思索,他的整个生命凝聚成认识自己和认识世界的一种纯粹的认识功能。因此,在陀思妥耶夫斯基的创作中出现了'梦想者'和'地下人'。'梦想'和'地下'的确是人的社会性格学的特征,但它们又适于做陀思妥耶夫斯基的艺术重心。"[1]"陀思妥耶夫斯基的所有主人公都被赋予了'思考和探索崇高的事物'的特点,他们每个人的'思想是强大的、无法解决的',他们每个人都首先'需要解决思想问题'。"[2]

的确,陀思妥耶夫斯基笔下的人物,总是在不断地追问各种问题,比如理性的局限,个体的自我如何可能;如果没有上帝的话,我们应该怎样活,活着的意义又在哪里,等等。将他们命名为"思考型人物",

---

[1] [苏联]米哈伊尔·巴赫金:《陀思妥耶夫斯基的诗学问题》,刘虎译,中央编译出版社,2010,第56页。

[2] 同上书,第94页。

是合乎情理的。而在王威廉的笔下，其实也有大量的"思考型人物"。他们主要是一些知识青年，在大学里接受过系统的人文教育。他们读书甚广，论辩犀利，见识不凡，重视人的尊严与价值。然而，在进入社会后，因为所接受的教育并不符合这个时代的主流需求，他们大多退居社会的边缘位置，在政治—经济金字塔的底部聚集、留守。人文教育在他们身上所建立的"人是有尊严和价值的"这一价值理念，还有卑微的现实处境，使得他们时刻面临精神的冲突，忍不住对自身的存在处境进行提问，并着力思考加诸他们身上的种种社会法则。

这一类人物，可以《辞职》《非法入住》《合法生活》《无法无天》《看着我》《信男》等中短篇小说里的主人公作为代表。《辞职》采用了一个自我倾诉式的开头："你知道吗，我从工作的第一天开始就想着要辞职了，并不是对我目前的这份工作不满，实际上这份工作还不错，假如我现在不干了，肯定会有大把人来抢这个位子的，那我为什么还要辞职呢？因为我就是觉得无法忍受，觉得毫无希望，而想到辞职我就感到生活很有盼头了。"[1]这和陀思妥耶夫斯基《地下室手记》中的那位"地下人"的语调极为相似：既言之凿凿，又自相矛盾。然而，在小说的技艺上，《辞职》显然比《地下室手记》要成熟得多，不像后者那样通篇都是独白，而是将"我"的种种复杂情绪，在情节中逐渐透露。《辞职》里的"我"每次相亲，都要将上述的话讲上一遍。这给"我"带来了不少麻烦，起码"我"的相亲从来没成功过——"那些女孩子即使没有把我当成一个精神病人，也会考虑到我会因为辞职而丧失经济能力的问题吧"。然而，与"我"相亲的第六个女孩子鹬出现之后，一切都改

---

[1] 王威廉：《辞职》，《西湖》2010年第1期。

变了，因为鹳和"我"一样，也有类似的感受。她的体验甚至比"我"更深。也是在与鹳的对话中，"我"那种复杂的生存感受才得到有效的梳理与清理。

在鹳看来，人们之所以经常有辞职的念头，是因为在工作中"找不到人存在的踏实感，平时感到的都是些毫无意义的忙碌以及浪费生命的虚无感"。她甚至提出，劳动和工作是两码事，"工作应该是有一种创造性的价值，而劳动是一种重复性的价值，前者是提升生命，后者仅只是谋生"。

实际上，这与职业对人的异化或马克思所说的异化劳动多少有些关联："劳动对工人来说是外在的东西，也就是说，不属于他的本质的东西；因此，他在自己的劳动中不是肯定自己，而是否定自己，不是感到幸福，而是感到不幸，不是自由地发挥自己的体力和智力，而是使自己的肉体受折磨、精神遭摧残……因此，他的劳动不是自愿的劳动，而是被迫的强制劳动。因此，它不是满足劳动需要，而只是满足劳动需要以外的需要的一种手段。"[1] 鹳和"我"被异化的程度都不算特别深。毕竟，他们的职业生涯才刚刚开始。真正有代表性的，其实是鹳的父亲。小说里提到，鹳的父亲是一个非常热爱自由的人，早年曾渴望成为作家，努力写了不少小说和诗歌，但都不是很成功。他自己也并不介意，只觉得写作之后，心情会畅快些，也拥有了与众不同的体验，觉得自己是有想法、有人格尊严的。鹳的父亲并没有真正以写作的方式为生，他其实是一位狱警。对他来说，这恰恰是一份令人丧

---

[1] [德] 马克思：《1844年经济学哲学手稿》，载《马克思恩格斯全集》第42卷，中共中央马克思恩格斯列宁斯大林著作编译局编译，人民出版社，1979，第93—94页。

失自由的工作。他会经常觉得,自己和其他犯人的差别仅在于,自己可以自由地回家吃饭。这种职业的限制,使得他不得不经常待在监狱里,看上去就像是一位被判了无期徒刑的人。

这种自由感的丧失,仅仅是劳动的异化的第一阶段。更深层次的异化则在于,鹳的父亲最终"爱"上了这一职业,"经常在家的时候心不在焉,而在监狱里就生龙活虎,仿佛那里比家更让他舒适"。接着,他丢掉了婚姻,"因为他相对于我母亲来说,就像犯人们相对于他,有着自由之间的不平等,这是让他最难忍受的地方——时刻意识到自己的半囚禁状态,而只有离开了我母亲,他才能在监狱中获得他那份实在的自由"。甚至在晚年退休了之后,他"整个人失魂落魄,完全不像是一个回家来安度晚年的人"。因此,他一再回到监狱里,去享受那种"比酒精的麻醉更管用"的"实实在在的自由"[1]。自由感的颠倒,显然是对异化劳动的一次带有暗讽性质的书写。如果说连感觉、价值和意义本身都可能完全被颠倒过来,那么"我"在出场之时那种自相矛盾的陈述,就完全不难理解了。因为他们的话语本身,就不是一种绝对理性的陈述,而是夹杂着很多非理性的成分。归根结底,是社会的制度化生活,使得他们置身于各种各样的利害关系中,让他们变得自相矛盾。

劳动的异化这一主题,在《听盐生长的声音》这一短篇里得到了延伸和拓展。这篇小说里的叙述者"我"和他的同学小汀,分别在一个盐场和煤矿工作。"我"初来盐场之时,就觉得难以适应,只好借写歌词来度日,后来还在这里经历了许多不幸:先是太太流产;和同事老赵一起借醉消愁,老赵又跌落盐湖,意外死亡……"我"于是开始拒绝酒精,

---

[1] 王威廉:《辞职》。

对置身其间的盐湖也开始有深深的恐惧。小汀在见到"我"时，则直接袒露他的感受："我在煤矿干活的时候，那种黑能把人憋死！大白天的却要一直呆在黑咕隆咚的地下，夜里回到地上，又是一片漆黑，我有时怀疑自己的眼睛是不是快瞎了。有一天，我重新开始画画了，我看到五彩斑斓的色彩就像是快要渴死的人喝了一大杯水！我用最鲜艳的颜料画画，要画出最鲜艳的画。在几百米的地下，只要一休息我就画，我画出的画艳丽无比，工友们看到都兴奋得要命，比平日里他们谈论女人还兴奋。"[1] 和《辞职》中鹳的父亲对待监狱一样，"我"和小汀对待盐场和煤矿的态度，也经历了从极其厌恶到开始接受、从慢慢喜欢到极度迷恋的转变。这种情节的反转，感觉的颠倒，显然是极有新意的。王威廉本人的批评立场，亦自不待言。

四　形式与技艺的探寻

王威廉的小说，在形式与技艺层面，也有非常多样化的探寻。

《辞职》和《听盐生长的声音》，都涉及劳动的异化这一问题，但这两篇小说本身，又有不同的表达形式。《辞职》里对劳动的异化这一主题，是在相亲以及"我"和鹳的交往中绽露的。在《听盐生长的声音》里，王威廉为人物找到了更为开阔的生存背景，也为他的小说找到了

---

[1]　王威廉：《听盐生长的声音》，载《听盐生长的声音》，花城出版社，2015，第8页。

一种新的美学形式。小说里的很多事物和人物，都有着或明或暗的关联和对应：盐场是一个"过分光明的世界"，煤矿则是一个"过分黑暗的世界"。它们都是生存的绝境。"我"和小汀则分别来自两个世界。他们的相遇，其实也是两个世界的相遇。"我"和金静都近距离地见识过死亡，为罪与悔、信与疑所困扰。所有的这些因素构成一种绝境叙事。生存背景和人物角色的选择，都是极有意味的。这使得小说本身不再是对生活的简单再现，而意味着一种形式和秩序的建立，一个审美世界的形成。甚至可以说，《听盐生长的声音》具有一种无法复制的美。

在一篇小说中建立"明与暗""生与死"等二元式的框架，是很容易让小说的思想意向变得单一的。这是现代小说的大忌。好在王威廉对此有警惕。他在一篇访谈中曾经提到一个观点："自人类历史进入现代以来，我们的生活世界不再有完整的意义解释，而是变得支离破碎。我们不会绝对的信或者不信，我们大多变得模棱两可，处在信与不信之间。人的生存状态变得晦暗不明，要在世界中努力寻找，才能找到自己安身立命的所在。这样的现实既暧昧又复杂，超越了宗教与哲学的种种结论，小说反而成了抵达这种现实的最有效的道路。所以，好的小说就要表达出这样的困境，以及对困境的思考乃至超越。"[1] 因此，他的小说虽然在上述这种二元对峙中展开，但是他的笔墨更多地落在那些暧昧地带上。他也注重书写人物心理的幽微转折，为了充分揭示出人与事的复杂性，甚至会在同一部小说中进行主题的并置。比如《无法无天》这部小说，有意揭示事业单位的"潜规则"，同时也写人性内

---

[1] 陈祥蕉、钟琳：《王威廉：可读性与深刻性并重，是我孜孜以求的艺术境界》，《南方日报》2012年11月15日A09版。

部复杂的一面。只写官场或单位内部的黑暗的话，小说的力度会大打折扣。把两个主题并置在一起，小说自然就有了不一样的深度和张力。

对隐喻的重视，也是王威廉小说的一大特点。《我的世界连通器》这篇小说，可作为分析的典型个案。小说的里"我"，同样是一位"对日常生活有些障碍"的"思想型人物"。他在一家出版社上班，因和新领导同名同姓而让领导觉得很不高兴，借故把他调到仓库去工作，让他和老人、老鼠以及灰尘待在一起。此后，他经常顺手牵羊地把仓库里的一些积压书带回家，回到家后则经常过宅男式的生活。直到有一天，和住在隔壁的女孩颜如水认识了，这种单调而平静的生活才被打破。每次做完爱，女孩都会从书架上带走一本书作为纪念。这种关系维持一段时间后，女孩终于还是离他而去。他的生活则开始变得焦灼，生活的范围也越来越缩小。有一天，他家里的旧空调烧掉了，墙上留下一个洞口。自此，他和世界的关联，则主要通过这个洞口来完成。在这篇小说里，"我的世界连通器"，既可以说是书，也可以说是这一洞口。这中间的隐喻，也是极有意味的。昆德拉曾经说过，他个人并不看重作为修辞方式的隐喻，而更看重小说的思维功能。也就是说，隐喻可以成为"一种在突然的启示下把握事物、处境和人物不可把握的本质的手段"[1]。王威廉对隐喻的运用，显然也与此暗合。和逻辑、推理相比，隐喻作为一种认知方式，具有"言有尽而意无穷"的特点，如戴维森所言："隐喻有无限的东西需要我们注意，而且我们被迫加以注意的东西性质上是非命题的。当我们试图说一个隐喻所指的东西时，我们

---

[1] ［法］米兰·昆德拉：《六十七个词》，载《小说的艺术》，董强译，上海译文出版社，2004，第154页。

很快就发现，我们想提及的东西无穷无尽。"[1]隐喻天然地带有诗性的质地。对于小说而言，借助隐喻来把握人物及其处境，显然是明智之举：隐喻可以给出意义指向，这指向却又不是完全确定的。这可以为小说保留一个相对性的空间，让小说有所建立，同时又保持开放的形态，成为思与诗的聚合体。

王威廉的小说，一贯强调思想探索，却也不曾忽略可读性。他的小说，有严肃的思想探索，又经常会借鉴很多通俗小说的写法，努力让小说的乐趣和复杂性并行不悖。这种小说精神，其实也是西方很多现代、后现代小说家孜孜以求的。比如博尔赫斯、艾柯，都有过类似的写作实践。艾柯的《玫瑰之名》，既借用了侦探小说的创作模式，又对很多深奥的哲学、文化问题进行了探讨。而在王威廉的写作中，类似的叙事实践，也所在多有：《市场街的鳄鱼肉》借用了科幻小说的框架，《无法无天》让人想起官场小说，《第二人》的写法对侦探小说多有借鉴，《获救者》则以冒险小说作为物质外壳。就情节而言，《获救者》主要是写"你"、眉女、胖子这三个年轻人在一个炎热的下午误入地下世界塔哈，由此而开始了一场历险。这场历险的特殊之处，不在于他们目睹了很多奇异的风光。与其说这是一场行为的历险，毋宁说是一场思想的历险。在这一过程中，小说的功能不在于再现一个世界，而在于成为一种思想历险的方式。这些思想本身，成为小说最重要的组成部分，几乎成了小说的主人。因此，《获救者》所真正在意的，不是冒险的行为本身，而是试图将冒险世界引入小说，通过引人入胜的情节，使得读者相对轻松地面对各种思想上的难题。

---

[1] 转引自［美］理查德·罗蒂：《后哲学文化》，黄勇译，上海译文出版社，2004，第30页。

王威廉还特别偏爱使用第二人称。《获救者》《非法入住》《内脸》等作品，都是借用"你"来展开叙事。从叙事伦理学的角度来讲，"你"这个人称，要求读者有一种"代入感"，要求读者自觉地、主动地进入虚拟的文学世界，并成为其中的一部分。可是每个读者都有其独特性，他们对世界的认知，又总是与个人的具体存在处境有关。每个人都可能从他们的经验出发来质疑：凭什么你认为这就是我的生活，或者认为这就是我的想法？凭什么你认为世界就是这样而不是以其他形式存在？有时候一个句子，一个细节，一次诅咒或颂扬，就足以瓦解一切，毁掉全部。正是考虑到这种种难度，叙事作品通常会以第一人称或第三人称来切入叙述。在第一人称和第三人称基础上所签订的叙事契约，更容易让人接受：它们假定的是，这是在讲一个"别人"的故事，而不一定就是"你"的故事。因此，在一部小说中用第二人称，实在是一种很冒险的行为。但是在读完《内脸》之后，我觉得，王威廉处理得还是成功的。这可能既与他坚持用平等对话、"用一颗心灵去理解另一颗心灵"的态度有关，也是因为他把握到了现代生活中"主要的真实"。比如他在《内脸》里写到的上司与下属之间的那种权力关系，还有每个人在表面的风光背后的那种无力感，都带有普遍性。这可能也是人心里最隐秘、最不愿意公之于众的部分。这种叙事方式的使用，也构成他个人的叙事美学的一大特征。

王威廉的小说大多有很强的先锋性和实验性，抵达了现代社会结构的不同层面，因此，很多人主要从先锋写作的层面上切入他的作品。事实上，他也有相对传统的一面。他的短篇小说《秀琴》和《大姨》就一改激进的面貌，有意回归中国文学现实主义的写作传统，向鲁迅及其所代表的乡土小说致敬。

《秀琴》和鲁迅的《祝福》有着相似的叙事结构，秀琴和祥林嫂也同属一个精神谱系。《秀琴》以极其简洁有力的笔墨勾勒了一个乡村妇女的生命史，将个体的生命史和乡土世界的变迁放在一起进行探究与考察。秀琴和祥林嫂以及她们所处大环境的同一与差异，恰恰说明了乡村世界的常与变。她们都来自乡土世界——那个既藏污纳垢又充满勃勃生机的地方，这使得她们都有着善良的品性，却不断地遭遇不幸，陷入深渊般的绝境。在祥林嫂生活的年代，乡村世界也受到外界的冲击，却仍能自成一体。将祥林嫂逼入死路的，是封建迷信、苛严的礼法、看客的冷漠，其中蕴含着鲁迅对传统中国的激烈批判，这种以"国民性"为着眼点的批判实际上也隐藏着当时对现代性的向往；而对于秀琴来说，时代早已不同，现代性已经交织在中国大地上，她的悲剧命运却与祥林嫂殊途同归。秀琴的不幸，既与宿命般的偶然性相连，也与城市化、工业化进程有关。在秀琴的时代，也就是"我们"的时代，乡村已无法完全避开城市的影响，必须依附城市而存在，成了"文明世界"的"他者"，成了某种"社会进化论"的末端。为了过上好日子，秀琴和她的丈夫宝魁选择了入城打工——在宝魁看来，这是俩人尤其是他们的后代过上幸福生活的必经阶段、必然选择。可他们的经历证明，这是一场充满风险的悲伤旅程，秀琴终究只能独自作为被侮辱与被损害的失败者重新回到乡村。她在文学上的光彩与明亮在于，她的胜利就像《老人与海》里的老人一般，坚守着自己的内心。她的生命职责成了替死去的苦难者活着，成了守护苦难的一种隐喻。

从文学史的角度而言，写出了乡土世界的常与变，是《秀琴》的一大特色，可王威廉并未就此止步。在叙事中，他更加关心的是如何去展现人性的丰饶，并歌颂人类情感当中具有的悲悯与珍爱的精神品质。

这理所当然地首先体现在主人公秀琴身上。作为一个乡村女性,秀琴有自己的见识,也有自己的追求。在爱情面前,她是大胆的。她和宝魁从小一起长大,一起经历过很多苦难,因为宝魁总是很自卑,觉得自己配不上秀琴,秀琴就主动和宝魁好了。就此而言,秀琴可以说是一个农村"新"女性。可是积习已久的贞洁意识,又仍旧是心灵上的负荷。当老严想要强奸秀琴时,"她想大喊却忍住了,耻辱像是块脏抹布,堵住了她的嘴。她只想着宝魁能赶紧回来,救她。她咬着牙拽下来了那人的一大把头发,撕裂了那人身穿的背心"[1]。这是一个令人读了觉得万分悲凉的情节。此时此刻的秀琴,太软弱了。秀琴的悲剧也变得复杂起来,既有外在的社会因素,又有人性的丑恶一面。这种丑恶,还来自和秀琴一起谋生的工友身上。所有的这些,都大大拓宽了小说的精神面向。《秀琴》也设置了一些伏笔,再往后,秀琴因为宝魁的去世而变疯的细节,依然让人觉得秀琴过于软弱。但令人有些意外的是,王威廉最后设置了一个开放性的结局:秀琴或许并没有疯,她只是装疯,是试图通过这样一种形式,代替宝魁活着,为他们的爱情而顽强地活着。如果这是事实,秀琴又是强大的,她的身上,有一种强悍的主体性。宝魁死后,秀琴的现实境遇是如此的不堪,她的精神世界却闪耀着绚烂的光芒。秀琴的魅力,就在于她能在绝境中向死而生,不曾失去存在的勇气并由此而迸发出爱的光芒。在她生命濒临终结、回光返照的时刻,她哲人似的说出了一个朴素的生命梦想:"活着多好呀,咱不求荣华富贵,咱就每天站在村口看看人,看看庄稼,看看树跟鸟都

---

[1] 王威廉:《秀琴》,载《内脸》,太白文艺出版社,2004,第291页。

好呀。"[1] 她引领读者发现了生命本身的美好，不禁让读者的眼眶也跟着湿润起来，让人们日渐荒凉的内心也变得温润了。

"人性的丰饶"，不止体现在秀琴身上，也体现在宝魁身上。宝魁爱秀琴，当年妇检时，医生告诉宝魁，秀琴是不能生育的。秀琴对此并不知情，宝魁也一再要求知情者对秀琴保密。对于一个农民工而言，要抛弃"不孝有三、无后为大"的宗法观念，在这种事情上"想通"，无疑需要有很大的勇气，也需要付出很大的努力。宝魁还出去找过"小姐"，原因是听大家老是说"小姐"比老婆"爽快"，他也想去试试，事后却觉得一点都不好玩，觉得很对不起秀琴。当大家开玩笑说要将此事说给秀琴听，宝魁居然蹲下身哭了起来。这些细节，用在宝魁身上，非但不显得牵强，反而使得宝魁的形象丰满了起来，他不再是某种悲情的符号，而是一个有血有肉有欲念的人。作为一个具有现代意识的作家，王威廉很注意书写人性中复杂、暧昧的部分，又深谙观看之道，懂得在不同的场合进行不同的处理。再举一例，与鲁迅小说不同的是，《秀琴》中的看客倒不是冷漠的，他们的态度是暧昧的，有时用她的不幸做了乏味生活的调剂笑料，有时也为她的不幸洒下热泪。这其实也更加符合日常生活的真实状态。

---

[1] 王威廉：《秀琴》，载《内脸》，第304页。

第七章　世界的互联和南方的再造

——《潮汐图》与全球化时代的地方书写

15—17 世纪，随着大航海时代的到来，世界各地的跨洋活动实现了地理上的大突破和国家的互相发现，也在经验层面冲击了人们对世界与宇宙的认知。新航路的开辟使得东西方之间的贸易、文化交流大量增加，殖民主义与自由贸易主义也开始抬头。在这一早期全球化时代，中国也不可避免地参与到世界的互联进程中，主动或被动地予以回应[1]。时间行至 1757 年，清政府更改对西方的贸易政策，指定广州为对外贸易港口，从那时起一直到鸦片战争爆发，广州都是中国对外贸易的唯一合法港口，几乎所有的商贸活动都必须通过清政府特许的"行商"进行。从事贸易期间，外国人可在广州十三行居住，其余时间则需要住在澳门。这一独特的历史语境和贸易体制，使得广州、澳门成为中国与西方进行贸易、政治互动、文化交流的重要区域，成为一个独特的接触地带。近年来，随着全球史、区域史研究的兴盛，广州、澳

---

[1] 在这一时期，中国时常会根据情况在对外贸易等方面做出调整，具体可参见于尔根·奥斯特哈默《中国与世界社会：从 18 世纪到 1949》（社会科学文献出版社，2019）中的"东印度公司时代的印度、中国南方以及欧洲对亚洲贸易"一节。

门等在早期全球化时代具有重要意义的区域，当时的种种实践与事物，还有人物，开始频频进入研究者的视野，成为思考和言说的重点。其中，程美宝的《遇见黄东：18—19世纪珠江口的小人物和大世界》先是以略显感性的语调讲述作为历史学者的她如何"遇见"黄东这个曾在广州商馆区打工的小人物，继而追问黄东是因为怎样的机缘而进入当时华人足迹罕至的欧洲社会，又何以成为沟通中西文化的中间人，甚至是代言人。程美宝还由个体而及群体，由特殊而及普遍，对如黄东这样的小人物的跨国、跨文化交流活动进行研究。史蒂芬·普拉特的《帝国暮色：鸦片战争与中国最后盛世的终结》则尝试厘清鸦片战争的前因后果与起承转合。其引言部分题为"广州"，对广州在鸦片战争前夕的商贸活动、语言实践等许多方面都有所介绍；主体部分虽然主要讲述英国与清帝国这两个新旧帝国的撞击，但是全球商埠广州在其中始终占据着重要的位置。范发迪的《知识帝国：清代在华的英国博物学家》则把18、19世纪的中国科学史放置在全球政治、经济、文化和社会的脉络中，以博物学这一19世纪在华欧洲人最为广泛的科学活动为中心，检视中国与西方世界的交流与碰撞，揭示近代中国在知识领域所经历的冲突、挫折与转型。该书的第一部分"口岸"，兼及全球史学的宏观视野以及在地文化遭遇的微观视点，以广州作为背景和视野展现博物学研究中的日常科学实作过程。范岱克的《广州贸易：中国沿海的生活与事业（1700—1845）》则围绕曾一度处于中外关系核心位置的广州贸易体制进行研究，论述18、19世纪在广州的东南亚人、西方人和中国人如何进行互动，兼及种种互动带来的工作方式与生活方式的变迁。孔佩特的《广州十三行：中国外销画中的外商（1700—1900）》则尝试以外销画为载体而回顾历史，再现十三行时期的景象。而在文学领域，林棹的长篇小说《潮汐图》兼具全球史与世界文学的视野,围绕 19 世纪广州的历史展开叙述,以高度写实又高度虚构的方式实现对南方的再造,重绘早期全球化时代世界互联的种种景观,也对那一时期帝国的知识秩序与话语政治予以再现与反思。《潮汐图》既在全球化时代如何书写地方等层面展开富有创造力的实践,也通过小说的形式与历史、历史学、艺术等领域进行饶有意味与趣味的对话。

一　作为接触地带的岭南与南方的再造

《潮汐图》主要讲述在 19 世纪 20 年代,身世成谜的苏格兰博物学家 H 热衷于游历世界,抵达广州后在当地芦竹林中遇见一只同样身世成谜的巨蛙,成功将其诱捕,豢养在澳门好景花园。寰宇新知,奇珍异兽,芸芸众生,悲喜交集地进入蛙的生命世界。鸦片战争前夕,H 因破产自杀,好景花园在一场大火中如大梦般消失,巨蛙则漂洋过海,从东方而至欧洲,经历生、死的重重体验与考验,又如谜一般消失。

除了题材与故事的冲击力,《潮汐图》主要从巨蛙的视角展开叙述,亦让人拍案惊奇。巨蛙有蛙类的天性,有类人的个性,又有独特的灵性。巨蛙兼具"好奇、善变、怕死三种质地",会说话,能思考。小说从巨蛙与水上人家仔女的相遇开始写起,对疍家人的生活有所表现。随后,小说的场景转向十三行,写到十三行时期的贸易、传教、博物学实作等活动。18、19 世纪的广州构成一个独特的接触地带,十三行及其周边则是这一接触地带最为核心的所在。这一接触地带意味着新的生活方式的出现，也意味着新职业——通事、事仔、引水人等——的诞生，甚至还意味着新人的诞生。

在《南京条约》及相关的五口通商章程生效之前，按规定，外国女性不能进入商馆，外国商人的家人只能住在澳门，住在广州的外国商人是清一色的男性。外国商人的一切家庭事务都需要聘请本地仆役来打理，贸易活动的开展也离不开本地人的介入。在这样的语境中，一群在广州、澳门靠为外国人提供日常生活服务而生的华人出现了。其中，通事主要是清政府和外国商人的中间人。所谓事仔，是当时的省城土话，相当于英语里的"boy"。引水人则为领航员，兼及事务沟通。他们因实践、因现实需要开始习得外语，并逐渐熟悉外国人的饮食和礼仪习惯。《潮汐图》和《遇见黄东：18—19世纪珠江口的小人物和大世界》中的不少人物便是如此。《潮汐图》中写到的番禺人细春能讲皮钦英语、官话和省城话，昌福旺茶楼的伙计则"使得五国番话"。《潮汐图》中堪称新人的，是画师冯喜。冯喜原本家贫，曾是外国人的仆役，后来成为学徒，擅长博物画，曾参与跨文化的交流与实践。冯喜有敏感的、如植物般柔软的心性，也有浪漫气质，渴望到世界去，渴望看到更广阔的世界，渴望看见更多的事物。最终，冯喜把"到世界去"付诸行动。

冯喜属于他那个时代较早地开眼看世界的人，也是当时较早尝试从世界看中国的人，令人想起黄东这个在历史上曾真实存在却很少见于历史叙述的人。在《潮汐图》中，冯喜是人们眼中的画师喜呱、喜官仔，在钱纳利与关家兄弟失和时，曾接了一些原本属于关家兄弟的生意；但冯喜的人物原型，也可能是当时的外销画家的典型化。正如博物画不是具体某一株植物而是某种植物的典型一样,冯喜很可能是林楷以史贝霖、关作霖、齐呱(谭齐呱)、"关家兄弟"关乔昌(林呱)和关联昌(庭呱)这样的外销画家的形象与经历为基础,用虚构、融合和赋魅等方式创造的典型人物。

《潮汐图》的书写涉及当时中西艺术、观念、知识相遇时的种种情景。其中有艺术的融合。写得最具神采处,是关于绘画的。《潮汐图》这样写博物学家詹士画画:"笔又向棉纸走。水吃棉纸。水自由地吃过去、吃开去……詹士画完一张又一张,画我正面、背脊、左侧、右侧、眼耳口鼻、手脚头尾,沾染色彩的棉纸在蓝屋里飘啊!卷啊!H快活,跑跑跳跳,一张一张捉,一捧一捧接。我也昂头看那些纸上蛙,那些我、我的片断、从四面八方捉住的我。我平生第一次这样看我。过往的我只在水面:一头悲伤、扭曲、不断变形的污水色怪物。现在我感觉惊奇。色水与棉纸捉住另一个我,陌生的,七彩、新净、烟气朦胧。"[1] 这是巨蛙最初与绘画艺术相遇时的震惊,也是对艺术创造之魅力、意义的表述。《潮汐图》中还写到冯喜看到西方人画水彩画的震撼:"眼见那个番鬼,跷脚,歪身,凭一支番鬼毛笔请来浓云飓风、惊涛骇浪,灌得那页番纸迷蒙蒙发湿、雷霆万钧轰轰响。等到湿笔尖四两拨千斤,从色水里洗擦出船艇、人声、连绵无尽波影,冯喜脸上就开花,忍不住开口问:'借问声,这是哪路神技?'番鬼不识省城话,旁边剃头佬插嘴:'乞儿仔,你行运哩,这是番鬼水彩。'冯喜快活,说:'有声有色,有纹有路,大开眼界。'"[2] 冯喜后来成为善于绘制植物的画师,与这样的

---

[1] 林棹:《潮汐图》,上海文艺出版社,2022,第61—62页。
[2] 同上书,第69—70页。

"大开眼界"不无关系。那个时期的外销画,那个时期的博物画,融合西方艺术和中国艺术的元素,从而在美术史上成为难以绕过的一环[1]。

不同类型、不同地域的文化因接触、交流而带来新的意义,甚至产生新的风格,是跨文化实践的理想状态。而在那样一个时期,在那样一个接触地带,现实利益、文化观念、礼仪等形形色色的冲突,是跨文化实践中更为常见的状态。《潮汐图》对此亦有反映。比如,葆春记的大老昌肺叶出了毛病却不肯用西医的药方,契家姐等人对"番鬼"——当时在广州、澳门的外国人——是敌视的,巨蛙曾因和"番鬼"来往而遭到契家姐痛骂和痛打。她称巨蛙为"番鬼"门下走狗。像冯喜这样最早对来自远方世界的新知识与新观念有接触有吸纳的人,这样的参与了跨文化实践的人,则被身边的陆地人视为头脑有病、面目可憎,被视为是"认鬼作父"的人。在那样的环境中,冯喜承受着巨大的认同压力。他最终决意出走,与他渴望到世界去有关,也与巨大的认同危机有关。

不管是冲突还是融合,或是混合,都发生在岭南这一接触地带。这也是那个时期中国特定文化遭遇的集中反映。《潮汐图》写出了在早期全球化时代,岭南与世界、中国与世界之间的复杂互动。虽然这部小说以一只牛一般大的巨蛙作为主人公和主要的叙述者,显得荒诞不经,书中和历史有关的部分则符合彼时的实际状况。它并非一部架空小说,相反,书中的很多细节都以历史的真实作为基础。在《潮汐图》中,对

---

[1] 吕澎认为,应该对晚清时期的西洋画风及其复杂性进行深入研究,避免因这段历史的研究的缺失而对晚清绘画史做出结构性的误判。参见吕澎:《〈银川当代美术馆文明的纬度丛书〉总序》,载孔佩特《广州十三行:中国外销画中的外商(1700—1900)》,于毅颖译,商务印书馆,2014。

南方的再造是在写实与写意的并行与交织中完成的，迷人的小说世界在历史之真和虚构之真的交融中诞生。

在历史的层面，《潮汐图》有着全球史的视野。S. 康拉德主张，全球史是一种视角，是一个将特定层面和背景置于中心位置的概念，是一种历史分析的形式，其现象、事件或进程被放置于全球语境中。世界的互联是全球史的切入口，将研究对象细致地放置于全球背景中是全球史的重要路径，全球史的中心问题则包括跨境进程、交互关系，以及在全球语境框架内的比较[1]。当林棹回头看早期的全球化实践，看彼时的世界，看彼时的南方，她也建立了一个全球史的视野。《潮汐图》中写道，H 破产自杀后，巨蛙被送往欧洲帝国。跨区域的视野，让小说的叙事空间进一步被打开，使得这部小说的全球史视野得以突显。即使是写广州、澳门的部分，林棹也试图勾勒当时的世界全景图，呈现世界各地的横向联系，展现不同文化的交流、传播与碰撞。《潮汐图》的叙事跨越了东方与西方、地方与世界、现实与幻象、本国与异国、过去与现在的边界。

全球史视野的建立与获得，离不开林棹围绕着珠江、十三行所进行的实地求索和想象，也得益于包括全球史研究在内的"前辈学人和艺术工作者的心血成果"，得益于他们的知识考古业绩。在《潮汐图》的后记中，林棹谈道，她在写作过程中阅读了范岱克的《广州贸易》、孔佩特的《广州十三行》、普塔克的《普塔克澳门史与海洋史论集》等著作；"仰赖这些求真、求实的耕耘，虚构之蛙获得了水源和大地"[2]。虚

---

[1] 参见 [德] S. 康拉德：《全球史导论》，陈浩译，商务印书馆，2018，第 3—6 页。
[2] 林棹：《潮汐图》，第 282 页。

构之蛙及其言说的踪迹，又为人们回返那一历史时空发挥重要作用。我们可从历史之真与虚构之真、历史之真与艺术之真的辩证入手，围绕《潮汐图》《广州十三行》《遇见黄东》《帝国暮色》进行对读，并对普塔克的话产生共鸣："文学与考古的诸多元素常常合二为一，构成一种令人耳目一新的共生关系。"[1]

二 方言书写、跨语际实践与审美创造

对方言的运用，也是《潮汐图》颇为引人注目之处。《潮汐图》中的不少人物，比如契家姐、水哥等人物，都说粤语，他们的对白有很多粤语的成分。林棹还把不少粤语词汇、句式、歌谣、谚语等融入小说的叙述语言中。

林棹的这些尝试之所以广受关注，和粤语的特殊性有很大关系，"汉语有许多方言，彼此之间分歧很大，比不列颠诸岛所讲的几种英语方言的分歧大得多。在中国的南部沿海有一系列方言，它们不同于北京话，正如意大利语不同于西班牙语一样，有的甚至差得更远。另外，许多方言彼此之间也有差异，这差异几乎与它们同北京话的差异一样大"[2]。方言的特异，会导致看、听、读的难度，甚至会构筑起视听的边

---

[1] [德] 罗德里希·普塔克：《海上丝绸之路》前言，史敏岳译，中国友谊出版公司，2019，第2页。
[2] [瑞典] 高本汉：《汉语的本质和历史》，聂鸿飞译，商务印书馆，2010，第35页。

界；但引方言入书写，又能调适语言，营造叙事的新奇感，起到陌生化的作用。

在写作中引入方言是值得尝试的——它能实现对经验的照亮。首先是对作家个人的生活经验的照亮。林棹自小在南方长大，熟悉南方的方言，方言正是她写作这部作品的"关键的打火石"之一。林棹自谓写作这部作品的"关键的打火石降临在 2018 年底：一是粤英词典《通商字汇》（1824 年），二是 Martyn Gregory Gallery 系列'中国贸易画'收藏。前者无疑是一口方言生态缸：一个幽灵魔盒，其中最生猛强劲的词破壳而出，啸叫着，胁迫我开辟一段时空供它们称霸；后者则将我引向广州关氏兄弟、乔治·钱纳利、奥古斯特·博尔热，以及更多四海飘零的画作：执笔者用光阴稀释颜料，使一瞬的珠江拥有永恒面容。"[1] "最生猛强劲的词破壳而出，啸叫着，胁迫我开辟一段时空供它们称霸"这一说法，和海德格尔的观点有相通之处：不是人说语言，而是语言说人。语言不只是一种沟通的工具或表意符号，还是人与世界照面的方式。人只有掌握语言，才能理解世界，拥有世界；人在掌握语言的同时，也为语言所掌握。海德格尔就特别重视原初意义上的语言——诗性语言和方言土话。诗性语言主要是暗示和隐喻为中心的语言。它是源初的语言；方言也是，"常常有人认为，方言是对普通话和书写语言的糟蹋，让普通话和书写语言变得畸形丑陋。但事实恰恰相反：土话是任何一种语言生成的隐秘的源泉。任何蕴含在自身中的语言精神都从此一隐秘源泉中源源不断地流向我们"[2]。

---

[1] 林棹：《潮汐图》，第 280 页。
[2] ［德］海德格尔：《J. P. 黑贝尔的语言（1955）》，载《思的经验（1910—1976）》，陈春文译，人民出版社，2008，第 103 页。

对于说方言的作家来说,方言往往蕴藏着原初的经验。虽然一个作家在写作时可以用普通话,用别的语言,但方言往往是构成书写的内在韵律的重要因素,起定调的作用,甚至对认知方式亦有影响。方言会影响作家的叙述,"大家都用普通话写作,如果一个作家是会方言的,你用作家本人的方言读一下,你马上知道他内在的声调和表情根植于方言。好的作家会把这个变为有力的风格要素。我记得有一次让人用陕西话读《秦腔》,一下子神采焕发;你如果熟悉兴化话,你就知道毕飞宇的语言是兴化普通话;刘震云的普通话很好,但你如果认识别的延津人,你马上就知道刘震云的声调是延津声调。现代以来,中国作家的一个内在艺术问题是和他的地方口音博弈,一方面他努力消除口音,他必须用普通话,用'正音';另一方面他不由自主地携带着口音,或者像老贾那样,有意夹带私货,偷运他的口音"[1]。

方言的运用,也对林棹笔下人物的"经验"起到照亮的作用。方言的引入以及在文学层面的重构,鲜活地呈现了契家姐、水哥、"客家佬"盲公这些人物的神情与语气,以及岭南日常生活的独特气息。在写作中适当地引入方言,有助于展现方言使用者那错综复杂的意识结构,达到传神的效果。这可以说是方言写作的重要共识。在推荐韩邦庆用吴语写作的《海上花列传》时,胡适就说过:"方言的文学所以可贵,正因为方言最能表现人的神理。通俗的白话固然远胜于古文,但终不如方言的能表现说话的人的神情口气。古文里的人物是死人;通俗官话里的人物是做作不自然的活人;方言土话里的人物是自然流露的活人。"[2]

---

[1] 李敬泽:《说南北——答李蔚超》,载《跑步集》,花城出版社,2021,第103页。
[2] 胡适:《〈海上花列传〉序》,载《胡适文集》第4册,北京大学出版社,2013,第368页。

适当地引入方言，对小说的语言艺术本身也是一大丰富。在当下，很多作家主要是以普通话为中心的现代汉语来写作。过于标准化、公共化的语言方式，会削减文学的丰富和多样，让写作变得千人一腔。方言有独特的修辞系统，有独特的比喻与象征，善于运用方言，可创造迷人的语言秘境。林棹的《潮汐图》，还有金宇澄的《繁花》、颜歌的《我们家》、周恺的《苔》，都吸纳了不少方言的元素，在对方言的创造性运用中突显特色与魅力[1]。

对方言的运用，是《潮汐图》非常引人注目之处。可是，如果把这部作品仅仅视为一种地方性的方言写作，也会低估这部作品的价值，误解了林棹在语言探索的意图。除了粤语，《潮汐图》也使用标准普通话，以及翻译语言。这三种不同的语言，出现于不同的空间和场景，也对应着巨蛙不同时期的生活历程。这样的语言试验，并非出于形式的单一需要，而是与对象、内容紧密结合。

在《潮汐图》中，林棹写到各种各样的跨语际实践：英国博物学家 H 的母语是英语，但他同时省城话、官话也说得相当好。他的事仔细春擅长说广州话，但英文、官话也说得不错。因此，他们日常中大致是这样说话：逢单日讲省城话，逢双日讲官话，逢礼拜日讲英文。这是 H 定的规矩。昌福旺茶楼的伙计则使得五国番话，当然可能只会简单的日常会话。

《潮汐图》对不同语言的运用，包括对人物说话方式的安排，蕴含着对时代的跨语际实践的回应。在 19 世纪的岭南，跨语际实践已然较

---

[1]《潮汐图》对方言的创造性运用，可参见刘欣玥《养殖一种新的语言地层——有关粤方言写作的一次细读》，《广州文艺》2022 年第 3 期。

为普遍，方式也较为多样——这一过程有着力求让不同语言变得透明的、可敬或可笑的努力，混杂着形形色色的误解和误读。当时已经有粤语、客语、潮语译写的《圣经》及其他的传教小册子，还有学习各种方言的入门书、粤音字典等工具书籍。1828年，东印度公司在澳门出版了马礼逊编撰的《广东省土话字汇》，其中既有中英文对照的字词列举，也有中文谚语举例，有不少更是广东独有的说法[1]。在商贸领域，当时也形成了有地域特色的"混杂英语（Pidgin English），"它是由粤语和前来广州经商的洋人所讲的欧洲语混杂而成（Pidgin 为英语'business'的讹音）。这种英语以英语语词为主体，有时夹杂些许印地语和葡萄牙语，语法和语音照汉语规则。它是多种语言交混而成，得花些时间才会习惯。其中有少许用语会反过来被纳入英语，例如 having a 'look-see'（'看看'）"或 eating 'chow'（吃'东西'），asking someone to hurry up 'chop-chop'（要人'赶快'）或 telling them 'Long time no see'（告诉他们'好久不见'）。这种语言完全成型时，从嘴巴讲出来就像在吟唱，很有特色"[2]。而稍晚一些，梁启超创作的发表于1905年的《班定远平西域》中，一个匈奴使者的唱词则是用粤语、英语和日语混杂而成的。梁启超的这一写作尝试，现在看来仍十分激进，《潮汐图》亦不能与之相比。日后周星驰等人的电影中有后现代色彩、中英文夹杂的说话方式，董桥等港台作家中英文混用的书写方式，其实渊源有自。"等我 Sing 几句 Song 你听下呀"这样的表述，就出现在梁启超的这一"通俗精神教

---

[1] 参见程美宝：《地域文化与国家认同：晚清以来"广东文化"观的形成》，三联书店（香港）有限公司，2018，第165页。

[2] [美] 史蒂芬·普拉特：《帝国暮色：鸦片战争与中国最后盛世的终结》，黄中宪译，卫城出版 / 远足文化事业股份有限公司，2018，第12页。

育新剧本"当中[1]。

　　林棹在《潮汐图》中大量地使用了方言，但是她最终渴求的，是开放的、多样的、有表现力的语言。她看重方言在表述经验上的本真性，也看重翻译语言所蕴含的异质。这些不同方向的探求，与主题对象的需要有关，又以审美创造为最终目的和根本尺度。写作是一种穿行于词与物之间的活动，意味着要把非语言的东西带到语言中，要把无形变为有形，要在事物与事物之间建立或重新建立关联。语言既是事物得以成为整体的连接方式，也是世界的显现方式。为实现这一目的，林棹所采纳的方式是非常多样的。不管是《流溪》还是《潮汐图》，都能看出林棹对语言的敏锐与迷恋，能看出她着力实践一种趋于极限又趋于无限的写作。她追求语言表达的极限，尝试把每个词安放在最恰切的位置，让诗性之美得以诞生；试图抵达真实的极限，也试图抵达虚构的极限，以空无表达实有，也以实有表述空无。诸种极限的并置、错综，则让写作趋于无限。

---

[1] 梁启超：《(通俗精神教育新剧本)班定远平西域》，原载《新小说》第19—21号（1905年8—10月），下署"曼殊室主人度曲"，载《梁启超全集》第17集，中国人民大学出版社，2018，第278页。

三 作为方法、视角与问题的博物学

《潮汐图》还是一部文学与博物学深度融汇的作品[1]。

在写作中融入博物学的元素，和林棹的知识结构、兴趣等有关。在她的第一部长篇小说《流溪》中，博物学的兴趣已见端倪。《流溪》的遣词造句，众多意象的运用与创造，都可看出源自博物学的影响。繁复的动物与植物，经由林棹之手、眼与心，成为新颖的文学意象，也使得《流溪》散发着鲜明的南方气息。在《潮汐图》中，博物学的兴趣和关联则更为明显。除了一如既往地有着众多的动植物意象和知识，《潮汐图》更是直接写到博物学家 H、博物画画师冯喜这样的重要人物，涉及样本采集、博物画创作、动植物展览、标本制作、理学检查等众多博物学活动。博物学旨趣对《潮汐图》最为关键的一点，则在于把巨蛙设定为主角和主要的叙述者。

巨蛙的存在，巨蛙视角的引入，让这部小说成为一种属灵的叙事。

---

[1] "博物学"这个词是晚清时期在西学冲击与日语影响下而对"Natural History"所做的中文翻译。"Natural History"蕴含着对所有自然事物进行探究之意，在中文语境中，又被译为"自然史"。博物学是一个包含甚广的学科，在17—19世纪堪称"大科学"（Big Science），若参照今天的学科分类，大概包括植物学、动物学、矿物学、天文学、地理学、器物学、人类学、社会学、语言学等学科内容。在中国古代，并无博物学这一学科，却又有丰富的博物观念与思想。博物观念有广义和狭义之分，"广义的博物观念，泛指一个人'博物洽闻'，包括学问广博（书面知识）和见多识广（阅历经验）的意思；"狭义的'博物'观念，出自孔子《论语·阳货》'多识于鸟兽草木之名。'……后人也简称'多识'之学，借以指代有关动植物的基本知识"（于翠玲：《从"博物"观念到"博物"学科》，《华中科技大学学报》2006年第3期）。因此，博物在汉语里的原本意蕴指向的是教育意义上的博雅、通识，自身并没有成为独立的学科门类。

巨蛙有发达旺盛的求知欲，对寰球万事万物充满好奇。在与人类打交道的过程中，巨蛙也部分地习得了人性，懂得人类的爱欲与哀矜。它又有独特的物性与灵性，在感知方式、偏好等许多方面与人都不同。这样的同一与差异，使得小说的书写呈现出独特的视角。生吞是巨蛙认识世界的方式："我生吞蝉，认识了运气。我生吞塘鲺、甲由、水老鼠、迷途海鸥，认识了珠江、贫贱、百家姓和海的风信。我生吞飞鸟、游鱼、踩浅泥逃去童子鸡，然后认识汉字。我也想生吞日月，可惜我的大脚从来射不中它们，所以我从来黑白不分、阴阳莫辨。我越吞越饿，而不是饿了才吞。我隐秘的渴望是生吞一个女人、一个男人、一个死人。也许不止一个。但我从没想过生吞契家姐。要是我能生吞自己，像一个翻转的荷包那样，我就能立刻认清自己、预知命运的每个暗扣和关节。"[1] 又比如，小说中写道蛙和冯喜是好朋友，冯喜向往到世界去，最终决定到世界去，他曾向蛙提及的一切地方都要去。即将分别，蛙感到难过，也试图像人类一样借酒消愁。蛙最终品尝了酒，"酒的口味很怪。如果你拥有蛙的味觉，就会明白酒的口味极似兔仔肝。我说：'这就是酒！'真是奇，我的大忧郁在星河间折返跑，我看见而非听见我的大忧郁，我眼睁睁看着我徒劳往返的大忧郁直到轰然倒地，醉成一摊烂泥"[2]。与人类感知方式的差异，使得小说的叙事保持陌生化，带来新异的审美感受。

巨蛙的属灵性质，还使得小说中的世界变得万物有灵，元气淋漓。从巨蛙之眼看风，风如同有生命，有性格。风会跑，会按自己想要的

---

[1] 林棹：《潮汐图》，第 56 页。
[2] 同上书，第 183 页。

方式跑。巨蛙看船，看到的是"船引船。船生船。船交配繁殖、啄来咬去。小沙咀变形、延长——那就是浮桥出芽。一条北方来的生埠船凭一己之力促成浮桥的出芽。那船前半生仓仓惶惶、频频扑扑，等到浮桥出芽，突然老定，打算不再流离浪荡"[1]。

从巨蛙之眼去看，去展开叙述，使得《潮汐图》多少避开了人类中心主义的视角和运思方式。从这一视角和运思方式出发，拟人化成为常见的言说方式；但在巨蛙眼里，物拟人，人也拟物。《潮汐图》中写渔夫鸬鹚胜带领鸬鹚打鱼，不是先写人，而是先写鸬鹚。先写鸬鹚的辛劳，写"鸬鹚晒翼"——短暂的休息时间，接着才是写人，写"鸬鹚胜亦需晒翼。鸬鹚胜跣在鱼盆间食水烟时候，就是他的晒翼时光。他脚上黐满闪烁的鳞哩，他老婆胜嫂在尾舱喂细仔食奶哩，他更多的仔女爬满船板、挂满桯杠、在江水里喧哗鬼叫和百千户水上人的屎团齐齐漂漂沉沉，每个背上都绑只空心大葫芦，他喉头有扎实的绳、头顶有寒光闪闪圈套，渔税船税鸬鹚税，鱼油税，鱼胶税，税税高升……"[2]在巨蛙眼中，鸬鹚是被鸬鹚胜压迫、剥削的劳动者，辛劳，需要休息；鸬鹚胜也是被压迫和剥削的劳动者，同样辛劳，同样需要休息。他们其实是一样的处境。这既造成了叙事上的陌生化，也使得读者从一个相对不同的角度去思考人的活动及存在意义。巨蛙的设定，巨蛙的"存在"，开启了有别于人类视界的视界。

《潮汐图》的写作受惠于博物学，又蕴含着对博物学的反思，甚至是批判——这是因为，博物学并非铁板一块，有不同的类型，也有不

---

[1] 林棹：《潮汐图》，第10页。
[2] 同上书，第15页。

同的方面。

　　努力在貌似混乱的自然世界中发现秩序或为混乱的自然世界建立秩序，是很多大博物学家的重要目标。通过博物活动，人可能认识到自身是自然世界不可分割的一部分，由此而增进对广阔世界的认识，产生对自然的深情与爱。不过，人类从博物学的视野出发而获得的认知，难免蕴含着从人类自身甚至从个人利益出发的局限，难以脱离人类中心主义或自私的个人主义。尤其是近代以来博物学的自然科学化趋势，使得博物活动不但不能真正认识物之物性，还以粗暴的、强制的方式对物之物性进行褫夺，人和自然之亲密关系也消失殆尽。

　　《潮汐图》从巨蛙的视角入手，这样描述制作植物标本的过程："制标本似做殓工。病叶剪去，坏茎剪去，根系修剪爽利，使那植物死尸干干爽爽、靓靓净净。有人是植物性的。搬来标本台纸，两张一组，夹起植物死尸。个阵你阴司条路且长行，你阴路好行啊！植物静静平躺。它们此生所经薄露、阵雨和洪水仍未干透，仍在体内环游，是旧怨和遗梦，是朦胧的不甘。它们阴魂不散。因此要超度，要压顶，要给这套纸片棺材再上一层夹板，绕绳三圈，扯紧，扎实，使它们永世不得伸张，使旧怨、遗梦、不甘无声蒸发。"[1] "干干爽爽、靓靓净净"在粤语里，通常用来表示美好的状态，而在这里，与之相连的，却是"植物死尸"。这种关联的建立，词与物的并置，构成反讽。在《潮汐图》的单行本里，以下两句特意使用了不同的字体："有的人是植物性的。""个阵你阴司条路且长行，你阴路好行啊！"用意似在加以突出、强调，也标明这是引入了另一个声音，形成叙事的变奏。

---

[1]　林棹：《潮汐图》，第84—85页。

小说中接下来写到的红腹锦鸡和田鸡的遭遇，更能看出博物活动的褫夺属性。巨蛙最初看到红腹锦鸡时，"瞥见凤凰般壮丽的一闪"，"我所以认得凤凰，是因契家姐船屋内不朽贴有凤凰红纸画，那红纸仿佛贴落于开天辟地时刻，纸上凤凰也具备远古神采"[1]。在巨蛙的眼中，锦鸡神圣，有远古神采。而三个月后，巨蛙再见锦鸡时，锦鸡"死了，却仍鼓着；眼被挖去，替入两丸玻璃；拖着尺几长豪华尾羽，立在一截同是死的树杈上，歪歪斜斜，周身不对路，散发刺鼻的死味"[2]。一连几个"死"的运用，处处蕴含着对神圣而美的生命被毁灭的痛惜。从植物标本的制作到锦鸡之死，叙述中有着递进式的批判，情感浓度也在增加。接下来解剖田鸡的情景，又将批判进一步推进，也把情绪进一步深化。那时候，田鸡被钉在板上："有人逼她仰躺，成一个大字。钉死她的手手脚脚，然后用凶器剪，从她喉咙开始剪，一直剪到两腿根处，令她噗一声打开。她的五脏六腑突然见光、受风，吓得阵阵收缩。""有人撕裂她肚皮，半边向左撕，半边向右撕，再取大头针，仔仔细、一段段固定。有人在她旁边钉块字牌，以科学的名义，使一切合法正当。"[3] 比之于关于锦鸡的叙述，这里对田鸡被解剖的过程的直接观看，让蛙的感受更为强烈。如果说对制作植物标本的书写是"带泪的反讽"，那么这里对解剖田鸡的书写，已然是直接的控诉。

在针对植物、锦鸡、田鸡这样带有褫夺性质的博物活动中，被扭曲的不只是物之物性，也包括人之人性。小说中写道，冯喜是植物性的性格，作为博物画画师，他也善于画植物。冯喜也是一个情思充沛

---

[1] 林棹：《潮汐图》，第 89 页。
[2] 同上书，第 90 页。
[3] 同上。

的人，对世间物、世间事，"他眼里有无瑕的欣喜、同情与爱"[1]。于他，人与物并不是带有利用性质的主客关系，而是处于契合的状态，或是相对平等的状态。《潮汐图》还写到一个写鸟高手王芬。王芬个性冷峻，甚至阴郁。在作画之前，他会"像麻鹰盯死被写之鸟，一盯就是一个时辰"；王芬眼中有冷箭，能以目射鸟，"王芬以目光拆散羽毛、羽绒、皮肉筋骨，向纷纷然虚像之中找寻那只典型的鸟"[2]。王芬目光锋锐，甚至能看得游隼都感受虚脱，让巨蛙连发十夜噩梦。从技艺的角度看，王芬是高明的，是有力的，这力却蕴含着异化的强力。这力既对对象之物构成伤害，对王芬又何尝不是如此？他是阴郁的。标本大师老鲍的性格也与王芬相似。经常制作标本的杀戮使得老鲍"一贯地阴沉"，而且会不自觉地"低头凝视一帘油乎乎的利器、凶器"[3]。

上述这些，关涉博物活动的采集伦理和实验伦理。此外，《潮汐图》还有着对帝国博物学的反思和批判。

沃斯特在《自然的经济体系》中认为，18世纪有两种颇为不同的生态观，一种是阿卡迪亚式的传统，以博物学家怀特作为代表，强调人和自然界种种有机体的和谐共处，倡导人类过简单质朴的生活，其核心观念是以生命为本。还有一种是帝国传统，以博物学家林奈为代表，强调人为自然立法，强调人对自然的统治，自然中的种种皆为人类服务，带有鲜明的人类中心主义色彩。沃斯特的论述主要着眼于环境史，而受沃斯特的启发，有论者认为，近代以来的西方博物学可以粗略地划

---

[1] 林棹：《潮汐图》，第71页。
[2] 同上书，第143页。
[3] 同上书，第89页。

分为两大类：阿卡迪亚型（田园牧歌型）和帝国型[1]。怀特、克莱尔、梭罗、缪尔、利奥波德、卡森可视为阿卡迪亚型博物学的重要代表，而林奈、班克斯则是帝国型博物学的典型代表。阿卡迪亚型博物学家的视野是地方性的（local），视点通常聚焦于近身的生活世界；"帝国博物学家的视野则是全球性的（global）、异域的，他们着眼于帝国未来的经济竞争力，热衷于从世界最遥远的角落里，搜集外来珍稀物种，并对其进行命名、分类，以填充、验证、修改并传播自己的理论体系"[2]。帝国型博物学既倾向于在学科内部建立知识帝国，又往往与帝国主义国家的海外扩张同步进行，包括博物学在内的科学帝国主义和英国帝国主义在中国的扩张便是如此。《潮汐图》中的H便是帝国型博物学活动的典型代表。

《潮汐图》的"部分人物、动物、无机角色有着相应历史原型或参照"，其中，H"脱胎于19世纪上半叶英国东印度公司商人群像"[3]。H是典型环境中的典型人物，经过历史学的抽象和文学的重塑，具有如下身份："持牌药剂师，博物学家，鹩哥眼高阶会员，岭南十大功劳（Mahonia cantonense）和七星眼斑龟（Sacalia heptaocellata）发表人，鸦片贩子。"[4]"岭南十大功劳"和"七星眼斑龟"的发表人，是林棹出于智性兴趣而进行的杜撰；持牌药剂师、博物学家、鸦片贩子的多重身份设定则有历史根据——很多18、19世纪在华的博物学家，还有传教士，大多有多重身份，其活动往往与政治、贸易等息息相关，包括在中西跨

---

[1] 参见刘华杰主编：《西方博物学文化》，北京大学出版社，2019，第18页。
[2] 李猛：《班克斯的帝国博物学》，上海交通大学出版社，2019，第15页。
[3] 林棹：《潮汐图》，第282页。
[4] 同上书，第38页。

文化实践上无可忽视的马礼逊也是如此。H 被誉为"北方小怀特",和 G. T. 斯当东保持通信,和班克斯保持通信——建立庞大的通信网络,以博物学书信的形式进行沟通和资源积累,是班克斯建立其帝国博物学的制度化方式之一。

《潮汐图》对 H 的前半生有过一段介绍:他在苏格兰度过平平无奇的童年时期,12 岁最后一夜前往切尔西成为药剂师学徒。考取执照后的他曾返乡度过四年,白天开展博物学活动,晚上写作。他这一时期的工作和生活方式,写的几部博物学著作《福斯河的藻类》《福斯湾植物志》等,发表的以安东尼长城的地衣群落为研究对象的论文,都可看出他此时更像是一个阿卡迪亚型博物学家,这也是他可以被称为"北方小怀特"的原因之一。此后,H 受命竭尽全力救治大象迪迪未果,最终选择将其制成标本,让其在博物馆中获得"不朽"。H 从此浪迹天涯,成为有着多重身份的人,成为一个传奇。H 的前半生,是阿卡迪亚型博物学家;其后半生,则是一个非常典型的帝国型博物学家。这样的安排,既可指喻人生有多种不同的可能,也使得 H 成为博物学家的超级典型形象。

《潮汐图》蕴含着对帝国博物学实践的再现和批判,并且,这种再现和批判是通过非常有创造性的方式实现的。巨蛙除了具有蛙类的特性、类人的个性,还具有一种既在时间之中又在时间之外的特性,仿佛是经验的又是超验的存在。巨蛙和 H 之间,有命运攸关的关系。巨蛙是 H 的博物活动的对象、成果,也是他的遗产。而巨蛙的上述特点,使得它不会完全成为被奴役的对象,不会完全被客体化。当《潮汐图》从巨蛙的视角展开叙述时,叙述 / 书写过程便成为反抗帝国话语压迫的过程。《潮汐图》中对帝国的话语有非常多的挪用或直接颠覆,时常以入乎其内又出乎其外的方式进行批判与拆解。比如帝国是巨蛙在叙述中时常出现的词。小说中写到 H 乔装打扮，在当地人的帮助下到芦竹林里偷猎，"鹭鸶惊飞！水鸭惊飞！金龟、蛤蟆、秧鸡，飞飞跳跳，鸡飞狗跳。芦竹林里有民熙物阜千年鸟兽帝国哩"[1]。在澳门好景花园时期的巨蛙说起自己居住的地方，其中的烂泥"肥沃得每一秒都有一座微生物帝国在其中发祥和灭亡"[2]。这样的叙述/书写，以调侃、反讽、泛化的形式消解了帝国话语本身的神圣性，蕴含着对帝国博物学及其话语的逆写。

《潮汐图》对帝国博物学实践的再现和批判，也可以视为对帝国的话语政治的隐喻式批判。博物学活动与帝国扩张、商业利益存在着紧密联系："在华的英帝国主义远不仅止于以炮舰外交做后盾的商贸侵略。帝国主义也渗透在日常生活的文化活动之中。科学技术的领先感、特定的荣誉观念、文化自信与自负、向其他国家输出普世价值观的意愿以及'以强硬态度对待当地人'的信念，这些都深入到从事田野工作的英国旅行者和博物学家的头脑之中，并大幅影响了他们在处理与中国人相关事务时的行为。"[3]博物学和近代中国有一种复杂的建构关系，如刘禾所指出的："从 18 世纪末乃至整个 19 世纪，中国人一直处于一个被种族化的历史中，这个历史牵扯到一个相当复杂的科学知识和公众舆论动员的过程，它的叙事是由种族理论家、头盖学家、体质人类学家、作家和小说家共同创作的。石桥（George Steinmetz）最近的研究提醒我们注意，18 世纪著名科学家林奈（Carl von Linné）在其《自然系统》一

---

[1] 林棹：《潮汐图》，第 32 页。
[2] 同上书，第 133 页。
[3] [美]范发迪：《知识帝国：清代在华的英国博物学家》，袁剑译，中国人民大学出版社，2018，第 199—200 页。

书中，把支那人（Chinese）划入"怪物人种（Homo monstrous），描述其具有'锥形头骨'，并与非洲的何腾托人（Hottentots）归为一类，在欧洲人眼里，何腾托人是典型的低级人种。19世纪中叶，也就是中英《天津条约》签署的同时，欧洲的科学家和作家们正忙于把支那人头颅骨的形状、面颊的角度、皮肤的内部组成以及有种族特点的手形等等，与支那人的智力和道德缺陷联系在一起予以论述。斯坦梅茨发现，也是在这一段时间里，支那人在所有欧洲的语言中，都从白皙人种变成了所谓的'黄种人'。"[1]《潮汐图》对帝国博物学的批判，也未尝不可以理解为对帝国的隐喻式批判；特别是当巨蛙飘零海外，在帝国动物园中被命名为巨蛙太极，它的饲养员则被命名为满大人，其象征意义和指向是非常明显的。

四　在重建认识和重构视域中创新

《潮汐图》的地方性，也是谈论这部作品难以绕过的角度，有论者亦已从"新南方写作"这一与地方性相关的角度对《潮汐图》进行阐释与界定[2]。

---

[1] 刘禾：《帝国的话语政治：从近代中西冲突看现代世界秩序的形成》，杨立华等译，生活·读书·新知三联书店，2014，第87—88页。

[2] 杨庆祥在《新南方写作：主体、版图与汉语书写的主权》（《南方文坛》2021年第3期）一文中围绕"新南方写作"提出纲领性的设想和文本召唤，引起不少认同和回应，刘欣玥和宗诚都谈到《潮汐图》是新南方写作的重要文本。参见宗城《植物、巨蛙与鬼怪：林棹的（转下页）

关于地方、地方性与地方文学，李敬泽有一精辟的论断："地方和地理的意识一直是中国文学的一重内在结构，自古如此，于今尤甚……现代以来，谈起中国文学，作家的地方与籍贯一直是常规的批评维度之一，或者说，我们有一个认识装置，在这个装置里，一个地方如一面巨镜，一个乃至一群作家总要在这镜子里被观察、界定和指认；反过来，一个地方的一代代作家积累的文学经验也不断印证和扩展着这面镜子，从而构成了文学的地方性传统。"[1]李敬泽肯定以地域作为写作坐标、批评坐标的意义，又敏锐地注意到，在全球化的趋势下，在现代通信技术发展使得世界联结日益加深的情形下，以地域为中心的文学坐标将会发生变化并可能产生新的问题："就文学来说，一方面，要看到大势，你是个现代人，是个中国人，就地球村来说，中国也是个'地方'，你要在中国现代转型的大势里看待地方性经验和知识；另一方面，地方性经验和知识没有失效，至少在文化上、美学上没有失效，恰恰相反，它很可能会获得新的活力。不过，在复杂的政治、经济、文化逻辑中，地域文化也可能越来越变成景观性的、风格化的。"[2]

在当下，对地方、中国与世界之关系的辩证正在建构着越来越多作家的视域，是他们在写作中着力处理的问题。林棹的《潮汐图》也在这一脉络之中，但它又是特别的——它既有如此鲜明的地方性，又有如此鲜明的越境性和世界性，是在全球化和世界文学的交汇点上进行的创造性书写。

（接上页）新南方书写》，《新京报》2022年5月21日；刘欣玥《养殖一种新的语言地层——有关粤方言写作的一次细读》，《广州文艺》2022年第3期；

[1] 李敬泽：《想象一种具有"地方根基"的批评——〈黑龙江文学批评书系〉总序》，载《跑步集》，第205—206页。

[2] 李敬泽：《说南北——答李蔚超》，载《跑步集》，第106页。

世界文学和全球化是两个不同的领域，又有部分重叠，两者其实关联密切。歌德、马克思对世界文学的倡导和期待，都以全球化的想象或实践作为依据。经济、文化、通信的全球化，也使得对世界文学的阅读变得更为广泛，世界文学被阅读的角度也更为多元，为世界文学的发展起了深化的作用，增添了新的维度。而与此同时，全球化所释放的活力，所导致或可能导致的均质化、扁平化与不平等，还有全球化进程所遭受的挫折等问题，又召唤着更多的有世界文学属性的文学书写。这样的书写，应具有广阔的视野和巨大的潜能，能超越单一文化的界限，也能够超越时间和空间的限制。林棹及其《潮汐图》正显示了这样的潜能。她能自如地调动方言、民歌、谚语等本土文化资源，又受益于纳博科夫、乔伊斯、伍尔夫等作家及其作品。在对本土文化、文学资源与世界文化、文学资源的吸纳上，林棹都付诸巨大的努力，也有着同样的兴致。在《潮汐图》中，她尝试在世界文学的视野中激活地方知识，呈现外来文化与地方文化的复杂互动。《潮汐图》的题材、形式、主题与美学质地，既是地方性的，又是世界性的。在她的写作中，地方性和世界性并非对抗关系，而是共生关系，是相互激发的关系。

《潮汐图》是一部有创造性的特异之作。它出自特定的文学传统、知识传统与思想传统，有脉络可循，又往往与种种传统有所偏移，或是给传统注入新意，甚至构成对传统的重新发明。《潮汐图》里的博物学书写就是如此。

早在五四新文学的开端处，博物学就是文学书写乃至于思想构建的重要资源[1]。在此后的文学之路中，"文学是人学"虽然始终是主线，

---

[1] 廖建荣指出，作为近代科学主流的博物学传入中国后，从福柯的"认识型"发展为（转下页）

但是中国传统的博物观念和西方博物学共同激发而形成的"文学是物学"的路线，也隐约可见。林棹的写作也在这一脉络之中。非常值得注意的是，大多数人在谈论博物学或把博物学作为方法、资源时，多是肯定博物学的思想洞见或诗学意义，忽视了博物学在运思方式上可能存在的盲见与风险，也忽视了博物学家作为科学行动者的多样性，忽视了他们在知识生产、传播等过程中因为利益、名誉等所作的妥协或言不由衷，忽视了博物学在其发展过程中与贸易、帝国政治所形成的复杂交缠。这样的理解，其实是去历史化的，也是片面的。而林棹在写作中，除了把博物学作为方法、视野和资源，也反思、呈现其种种不足，有着博物学与反博物学的辩证。

正如福柯所指出的，古典时代的博物学并不仅仅是简单地去发现一个新的好奇对象，而是涵盖了一系列把一个恒常的秩序的可能性引入表象的总体性的复杂操作。它把整个经验性领域同时构成可描述的和可整理的[1]。博物学意味着将自然中的事物分门别类、建构秩序和赋予意义，以表象思维作为主要的运思方式。"表象就是从自身而来向已被确证之物的首先要确证的领域的一种挺进。存在者不再是在场者，而是在表象活动中才被对立地摆置的东西，亦即是对象（Gegenständige）。表

（接上页）"科学话语共同体"的重要话语，为革故鼎新、救亡图存提供了理论根据，成为新文化、新思想的合法性基础，推动了新文化运动的兴起。此外，廖建荣、王芳和涂昕等都注意到博物学在文学、思想层面对鲁迅、周作人有着重要的影响。参见廖建荣《博物学与周氏三兄弟的"科学话语共同体"》，《文艺理论研究》2021年第4期；王芳《进化论与法布耳：周氏兄弟1920年代写作中的博物学视野》，《中国现代文学研究丛刊》2016年第1期；涂昕《鲁迅与博物学》，上海文艺出版社，2019。

[1] 参见[法]米歇尔·福柯：《词与物：人文科学的考古学》，莫伟民译，上海三联书店，2016，第166页。

象乃是挺进着、控制着的对象化。"[1] 在表象思维的驱动下，人们把自然的事物当作一个对象去追逐，也会干扰、破坏事物的自然状态。这种对象性的支配作用是有问题的，因为物本身具有丰富的物性，自然本身亦具有丰富的本质。物之物性，自然本身的丰富性，具有多种显现方式。表象思维方式对认识事物不是全然无效、无用的，但是在生活世界中并不具备优先性，更不是最佳的方法。"对于更宽泛意义上的物的日常经验既不是客观化的，也不是一种对象化。譬如，当我们坐在花园中，欢欣于盛开的玫瑰花，这时候，我们并没有使玫瑰花成为一个客体，甚至也没有使之成为一个对象，亦即成为某个专门被表象出来的东西。甚至当我在默然无声的道说（Sagen）中沉醉于玫瑰花的熠熠生辉的红色，沉思玫瑰花的红艳，这时，这种红艳就像绽开的玫瑰花一样，既不是一个客体，也不是一个物，也不是一个对象。"[2]《潮汐图》中对博物学实验、偷猎、动植物展览等众多活动的呈现，正是对博物学之局限的揭示。而小说中对这些活动的呈现，是从巨蛙这一博物学对象的视角展开的，蕴含着反博物学的意味，是反观，也是逆写。

《潮汐图》既在许多方面显示出鲜明的创造性，也显示出思想的前瞻性和复杂性。在当下的创作中，思想观念陈旧，书写普遍局囿于个人的精神内面，缺乏开阔的视野，成为制约着创作的主要问题。《潮汐图》的出现，则显示了新一代作家自我更新的方向和可能，以及中国当代文学变革的可能路径：在越是泛文学化的时代，文学要有效地摆

---

[1] [德]海德格尔：《世界图象的时代》，载《海德格尔选集》，孙周兴选编，上海三联书店，1996，第918—919页。

[2] [德]海德格尔：《现象学与神学》，载《路标》，第81页。

脱存在的危机和停滞的困境，就越是要努力在文学性的层面做到极致，同时在思想层面保持前瞻性。作家既要有复合的思考能力，又要不断吸纳新知以求实现认识的重建与视域的重构。只有如此，才能形成新感受力、新眼光、新视野，才有可能回返至政治、经济、伦理、技术、时代等广大的问题场域，进而以文学的形式予以有效的回答。

附录　类型文学的位置、边界与意义
——理解新世纪小说的一个角度

在故事的起初,一位热爱文学的男性中年企业家在一座无名荒山上创立了环球写作中心,又在一个秋天出资邀请国内部分知名作家和批评家到中心开研讨会,研讨会的主角则是企业家从小就崇拜的一位中年女作家。研讨会的第一天,一切如常。第二天,企业家则宣布作家和批评家们被劫持了。没过多久,又传来第三次世界大战爆发的消息,外星生物也不时光临山寨……在这样一种内外交困的情形下,文学家和批评家们开始过起耕种生活,重新思考"写作与现实"的关系。当此时刻,他们——"乡土小说家""都市小说家""后现代小说家""鲁迅研究专家""师范大学文学系教授""专写明清佚事的小说家""来自华东的散文家""北方的环境小说家""新锐批评家"和"地方作协副主席"等——发现自己果真是四体不勤、五谷不分,对新事物更是缺乏认识的能力。尤其是机器人出现在山寨或环球写作中心的时刻,他们颇感震惊:"这些新奇玩意儿,在作家们的作品和批评家的文章中,都从未提及,这令大家好奇而自卑,再一次觉得文学其实一直远离了生活。的确,他们这才从中嗅到了生活的真实性。以前的所谓的烟火气也好学术性也好，都是面纱。"[1] 这时候，他们才发现自己过去忽略了科幻小说家，忽略了推理小说家，囿于自恋和自得，对同属纯文学阵营的同行也关注有限。只有在这个危机时刻，同属主流文学阵营内的他们才开始尝试互相理解，也开始反思过往对待类型文学的种种偏见……

这个带有异想色彩的故事，出自一篇短篇小说，小说的题目叫《山寨》，作者是著名的科幻作家韩松。上述的故事情节和细节，包括人物的身份与历史的设定，难免让人想起这些年关于纯文学与科幻文学、类型文学与主流文学的讨论。值得注意的是，如徐晨亮在评论中所指出的："这里荒诞戏谑的表达，倒不一定要坐实为科幻作家面对'主流文学界'的某种微妙心态，因为韩松本人的写作公认在科幻作家中最接近'先锋文学'的脉络，《山寨》的构思也让人联想起阿瑟·伯格的'学术荒诞小说'《哈姆雷特谋杀案》《涂尔干死了！》等，具有某种'元小说'的意味。"[2] 不妨将《山寨》视为一则关于文学的"警世寓言"。它以寓言的方式肯定了科幻文学之于时代的重要性，尤其是在文学和文明的转折点上，科幻文学的意义已经不再局限于类型文学的领域。与科幻相关的运思方式，则可能在世界和文明的转折时刻发挥向死而生、起死回生的作用。此外，《山寨》还肯定了科幻文学的重要性，提醒人们注意纯文学与通俗文学或类型文学的关系。

在文学史研究和文学批评中，人们时常会在纯文学和通俗文学之间做一个区分，并且把类型文学视为通俗文学最为常见的存在形态。那些重视思想探索和形式探索、重视展现作家自我、重视展现人物的内宇宙或内心世界的作品，通常被划入纯文学的范畴。而那些把娱乐

---

[1] 韩松：《山寨》，《中国作家》2020年第6期。
[2] 徐晨亮：《在科幻之潮中，想象文学的未来》，《中国作家》2020年第6期。

性和可读性放在首位、有很强的读者意识的作品，则被划入包括类型文学在内的通俗文学的范畴。在研究和批评中，通常容易受到关注的，又是纯文学。这一讨论框架和价值预设，有一定的合理性，也存在不少问题。比如说，这种划分显得过于绝对，就好像纯文学和通俗文学是楚河汉界般分明的，也会导致对通俗文学的贬低。在不打破这个讨论框架的前提下，我觉得纯文学和包括类型文学在内的通俗文学就好比两个系列的山脉，总的来说，纯文学山脉中的高山要多一些，不过通俗文学山脉中也有高山——可能数目不多，但是这样的一些高山，往往是奇峰突起，不可忽视。此外，这两个系列的山脉看似很不一样，其实也有相连和重叠之处，并非完全断裂。

包括类型文学在内的通俗文学和纯文学，两者之间并没有一个绝对的边界。因此，要讨论当代文学的发展这个话题，两个系列的山脉都要重视，起码不能抱着一种傲慢与偏见，觉得可以完全忽视其中一个系列的山脉。

单说类型文学，一流的类型小说家往往有超强的处理类型化和反类型化的能力。对于这样的作家作品，应该青眼相看。比如丹·布朗的《达·芬奇密码》，固然可以把它视为侦探小说，但是它所显示的想象力，还有对人类文明的思考，都超越了类型文学。J. R. R. 托尔金的《魔戒》，创作于二战时期，通常被视为奇幻文学的代表作，也有很多值得重视的地方。它所创造的世界看起来是空灵的，却并非与现实无涉，而是蕴含着对世界和平的渴求。金庸的《天龙八部》《射雕英雄传》《倚天屠龙记》等许多小说，固然属于类型文学中武侠小说的范畴，他的《鹿鼎记》又是反武侠的，韦小宝和一般的武侠角色相去甚远。而金庸小说中对中国文化的书写，那种丰富的人生表达，还有塑造人物的能力，等等，都超越了一般的武侠小说。刘慈欣的《三体》等作品，里面涉及许多宏大的命题，并且有奇崛的想象力，也不应该泛泛地认为就是类型文学意义上的科幻小说。对它的关注，也早已经超出文学研究的领域。学者吴飞主要的研究领域是基督教哲学、人类学、中西文化比较、礼学，他的《自杀作为中国问题》《浮生取义》《心灵秩序与世界历史：奥古斯丁对西方古典文明的终结》《人伦的"解体"：形质论传统中的家国焦虑》等著作，也多是围绕这些领域而展开。在2019年，他则出版了《生命的深度：〈三体〉的哲学解读》。他在这本书的自序中谈道："对于科幻小说，我本来没有特别的兴趣。刘慈欣和《三体》的名字在我耳边响过很多年，我既提不起兴趣，更找不到时间来读。直到2017年秋季，我写完了与丁耘兄讨论'生生'的文章，稍微轻松一点，才第一次翻开了《三体》的电子版，出乎意料地被它征服了。"[1] 在接下来的阅读中，吴飞不断地发现，刘慈欣的写作能"以真实的生活经验面对真实的人类问题"，《三体》所涉及的核心问题也正是他这些年所关心的生命问题，与他正在思考的哲学非常契合。吴飞在书中对《三体》和霍布斯所进行的互相阐释，既为理解《三体》提供了新的视角，也触及了霍布斯所未能看到的许多问题，新的思想观念也由此而衍生或扩展。此外，赵汀阳也从政治哲学等角度入手写了《最坏可能世界与"安全声明"》一文对《三体》进行解读，在他看来，"'三体'系列的意义不在于文学性，而是理论挑战，至少创造了两个突破点：其一是突破了'霍布斯极限'，哲学通常不会考虑比霍布斯状态更差的情况；其二是提出了人类处于被统治地位的政治问题，由于主体性的傲慢，人类没有思考

---

[1] 吴飞：《生命的深度：〈三体〉的哲学解读》自序，生活·读书·新知三联书店，2019，第I页。

过强于人类的敌人（神不算，神不是人的敌人）。"[1]

由此可见，类型文学不一定就是不好的，甚至可以比纯文学作品更有思想深度。大多数的类型文学之所以不好，是因为它做得不够极致，或是因为它只是一种套路化的写作。可是通俗文学走到极致之后，会有另一种效果。《三体》的意义，早已不局限于类型文学，也不局限于文学。这样的科幻作品，还有不少，如宋明炜所指出的："最好的科幻，如克拉克《与拉玛有约》那样，处在类型与未知之间。科幻的研究者或许更不能有类型先入为主的成见，中国科幻的早期提倡者中有梁启超和鲁迅，感时忧国传统下的老舍也曾经写过《猫城记》，新一轮的科幻浪潮也许来自非常不同的政治文化语境，但研究者仍需在中国现代文学、知识分子传统、人文精神的线索内外来思考科幻的意义。在一个更广泛的意义上，科幻的先锋性也意味着它不应该是排他的。"[2]

对于类型文学，应该有一种整全的眼光。而对于中国当代文学来说，到了今天，它想要获得进一步的发展，也有必要往不同方向同步努力。一方面，需要有作家在思想、形式、语言等方面继续探索，有巨大的创新能力，可以建立新的写作范式。也就是说，纯文学的写作仍然不可或缺。先锋的写作和探索，并未过时。甚至在纯文学成为一种普遍知识或认识装置之后，我们更有必要期待异质性的写作。这样的作品，理应有其存在空间。另外，由于电影、电视、网络等新媒介、新的艺术载体的出现，文学的读者其实在不断丧失，而文学对于读者的

---

[1] 赵汀阳：《最坏可能世界与"安全声明"——《三体》的一个问题》，载《没有答案：多种可能世界》，江苏凤凰文艺出版社，2020，第165页。

[2] 宋明炜：《科幻与我们的世界——〈文学〉主持人的话两则》，载《中国科幻新浪潮：历史·诗学·文本》，上海文艺出版社，2020，第90页。

塑造作用，也已经不如以往那么重要。"在我们的文化传统中，文学被赋予了极大的权威性，但是，尽管这种权威性仍然被或明或暗地承认着，比如媒体，但是，在现实生活中，它却再也发挥不了那么大的作用了，这点任何一位坦诚的观察者都不会怀疑……我们必须承认，现在，诗歌已经很少再督导人们的生活了，不管是以公开的还是其他不公开的方式。越来越少的人受到文学阅读的决定性影响。收音机、电视、电影、流行音乐，还有现在的因特网，在规范人们的信仰和价值观（ethos and values）以及用虚幻的世界来填补人们的心灵和情感的空缺方面，正在发挥着越来越大的作用。这些年来，正是这些虚拟的现实（virtue realities）在诱导人们的情感、行为和价值判断方面，发挥着最大的能动作用（performative efficacy），而不是严格意义上的文学世界。"[1]在这样一个文明转向的语境中，特别需要有人去做沟通雅俗的工作，去吸纳通俗小说的一些手法和元素，写出既有文学品质又有读者的作品。当代文学要挽留或赢得更多的读者，可以适当地吸纳类型小说的手法。类型文学把娱乐性和可读性放在第一位，可能会有意无意地淡化小说的精神性和思想性，但可读性、娱乐性和思想性、精神性并不是截然对立、无法兼容的。如果能够兼顾几个方面，我觉得这样的作品恰恰完成度是很高的。

20世纪90年代以来的中国当代文学，受现代主义的影响很大。从文学自身的发展来看，这样的作品也很值得期待。很多现代主义的文本，在思想和技术层面都有各自的探索和创造。不过现在看来，这里头有些作品，其实并不具备很强的可读性，甚至阅读的门槛是过高的。

---

[1] [美] J. 希利斯·米勒：《论文学的权威性》，载《萌在他乡：米勒中国演讲集》，国荣译，南京大学出版社，2016，第114页。

比如《追忆似水年华》《尤利西斯》这样的文本，对于很多读者来说，是天书般的存在，令人望而生畏。今天的文学创作在坚持思想探索的同时，适当地吸收类型文学的元素，其实并一定是坏事。麦家的写作就是如此。麦家的《暗算》《风声》《解密》等谍战小说，就有明显的类型小说的特征，能打通雅俗。方岩在他的文章《偷袭者蒙着面：麦家阅读札记》中，针对麦家的写作特点有细致的分析。他认为麦家的写作和类型文学的共同之处，在于对"故事"的强调和重视，但是在处理"历史"与"故事"之关系的基本态度上，他又区别于类型文学并飞扬其绝对的精神高度。尤为值得注意的是，方岩在文章中提出如下观点："21世纪以来各种类型的汉语写作的发展态势表明，当前文学史书写和批评实践中所谓的'严肃文学''纯文学'等概念所指涉的写作其实就是某种类型文学。这些类型的写作中比较突出的就有谍战文学、网络文学和科幻文学。1980年代中后期以来，'严肃文学''纯文学'的概念、话语已经垄断了'当代文学'领域，需要在这种情况下来审视21世纪以来类型写作的态势，并平等地审视他们的优势和可能性。麦家无疑是开启这种思潮的关键性人物。甚至可以稍显武断地说，让'严肃文学'成为类型文学，始于麦家。简单说来，麦家对类型写作某些要素的借鉴，使得自身的严肃写作迈向了更为开阔、精深的境界。同时，正是在这种作品形态映照下，作为类型文学的'严肃文学'的边界和局限比较清晰地暴露出来。"[1]方岩的这一论断，不乏激进的成分，又饱含洞见。凭着非本质主义的眼光，还有解构—结构一体并存的运思方法，方岩注意到了类型文学和"当代文学"的距离和区分，注意到了它们的接近和

---

[1] 方岩：《偷袭者蒙着面：麦家阅读札记》，《扬子江文学评论》2020年第1期。

重叠，注意到了它们在可区分和不可区分之间的不确定性，也注意到了它们在变革和流动中的态势。

对类型文学元素的吸收，对类型文学方法的借鉴，在青年作家的写作中十分常见。王威廉的小说就是如此。他的写作，是一种思想型写作，强调思想探索和形式实践，同时也不忽视可读性。他的小说，有严肃的思想探索，又经常会借鉴很多通俗小说的写法，努力让小说的乐趣和复杂性并行不悖：《市场街的鳄鱼肉》《无法无天》《第二人》分别借鉴科幻小说、官场小说、侦探小说的写法，《第二人》发表后被改编为同名话剧，《获救者》则以冒险小说作为物质外壳，小说成了一种思想历险的方式。这些思想本身，成为小说最重要的组成部分，几乎成了小说的主人。因此，《获救者》所真正在意的，不是冒险的行为本身，而是试图将冒险世界引入小说，通过引人入胜的情节，使得读者相对轻松地面对各种思想上的难题。双雪涛的写作，也吸纳了很多武侠小说、奇幻小说、侦探小说等类型文学的元素，也包括电影的元素。他的《平原上的摩西》《刺杀小说家》《安娜》《跷跷板》《北方化为乌有》等小说，有独特的语言腔调，有独特的生活经验，有精心的布局，也有思想层面的探索。对文学内在性和社会性的复合探求，还有对类型文学元素的借鉴与吸纳，使得双雪涛的作品具有颇高的完成度，成为讨论东北文艺复兴现象的重要文本，也使得他的作品获得跨界的影响[1]。他的《翅鬼》曾获得华文世界电影小说奖首奖，《平原上的摩西》《刺杀小

---

[1] 关于双雪涛的写作以及东北文艺复兴现象的讨论，可参见丛治辰《何谓"东北"？何种"文艺"？何以"复兴"？——双雪涛、班宇、郑执与当前审美趣味的复杂结构》，《中国现代文学研究丛刊》2020年第4期；黄平《"新东北作家群"论纲》，《吉林大学社会科学学报》2020年第1期；李雪《城市的乡愁——谈双雪涛的沈阳故事兼及一种城市文学》，《当代作家评论》2016年第6期。

说家》等小说先后被改编成电影,《北方化为乌有》《光明堂》等也有影视拍摄计划。

　　类型文学自身的发展,也有其意义。正如房伟所指出的:"'文学类型'发达,不仅是文体意识变革,更体现着文学反映现实社会'知识变革'的能力……晚清是中国文学类型爆发期,梁启超论及'新小说'类型,分为历史、政治、哲理科学、军事、冒险、侦探、写情、语怪、社会等类型。这表现了晚清社会从传统向现代转型的巨大知识变化,比如,写情小说由古典写情变化而来,又与个性启蒙有关;军事小说乃铁骑、三国等历史军事小说发展而来,又有现代意味;冒险小说与海外殖民有关;科学小说与现代科学知识有关;侦探小说显示现代复杂人际关系,及逻辑推理的科学思维。"[1] 也正是在这个意义上,房伟对通常被视为通俗文学在当下的变体的网络文学持肯定的态度,认为"网络文学的兴起,在知识类型爆发上形成穿越、军事、玄幻、科幻、奇幻、国术、鉴宝、盗墓、工业流、末日、惊悚、校园、推理、游戏、洪荒、竞技、商战、社会、现实主义等数十个令人眼花缭乱的类型或亚类型,这些叙事类型还有互相交叉融合的其他变种。类型繁盛的背后是知识爆炸。这不仅体现了当下社会的知识变革,也表现出中国网文对古今中外知识的'巨大热情'"[2]。

　　类型文学本身会随着时代的变化而变化,会由于时代的因素而变得很重要或不再重要。这一点也值得注意。类型文学既是我们分析问题的取景框,但是我们透过这个取景框看风景,必须要有一双敏锐的

---

[1] 房伟:《我们向网络小说"借鉴"什么?》,http://www.chinawriter.com.cn/GB/n1/2020/0715/c433140-31785076.html,访问日期:2022年9月1日。

[2] 同上。

眼睛，能够及时地看到风景本身的变化，并且对这个取景框本身有所警惕，不要完全被它遮蔽。比如说，在很长一段时间里，科幻小说主要是作为一种边缘化的类型小说而存在的。但是在当下的文学语境和社会语境中，它正在成为一种非常重要的文学样式。一些被认为是属于纯文学领域的"传统作家"之所以关注科幻文学并写作科幻文学，并不是因为以前主要是作为类型文学而存在的科幻文学有多么重要，而是今天的现实让科幻文学这一文学样式变得无比重要。之所以如此，有多方面的原因。比如说，我们的乡土文学传统非常强大，尤其是鲁迅、沈从文、陈忠实、萧红这些作家，在乡土文学上所取得的成就令人瞩目。他们的写作实践，在主题、方法、美学和思想等层面都进行了充分的挖掘，让年轻作家觉得有压力，必须找到属于自己的新的表述空间或表述方式。另外，有的问题用其他的写法是难以言说的，以科幻小说之名加以变形和重构，则有可行之处。这也使得不少作家尝试科幻写作。而最重要的方面，则在于社会现实的新变化所带来的冲击与挑战。在海德格尔看来，西方历史是由这样三个连续的时段构成的：古代、中世纪、现代。古代起决定性作用的是哲学，中世纪是宗教，现代则是科学；现代技术则是现代生活的"座架"，是现代世界最为强大的结构因素。最近几年，人们着实体会到了现代技术的"决定性作用"。比如人工智能的兴起，还有基因工程的发展，等等，都让人有一种存在的兴奋感或紧迫感。因此，很多作家实际上是在用科幻小说的方法来处理现实的问题。韩松的"轨道三部曲"（《地铁》《高铁》《轨道》），李宏伟的《国王与抒情诗》《现实顾问》，王十月的《如果末日无期》，王威廉的《野未来》《地图里的祖父》，郝景芳的《北京折叠》《长生塔》，陈楸帆的《荒潮》《人生算法》，等等，就写得非常有现实感。

他们也一贯强调科幻和现实的关联，不把科幻视为与现实无涉的飞地。他们所关注到的现实，不是陈旧的甚至是陈腐的现实，而是新涌现的现实：现代技术在加速度地改变着我们的生活，甚至是改变着人类自身。人类生活的高技术化，已成为一种主要的真实和基础现实，如王瑶所言："人类在进入所谓现代文明以来，每时每刻都需要面对变化，而这种变化实际上是由技术的发展引领的，这可能就是科幻文学诞生以来一直要面对和处理的情境。"[1] 相应地，这也是科幻文学为什么重要、何以有力量的重要理由。

科幻文学在日渐脱离其作为类型文学的特征，如今，写作科幻文学的已不局限于科幻作家，王十月、弋舟、王棵、赵松、王威廉、陈崇正、王苏辛等通常认为是纯文学领域的作家，也纷纷开始进行这方面的实践。科幻小说也不再像以往那样，主要刊发于《科幻世界》等杂志或网络平台，《人民文学》《中国作家》《青年文学》《花城》《上海文学》《湘江文艺》《文学港》等传统期刊也成为常见的发表阵地。有的杂志甚至以专刊的形式推出科幻文学作品。比如《中国作家》2020年第6期就打破了以往的栏目惯例，推出了一期《科幻小说专号》。《人民文学》2019年第7期则刊发了王晋康的长篇小说《宇宙晶卵》，这是《人民文学》自创刊以来首次刊发科幻题材的长篇小说。所有这些，不只是一种例外的现象，而是意味着文学思潮的变动。在很长的一段时间里，乡土文学一直是中国当代文学的主潮，是中国当代文学非常重要的构成。从中国当代文学以往的发展轨迹来看，在乡土文学主潮之后，城

---

[1] 王瑶：《我依然想写出能让自己激动的科幻小说——作家刘慈欣访谈录》，载《未来的坐标：全球化时代的中国科幻论集》，上海文艺出版社，2019，第158页。

市文学应该是顺势而生的文学主潮，并且它应该和乡土文学一样，有一个较长的时段可以充分而自由地发展。可是城市文学这一后浪还没来得及呈澎湃之势，更新的科幻文学浪潮就涌现了，迅速地成为广受关注的对象。文学主潮似乎并没有按照乡土文学、城市文学、科幻文学的顺序来缓慢推进，而是呈现一种加速的迹象。这种加速的状态，如果在较长时间里得到进一步的持续，就文学主潮的角度来看，可能会导致一种极端的状况，那就是城市文学和乡土文学很可能会被科幻文学的浪潮覆盖，成为一种相对隐匿的存在。另一种可能的状况则是，文学等领域的加速状态都有所减缓，城市文学和科幻文学都成为常态的书写方式，一如在过去，乡土文学是常态的书写方式一样。这样的话，科幻文学就完全不是类型文学意义上的了，也已经不是通俗文学的范畴所能涵盖。如果说纯文学和通俗文学是两个系列的山脉的话，那么科幻文学所处的位置，也许就在两个山脉的连接处。而在国外，科幻文学在文学中的位置同样不局限于类型文学或通俗文学，如同吴岩所指出的："在文学史里边，严肃作家和科幻作家之间的相互借鉴是很多的。我有一个学生叫飞氘，他硕士期间做过一个研究，发现欧美的科幻差异是非常大的。在欧洲地区，科幻文学一直是在所谓的主流文学的范畴里边的，从来没有在流行文学的范畴里面。只不过科幻小说到了美国以后，进了地摊，才逐渐地转变成美国现在的这种类型文学。在欧洲，人们主要还是希望科幻文学能够表现一种时代的状况，对现实要进行批判；在美国呢，科幻则是一种专业化的工具，美国人强调科学，强调技能专业化，他们希望科幻也是一种专业性的东西，它属于它自己的专业领域。这是在管理学家泰勒以后开始的趋势。但是美国的这种趋势，恰恰符合工业时代的要求。这也是为什么到 20 世纪 60 年代以后，在影视技术成熟以后，科幻产业的重心马上从小说转到电影。今天的小说已经萎缩得很厉害，主要是电影在产生影响。至于欧洲那边的情况，欧洲也受到全球市场的冲击。我去欧洲考察过，了解到从苏联解体后，东欧的图书市场立刻就被美国的比如像阿西莫夫这样的作品占领了。这就是资本的力量、市场的力量。"[1]

刚才在讨论类型文学自身的意义时，我曾引述过房伟的话。他的这段话，出自一篇题为《我们向网络小说"借鉴"什么？》的文章。这一题目中的"我们"，指的是精英文学、传统文学或纯文学领域的作家。这种借鉴，并不是单向的。罗立桂在《网络文学，应向传统文学借鉴什么》一文中，就提出了网络文学应在担当精神、强化经典意识、尊崇独创性原则、涵养诗性精神等方面入手，向传统文学借鉴[2]。由此也可以看出，类型文学与纯文学、严肃文学与通俗文学之间，并不存在天然的铜墙铁壁。它们的互观和互鉴，对自身是一种丰富，对当代文学的发展也可以起到推动作用。随着中国当代文学的进一步发展，还有中国文学与世界文学互动的增强，诸如此类的变动与互动，或许会更为频繁，也有待进一步的观察。

---

[1] 李德南、吴岩等：《科技改写现实，文学如何面对？》，《江南》2019 年第 2 期。
[2] 参见罗立桂：《网络文学，应向传统文学借鉴什么》，https://wenyi.gmw.cn/2018-10/12/content_31671008.htm，访问时间：2022 年 9 月 1 日。

后 记

《历史意识与小说解释学》这本书,承接《"我"与"世界"的现象学:史铁生及其生命哲学》而来。这种承接,主要不是时间意义上的,而是运思方式上的。

就运思方式而言,现象学与解释学,尤其是以伽达默尔为中心的哲学解释学,对我有决定性的影响。在我的批评与研究实践中,对现象学的运用,则已然是解释学化的现象学。《"我"与"世界"的现象学:史铁生及其生命哲学》以我的博士论文为基础修订而成,我在里面把史铁生的写作视为一种现象学的写作,认为史铁生所走的是一条通往现象学的路。我对史铁生及其作品的理解,既受惠于现象学的观念与方法,也融入了能与现象学兼容的观念与方法。作为哲学运动和思想主潮的现象学,在文学、艺术学、宗教学、建筑学、地理学等许多领域都有相应的影响。正如不少学者所注意到的,如果只把现象学作为唯一的运思方法,局限于现象学的唯一视角,那么很可能无法有效地认识事情本身,无法真正地回到事情本身。也正因如此,在写作《"我"与"世界"的现象学:史铁生及其生命哲学》时,我试图以现象学作为基础的方法,又融入其他的方法,这样的现象学其实是一种已然解释学化的现象学。在《历史意识与小说解释学》中,我对种种问题的探讨,虽然蕴含着回到事情本身的现象学式的内在冲动,但是在观念与方法上,则更多地体现了解释学的路径——思考与解释往往是在跨学科的、理论的视野中展开。正如乔纳森·卡勒在《理论中的文学》一书里所主张的,理论必然是跨学科的:哲学、语言学、人类学、政治学或社会学理论、心理学等著作被文学与文化研究中的人们采用,因为它们描述有关文本功能的事情时已使得熟悉的东西陌生化,已使得人们能以各种新的方式来构想他们所研究的这些事物。与此相关,我认为,跨学科的、理论的视野有助于展开思考,也有助于实现对文学、历史、现实的理解与解释;包打天下的理论或方法是不存在的,在讨论不同的议题或文学作品时,需要从对象本身出发,寻求具有解释力的理论与方法。

"历史意识"和"小说解释学"这两个词,在我的使用中都是多义的。"历史意识"既指向小说家对社会历史问题的理解,也指向小说家对小说史的理解,以及在此基础上所展开的种种叙事实践。"小说解释学"则既指向小说家对世界、历史、现实的解释,指向小说本身的可能性,也指向我对小说的理解与解释。在《历史意识与小说解释学》中,我既尝试讨论迟子建、邓一光、叶弥、徐则臣、蔡东、王威廉、林棹"写什么"的问题,也围绕他们"怎么写"的问题展开讨论。我尝试针对他们的写作进行有新意的、有深度的解释,试图为理解作家及其作品找到新的解读视角或建立新的解释结构。

我对历史意识与小说解释学之基本问题的关注,始于多年前。本书的结构和行文思路,则是在漫长的写作过程中才逐渐清晰的。历史意识与小说解释学的内在关联,是本书隐含的主线。具体的写作过程,则蕴含着对如下问题的思索和探讨:时间与空间、地方与世界、乡村与城市、形式与内容、文学主潮的变迁、中国经验与小说表达、小说与生活世界、借鉴与创造、文学与人生、写作者的爱与意志。这些问题，可能同时出现于不同的章节，出现在对不同作家的讨论和解释中。比如在讨论迟子建、徐则臣和林棹的写作时，就都涉及地方与世界的问题。不同章节之间，有着或远或近的呼应。

生活世界和小说世界都有着众多的可能，趋于无限。对生活世界和小说世界的理解与解释，并无终点，也很难达于圆满；理解和解释的过程，则是历史意识得以生成、发展的契机。

以上是我关于本书的一些构想。写这一后记时，让·格朗丹的《伽达默尔传：理解的善良意志》就在我的手边。格朗丹笔下的伽达默尔让我印象深刻。伽达默尔总是把人的有限性视为解释活动的重要语境，甚至是前提。他强调自己可能是错的，而别人可能是对的。他曾引用克尔凯郭尔的如下格言来阐述人类的有限性：在思想中令人安慰的是，在上帝面前我们总是错的。伽达默尔则认为，对人来说，自我理解是无法实现的，它是一项永远需要重复和总是遭遇失败的事业。这一"在失败中自觉"的态度让我颇有共鸣，除了主动进入"解释的循环"中，力求减少可能存在的错谬，我也恳切期盼来自读者的检阅与审正。

《历史意识与小说解释学》的出版，首先要感谢中国作家协会和中国现代文学馆建立的客座研究员制度——它充分肯定了批评的重要性，营造了独特的意义空间和交流空间，在青年批评家的培养上无可替代。我忝列其中，与有荣焉，亦深受教益。感谢李敬泽、吴义勤、李洱、计文君、李蔚超、郭瑾、杨帆、宋嵩等师友的帮助与支持。感谢北京大学出版社的黄维政老师、黄敏劼老师为本书所做的细致而严谨的工作。

2022 年 10 月 18 日